머테리얼 2
데이트 어 라이브

DATE A LIVE MATERIAL 2

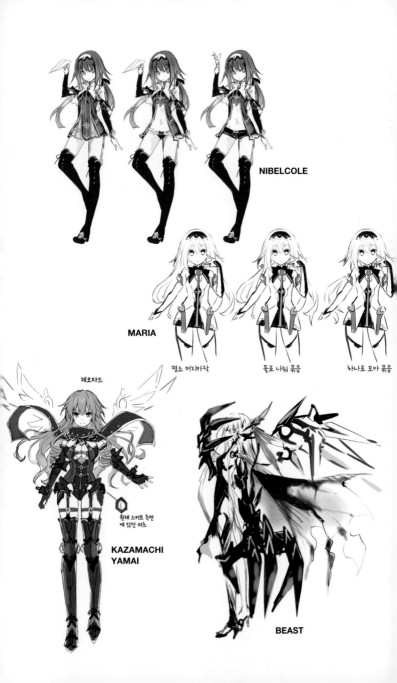

NIBELCOLE

MARIA

평소 머리카락   둘로 나눠 묶음   하나로 모아 묶음

레오타드

KAZAMACHI
YAMAI

원래 스커트 측면
에 입던 따츠

BEAST

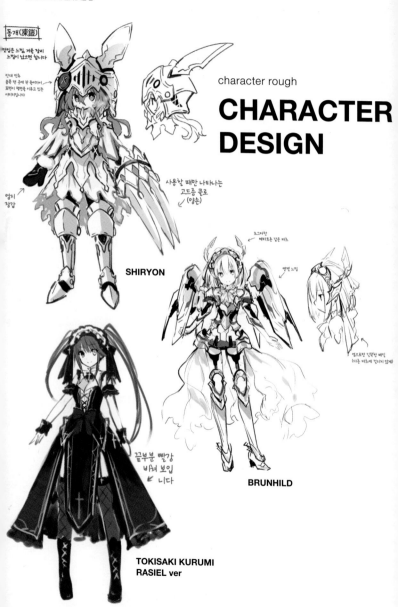

동개(凍鎧)

첫인상은 느낌 거울 장비
느낌이 났으면 합니다

방대 민촌
홈으 막 손에 꼭 들어가거니
표면이 평면을 이루고 있는
《머리카입니다》

엄지
장갑

character rough

CHARACTER DESIGN

사용할 때만 나타나는
고드름 클로
(양손)

SHIRYON

크그마상
메타프은 같은 파츠

뻣뻣 느낌

BRUNHILD

엎으로만 긴말한 배린
(다른 파츠에 같기지 않게)

끝부분 빨강
비쳐 보입
니다

**TOKISAKI KURUMI
RASIEL ver**

정말, 정말,
즐거운 나날이었다.

하루하루가,
특별한 데이트였지.
진심으로, 감사한다.

데이트 어 라이브 22
최종권
2020년 7월 10일

이제까지,
정말 고마웠어.

앞으로도,
최고의 데이트를
해줬으면 해.

데이트 어 라이브 22
최종권
2020년 7월 10일

너와 본 풍경은,
전부 기억하고
있지.

모든 것이……
최고의
데이트였다.

데이트 어 라이브 22
최종권
2020년 7월 10일

ADVERTISEMENT DESIGN

Complete poster

Part 2

EX CELSIOR

FRAXINUS EX CELSIOR DESIGN
BY EBIKAWA KANETAKE

FRAXINUS

SYSTEM BLOT ver

DATE
데이트

A
어

LIVE
라이브

MATERIAL
머테리얼

02

글 : **타치바나 코우시**
그림 : **츠나코**
옮긴이 : **이승원**

THE SPIRIT
정령(精靈)

인계(隣界)에 존재하는 특수 재해 지정 생명체. 발생 요인, 존재 이유 둘 다 불명.
이쪽 세계에 모습을 드러낼 때, 공간진(空間震)을 발생시켜 주위에 심각한 피해를 끼친다.
또한, 엄청난 전투 능력을 보유하고 있음.

WAYS OF COPING1
대처법1

무력을 통한 섬멸.
단, 위에서 말했듯 매우 강대한 전투 능력을 보유하고 있기 때문에 달성 가능성이 극도로 낮음.

WAYS OF COPING2
대처법2

──데이트를 해서, 반하게 만든다.

데이트 어 라이브
머테리얼 2

DATE A LIVE MATERIAL 2
Spirit No.3
AstralDress NightmareType Weapon-ClockType[Zafkiel]

DATE A LIVE MATERIAL 2

데이트 어 캐릭터

DATE A CHARACTER

A CHARA

SPIRIT

NIA HONJO

혼죠 니아

식별명 〈시스터〉

"괜찮을 것 같은데 말이야~"

"아직 젊으니까 좀 더 탐욕적이더라도

SpiritNo.2
AstralDress-SisterType
Weapon-BookType[Rasiel]

종합위험도 A

공간진 규모 C

영장 C

천사 S

STR (힘)   060
CON (내구력) 059
SPI (영력)   142
AGI (민첩성) 064
INT (지력)   245

12월 말의 어느 날, 배고픔에 길바닥에 쓰러져 있다가 시도에게 도움을 받은 정령. 실은 5년 전에 DEM에 잡혀 반전을 위한 온갖 인체실험을 당했다. 모든 것을 알 수 있는 섭고편질(라지엘)의 힘 탓에 인간 불신에 걸린 그녀는 2차원의 존재에게만 마음을 열게 됐지만, 정령들의 힘을 빌린 『시도 동인지 계획』을 통해 그녀의 신뢰를 얻어서 봉인에 성공한다.

영장
Astral Dress

신위영장 2번 (요드)

차분한 빛을 머금은 수녀형 영장. 영결정에서 생겨난 본래의 형태에, 숙주의 개성이 상당히 반영됐다.

천사
Weapon-BookType

섭고편질 (라지엘)

책 형태를 한 『전지(全知)의 천사』. 이 세상에 존재하는 온갖 사상(事象)을 알 수 있다. 미래를 기재해서 상대의 행동을 조종하거나, 책 안에서 공상 속의 생명체를 현현시키는 것도 가능하다.

NIA HONJO

T O P   S E C R E T

"나, 그다지 좋아하지 않거든,"

이런 분위기를

좋아하는 것=술
싫어하는 것=어두운 분위기

Height-168cm
Bust-76 / Waist-59 / Hip-80

인기 만화가

혼죠 소지라는 펜네임으로 『주간 소년 블래스트』에서 『SILVER BULLET』이라는 작품을 연재하고 있는 인기 만화가인 니아. 그 높은 인기는 5년간의 장기 휴재에도 줄어들지 않아 계속 고대해온 팬이 있을 정도. 게다가 어시스턴트를 고용하지 않고 혼자 그리고 있다.

오타쿠

만화는 물론이고 게임, 애니, 동인지 등, 2차원을 두루 사랑하는 여자 오타쿠. 그 애정은 만화 연재를 하면서 따로 동인지를 그려서 동인지 즉매회에 참가하거나 온라인 게임에 푹 빠질 정도로, 일반적인 오타쿠를 아득히 능가한다. 그리고 자료용이라는 명목으로 시도에게 코스프레를 한 모습을 보여주는 등, 아직 전부 드러낸 건 아닌 듯하다.

무드메이커

즐거운 일을 좋아하는 니아가 동료로 들어오면서, 정령들의 일상은 더욱 시끌벅적해졌다. 자비로 애니 제작을 해서 정령들에게 애프터 레코딩을 맡기는 등, 돈을 아끼지 않으며 프라이스리스한 추억을 만들려고 하는 것은 어쩌면 과거의 트라우마를 극복하기 위해서일지도 모른다.

타치바나 코우시

13권의 표지에서는 청초한 척을 했지만, 마법은 금방 풀려버렸습니다. 컬러 일러스트에서의 히죽거리는 표정이 참 마음에 들어요. 꽤 암울한 과거를 지녔지만, 밝고 자유분방한 성격의 게으름뱅이죠. 초반에 등장시키기 어려운 히로인입니다만, 등장시키고 나니 없으면 아쉬운 캐릭터가 되었습니다. 그런데 혼죠 선생님, 원고 진척 상황은 어떻습니까?

츠나코

이미지 컬러가 회색이라, 의상은 잉크펜을 씻은 물의 색깔을 이미지했습니다. 옷의 접힌 부분이 펜 형태를 하고 있으며, 몸통 부분 라인의 문양이 만화책의 컷 형태를 하고 있습니다. 설정상 니아는 게임의 히로인인 아루스의 오리지널입니다만, 사실 아루스가 먼저 만들어졌기에 그 방향성에 맞췄습니다.

SPIRIT

MUKURO HOSHIMIYA

호시미야 무쿠로

"그대에게는 무쿠의 선택에 활가활부할 자격이 없느니라."

SpiritNo.6
AstralDress-ZodiacType
Weapon-KeyType[Michael]

식별명 〈조디악〉

종합위험도 AAA		
공간진 규모 AAA		
영장 A		
천사 S		
STR (힘)		142
CON (내구력)		121
SPI (영력)		205
AGI (민첩성)		138
INT (지력)		067

【방(放)】 상태

종합위험도 S		
공간진 규모 AAA		
영장 AAA		
천사 S		
STR (힘)		205
CON (내구력)		192
SPI (영력)		225
AGI (민첩성)		221
INT (지력)		067

〈라타토스크〉조차도 존재를 확인하지 못했던 정령. 가족에게 버려지고 호시미야 가에 거둬지나, 호시미야 가에서도 거부를 당해 절망한 그녀는 자신의 마음을 봉해주(미카엘)로 잠가서 감정에 빗장을 건 채 우주를 떠돌았다. 정령을 구하는 행위를 위선이라 단언하며 강렬하게 저항하나, 시도의 꺾이지 않는 올곧은 마음과 자신과 흡사한 처지라는 것을 알게 된 그녀가 마음을 열면서 봉인에 성공했다.

영장
Astral Dress

신위영장 6번 (엘로하)

별자리가 그려진. 선녀의 날개옷 같은 영장. 우아하면서 어딘가 덧없는 인상을 지녔지만, 〈봉해주〉에 의해 힘이 해방되면 용맹하기 그지없는 모습으로 변모한다.

천사
Weapon-BookType

봉해주 (미카엘)

석장 형태를 한 열쇠의 천사. 대상을 『잠그고』, 『여는』 힘을 지녔다. 그 효과 범위는 폭넓어, 인간의 기억과 힘 등의 형태 없는 것에도 영향을 미친다.

MUKURO HOSHIMIYA

TOP SECRET

"머리카락을…… 잘라주겠다고 말했었지?"

좋아하는 것=고구마 양갱
싫어하는 것=거짓말

Height-148cm
Bust-91/Waist-60 / Hip-88

자랑거리인 장발

좋아하는 의붓언니에게 칭찬을 받은 게 기뻐서 계속 길어온 머리카락은 현재 땅에 닿을 만큼 길어졌다. 그 의붓언니에게 배신당했다고 착각한 무쿠로는 천사의 힘으로 자신의 마음을 잠갔다. 그럼에도 긴 머리카락을 자르지 않은 건 언니와의 유대를 남겨두고 싶단 생각을 마음 한편에 품고 있어서다.

강한 독점욕

무쿠로의 마음을 여는 데 성공했지만, 힘든 어린 시절을 보낸 탓에 남들 곱절로 애정에 굶주린 그녀는 시도에게 자기 이외의 여성과의 관계를 끊으라고 강요했다. 그 강한 독점욕은 정령들에게서 시도의 기억을 봉인하고, 반전체인 토카를 상대로도 한 걸음도 물러서지 않을 정도였기에 시도는 경악했다.

새로운 가족

가족으로 받아들여지면서 독점욕이 잦아들자, 시도와는 쭉 길러온 머리카락을 잘라달란 부탁을 할 수 있는 관계가 된다. 가족이 되면서 시도를 전면적으로 신뢰하게 된 건지, 예전 이상으로 또래 소녀답지 않은 무방비한 모습을 보이게 됐다. 연인 관계를 건너뛰고 가족 관계가 된 시도와 무쿠로의 앞날은 전도 다난할지도 모른다.

타치바나 코우시

쪼끄마하지만. 큽니다(마음이 말입니다). 무쿠로 양은 이름이 꽤 특이하죠. 이름의 먹을 식자가 「食」이 아니라 「喰」인 게 개인적으로 신경 쓴 부분입니다. 말투는 끝까지 고민했습니다. 선녀형 영장이기에 「~니라」로 했습니다. 「무쿠」라는 일인칭이 참 귀여워요. 매력 포인트는 긴 머리카락입니다. 땋아서 어깨에 두르고 있는 모습도 참 단아해요.

츠나코

무지무지~ 긴 머리카락이 특징입니다. 표지의 포즈는 점프하고 있는 게 아니라 무중력 상태에서 떠 있는 겁니다. 우주에서 지구 옆에 떠 있는… 달… 토끼?! 라는 발주를 받고 차이나 요소도 더했으며, 우주 공간 안에서 별처럼 화사한 캐릭터로 만들어봤습니다. 갑옷의 파츠는 봉해주와 마찬가지로 열쇠 모양을 하고 있습니다.

N I B E L C O L E

"나는 하나이자 전부, 전부이자 하나."

〈니벨코르〉

SpiritNo.2i-Extra
AstralDress-NunType
Weapon-PageType[Beelzebub

좋아하는 것=과자
싫어하는 것=설교

Height-158cm
Bust-83 / Waist-58 / Hip-84

종합위험도 A	
공간진 규모 C	
STR (힘)	052
CON (내구력)	043
SPI (영력)	056
AGI (민첩성)	099
INT (지력)	053

웨스트코트가 니아의 영결정을 흡수해 현현시
킨 마왕 〈신식편질〉의 힘으로 창조한 유사 정
령. 하나하나의 힘은 정령들에게 미치지 못하나
숫자로 적을 압도하며, 설령 당하더라도 거의
무한히 부활할 수 있다. 주인인 웨스트코트의
명령에 충실하며, 매우 호전적. 하지만 가장 큰
약점은 시도. 시도가 사랑의 말을 속삭이기만
해도 무력화된다.

영장
Astral Dress

금주영장 2번 편(片)
(카이기디엘 옐레드)

간이적인 수녀형 영장. 강도 자체는 그렇게 뛰어나지 않지만, 그녀의 무시무시한 힘은 「숫자」다. 마왕 〈신식편질〉이 파괴되지 않는 한, 그녀가 목숨을 잃는 일은 없다.

02

마왕
Weapon-BookType

신식편질 엽(頁)
(벨제붑 옐레드)

〈섭고편질〉의 반전 형태인 〈신식편질〉의 페이지. 한 장 한 장을 종이비행기나 종이학 같은 형태로 만들어 적을 공격하기도 하며, 여러 장의 종이가 하나의 개체를 감싸서 지키기도 한다.

타치바나 코우시

〈신식편질〉에서 태어난 유사 정령, 니베코입니다. 누구누구 씨와 얼굴이 닮았죠. 등장 타이밍과 소속 때문에 일상 풍경을 거의 그리지 못했습니다만, 만약 그녀들이 학교에 다닌다면 날라리 같은 언동을 할지도 모른다고 생각합니다. 아이, 마이, 미이와 친하게 지낼 것 같아요.

츠나코

진짜의 분신이 존재하는 쿠루미와 대조적으로, 니벨코르들은 전체이자 하나인 캐릭터입니다. 한 명 한 명은 니아와 마리아를 베이스로 한 심플한 복장을 하고 있으며, 개개인의 특징은 가능한 한 드러내지 않으려 했습니다. 머리모양은 약간 학생 느낌이죠. 눈동자 색깔은 니아의 특징을 이어받았습니다.(마리아도 버그 걸렸을 때는 같은 색깔이었을지도?)

SPIRIT

MIO TAKAMIYA

타카미야 미오

식별명 〈데우스〉

"정말, 정말, 정말, 만나고 싶었어. 정말, 만나고 싶었어."

SpiritNo.0
AstralDress-DeusType
Weapon-FlowerType[Ain Soph Aur]
TreeType[Ain Soph]
SeedType[Ain]

종합위험도	SSS
공간진 규모	SSS
영장	SSS
천사	SSS
STR (힘)	999
CON (내구력)	999
SPI (영력)	999
AGI (민첩성)	999
INT (지력)	999

30년 전에 이 세상에 현현한 〈시원(始原)〉의 정령. 타카미야 신지에게 거둬진 후, 그와 가까워지며 마음을 나눈다. 하지만 신지가 자신과 다르게 영원한 생명을 지니지 않았다는 것을 알고, 그를 자신과 같은 존재로 만들기 위해 이츠카 시도로서 다시 낳는다. 모든 영결정이 갖춰진 후에 시도를 신지로 되돌리는 계획을 실행에 옮기지만, 마지막에는 시도 일행을 지키기 위해 웨스트코트의 마왕과 동귀어진을 한 끝에 소멸한다.

영장
Astral Dress

신위영장 0번 (야)

모든 것의 근원인 여신형 영장. 압도적인 영력으로 만들어진 그 옷은 그 어떤 천사의 일격을 맞더라도 흠집조차 나지 않는다. 만약 이 영장을 찢을 수 있는 이가 있다면, 그건 미오의 힘을 지닌 이뿐이리라.

천사
Weapon-BookType

만상성당 (아인 소프 오르)
윤회낙원 (아인 소프)
〈　　　〉 (아인)

모든 것에 죽음을 내려주는 〈만상성당〉, 모든 것을 지배하는 〈윤회낙원〉, 모든 것을 지우는 〈　　　〉라는 세 천사를 지녔다. 각각 꽃, 나무, 그리고 씨앗의 형태를 했다. 그 무엇도, 이 힘을 거역하는 건 불가능하다.

MIO TAKAMIYA

TOP SECRET

"너를 기다리는 아이들을 위해서라도, 그러면 안 돼."

좋아하는 것=바다
싫어하는 것=작별

Height-160cm
Bust-89 / Waist-60 / Hip-87

시원의 정령

웨스트코트, 엘렌, 우드먼, 이 세 사람이 이 세상에 현현시킨 최초의 정령. 타카미야 신지에게 거둬져, 30일에 만났다는 것을 이유로 일본식 발음에 따라 「미오」란 이름이 붙여진다. 신지와 함께 마을을 걸을 때, 크레인 게임으로 뽑은 곰 인형을 선물받고 「좋아한다」는 감정을 깨달아서 그에게 전한다.

무라사메 레이네

신지를 자신과 같은 존재로 만들기 위해, 시도로서 다시 낳은 미오. 정령을 만들어내기 위해 〈팬텀〉으로 암약하면서, 무라사메 레이네로서 시도를 돕기 위해 〈라타토스크〉의 해석관을 맡는다는 양면성을 지녔다. 〈라타토스크〉에 회수되어 처음 눈떴을 때, 시도가 들은 것은 레이네가 아니라 미오로서의 말이었다.

모든 것은 사랑하는 이를 위해

자신이 생각한 그 어떤 짓도 전부 실행에 옮겨온 미오. 그 모든 것은 신지와 재회해서 연인 사이가 되어 영원한 시간을 함께 살기 위해서였다. 그것은 너무나도 순수하고, 너무나도 강한 마음이었다. 하지만 그 마음을 이루지 못한 채, 미오는 시도 일행을 지키기 위해 소멸됐다. ―하지만 소멸되어가는 미오가 들은 건, 사랑하는 신지의 목소리였다.

타치바나 코우시

최초이자 최강의 정령, 미오. 하지만 그 실체는 한 소년을 사랑한 한 여자애였습니다. 초기부터 구상해뒀던 캐릭터라 매우 애착이 깊으며, 저도 놀랄 만큼 좋아하는 캐릭터가 됐습니다. 그 결말은 미오에게 있어 틀림없는 트루 엔딩입니다만, 솔직히 괴롭습니다. 미오가 존재하는 일상을 좀 더 그리고 싶었어요.

츠나코

「시원의 정령」이라 다른 캐릭터 같은 현대적인 기성복 스타일이 아니라, 판타지 느낌이 강하게 만들어봤습니다. 형상은 임산부 드레스를 이미지했죠. 의상과 나뭇잎 장식이 대부분 빛으로 된 정체불명의 소재라, 물방울처럼 투명한 색상입니다. 설정상 관련 캐릭터를 방불케 하는 머리모양을 하고 있습니다.

SPIRIT

B E A S T

비스트

식별명 〈비스트〉

"……잊었다─;;
…….그런 건,
…이름;"

SpiritNo.???
AstralDress-BeastType
Weapon-BladeType[Metatron]

[Rasiel]
[Zafkiel]
[Zadkiel]
[Camael]
[Michael]
[Haniel]
[Raphael]
[Gabriel]
[Sandalphon]

종합위험도	SSS
공간진 규모	SS
영장	SS
천사	SSS
STR (힘)	510
CON (내구력)	492
SPI (영력)	502
AGI (민첩성)	345
INT (지력)	032

DEM, 그리고 미오와의 싸움이 끝나고, 토카가 사라진 날로부터 1년 후. 시도 일행 앞에 느닷없이 모습을 보인 정체불명의 정령. 대화를 시도하자 적의를 드러 냈으며, 어찌 된 건지 시도를 집요하게 노린다. 힘을 되찾은 정령들의 활약 덕분에, 겨우겨우 진정시키는 데 성공한다.

영장
Astral Dress

???

넝마처럼 낡고 해진 외투와, 금이 간 영장. 화사해 보이는 소녀의 모습은, 거대한 발톱 때문에 흉포한 짐승을 연상케 한다.

천사

〈오살공〉 (산달폰) / 열 번째 검

짐승 발톱으로 변한 〈오살공〉과, 검의 형태를 한 천사 및 마왕. 손에 쥔 검의 힘을 발현시킬 수 있기에, 두 개 이상의 동시 사용도 가능. 〈비스트〉를 감싸듯 허공에 떠 있는 그 모습은 마치 우리를 연상케 한다.

존재할 리가 없는 정령

정령의 존재가 사라진 시도의 세계에 현현한 정체 불명의 정령 《비스트》. 그 정체는— 시도의 죽음에 절망한 나머지, 정령들의 힘을 흡수해 모든 것을 파괴하고 만 평행세계의 토카였다. 그녀의 주위에 떠 있는 검은 흡수당한 정령들의 천사를 쓸 수 있으며, 그 힘은 절대적.

흔들림 없는 강한 결의

정령으로서의 힘을 되찾은 코토리 일행의 활약으로, 원래 세계에 되돌아간 〈비스트〉. 시도는 그녀가 있는 세계로 가서 데이트를 신청했고, 자신들의 세계에서 같이 살자는 제안을 한다. 하지만 그녀가 원한 건, 이미 고인이 된 시도와 만나고 함께 살았던 추억이 남아 있는 세계에서 살아가는 것이었다.

타치바나 코우시

실은 정령 중에서 손꼽힐 만큼 좋아하는 디자인입니다. 천사가 전부 검 형태를 하고 있는 게 정말 멋져요. 세부 요소를 유심히 살펴보면 토카란 걸 알 수 있지만 언뜻 보면 알 수 없다, 는 절묘한 라인입니다. 22권의 교복 차림도 좋았습니다. 정신을 차린 후, 시도의 제안을 거절하는 부분을 좋아합니다. 그녀도 행복해졌으면 좋겠군요.

츠나코

모든 천사를 쓸 수 있는 상태이기에, 극장판의 장비인 「엔스폴」을 어레인지해서 만들었습니다. 의상의 보석은 내부에 금이 간 크랙 수정입니다. 힘의 폭주와 마음이 죽었다는 점에서 눈의 중심에 구멍이 생긴 듯한 커다란 빛이 존재합니다. 색소가 빠져서, 머리카락 끝부분만 희미하게 원래 색깔입니다. 너덜너덜한 망토가 멀찍이서 보면 망령 같은 이미지를 자아내도록 그렸습니다. 비스트 토카 세계의 외전도 읽어 보고 싶습니다! 그녀가 구원받았으면 해요.

SPIRIT

카자마치 야마이

YAMAI KAZAMACHI

"그대가 나에게, 용기를 줬다."

SpiritNo.8
AstralDress-BerserkType
Weapon-BallistaType[Raphael]

좋아하는 것 - 헤비메탈
싫어하는 것 - 쑥갓

Height-180cm
Bust-102 / Waist-66 / Hip-98

식별명 〈베르세르크〉

종합위험도 S		
공간진 규모 S		
영장 AAA		
천사 AAA		
STR (힘)		226
CON (내구력)		198
SPI (영력)		204
AGI (민첩성)		386
INT (지력)		178

정령이 된 야마이 카구야, 유즈루가 일시적으로 융합한 모습. 정령이 되기 전의 카자마치 야마이는 『쌍둥이로 태어났어야 하는 인간』— 배니싱 트윈이며, 영결 정을 미오에게 얻으면서 카구야와 유즈루가 태어났다는 것이 〈라타토스크〉의 조사로 판명됐다. 사실을 안 카구야와 유즈루는 충격을 받지만, 시도의 말에 힘 을 얻어서 두 명의 인간으로 살아가기로 결의한다.

영장
Astral Dress

신위영장 8번
(엘로힘 차바오트)

몸을 감싸는 구속구 같은 형태의 기사형 영장. 등 에 두 장의 날개가 달려 있으며, 목에는 긴 머플 러를 하고 있다.

천사
Weapon-BookType

구풍기사 (라파엘)

오른손에 돌격창 【꿰뚫는 자(엘 레엠)】, 왼손에 펜듈럼 【옭아매는 자(엘 나하쉬)】을 지니고, 두 날개와 조합해서 거대한 활과 화살【하늘을 달리 는 자(엘 카나프)】와, 거대한 투척창【관통하는 자 (엘 초펠)】, 거대한 방패 【지키는 자(엘 페게츠)】 등의 다양한 형태를 이루는 게 가능. 거대한 석 궁 【창궁을 먹어 치우는 자(엘 예브른)】가 비장의 기술이다.

RATATOSKR

MARIA

마리아

"마리아는 명령을 따르지 않았다."

〈프라시너스 엑스 케르시오르〉로 개량되면서 커뮤니케이션이 가능해진 〈프라시너스〉의 관리AI. 나중에는 니아의 〈섭고편질〉의 권능과 현현장치에 의해 리얼 보디도 손에 넣는다. 정령의 힘이 사라진 후에는 〈라타토스크〉가 인터페이스 보디를 준비해줬으며, 다수의 개체가 가동 중.

좋아하는 것=아름다운 소스 코드
싫어하는 것=마감. 직전인데도
별의별 이유를 대며 술을 마시려 들고,
눈만 뗐다 하면 농땡이를 부리려 하는
게으름뱅이 만화가.

Height-158cm
Bust-84 / Waist-58 / Hip-85

프락시너스 엑스 케르시오르
〈FRAXINUS EX CELSIOR〉 ASS-004-2

개량을 통해 다시 태어난 〈프락시너스〉. 전장(全長) 255m. AI의 콜사인은 『마리아』.
신형 기초 현현장치(베이식 리얼라이저) AR-009를 24기 탑재. 이중으로 임의영역(테리터리)을 전개해, 스러스터에 의지하지 않는 자유로운 기동이 가능해졌다. 또한 정령의 영력을 변환해 공급하는 장치인 시스템 브로트를 통해, 일시적으로 임의영역에 한계치를 넘어서는 힘을 부여하는 것도 가능하다.

주요 무장
집속마력포   〈미스틸테인〉
보조마력포   〈블루트강〉
정령영력포   〈궁니르〉
요격용 미사일   〈브류나크〉
범용독립유닛   〈세계수의 잎(위그드 폴리움)〉

영력 변환장치 시스템 브로트

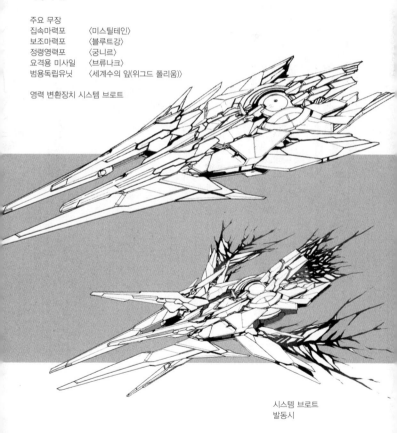

시스템 브로트
발동시

D E M

A R T E M I S I A   B E L L A S H C R O F T

B 애시크로프트

아르테미시아

"다행이야."

—정령이라면 거리낌 없이, 죽일 수 있어."

엘렌, 마야와 어깨를 나란히 하는 세계 최고 봉의 마술사이자 영국 소속 대정령부대 SSS 전직 에이스. 뇌사 상태였으나 미키에와 오리가미의 활약으로 의식을 되찾는 데 성공하나, DEM 측의 세뇌로 웨스트코트의 부하로서 〈라타토스크〉와 적대한다. 원래의 아르테미시아는 온화하고 상냥한 성격이지만, 세뇌의 영향으로 정령에게 매우 냉혹한 살의를 뿜는 인격으로 변모한다.

좋아하는 것=동료
싫어하는 것=끈질긴 사람

Height-162cm
Bust-89 / Waist-62 / Hip-88

녹스 KNOX

"저희는 『자재A』를 놓치고 말았습니다."

태평양 네릴 섬의 실험 시설에서 『자재A』를 수송했던 책임자. 처분은 면하지만 DEM사에서의 이직을 고려한다.

버튼 BURTON

"대체…… 뭐가 어떻게 된 거죠?"

녹스의 부하이며 『자재A』를 놓친 과실의 처분을 걱정한다.

어니스트 브레넌 ERNEST BRENNAN

"지상에서……? 그게 무슨 소리지?"

〈레메게톤〉 함장이자 계급은 대장 상당관. 〈라타토스크〉와의 전면 전투 대, 텐구 시에서 예상치 못한 지상 공격을 받고 동요한다. 자존심이 세고 열세를 인정하려 하지 않는 관료들 중에서는 드물게, 오만하지 않고 객관적인 시점을 지녔다. 웨스트코트가 함대 사령관으로 임명하나, 미오의 공격에 함선이 침몰한다.

아이린 폭스 IRENE FOX

"지금 바로 해당 포인트의 정령에게 돌격해줘. 엄호해줄게."

DEM 제2집행부 소속의 마술사. 료코 일행을 희생시켜 정령을 공격하지만, 무쿠로의 힘에 의해 자기가 쏜 포격에 맞고 쓰러진다.

샬롯 마이어 CHARLOTTE MAYER

"승산 없는 승부는 하지 말자는 게 내 주의거든. 아픈 것도 싫고 말이야."

SSS에서 웨스트코트가 스카우트한 신인 마술사. 데이지, 이자벨라와 함께 은행을 털려고 하지만, 우연히 그 자리에 있던 마나에게 진압당한다.

도미니카 셰링엄 DOMINICA SHERINGHAM

"대체 왜 웨스트코트 님은 그딴 여자를 중용하는 건데!"

DEM 제1집행부 소속 마술사. 눈엣가시처럼 여기는 엘렌과 수영 대결을 벌이지만, 그녀의 킬판 〈프러드웬〉(가짜) 때문에 패배.

앤 ANN

"으으…… 불합리해요."

DEM 제1집행부 소속 마술사. 엘리트지만 유약한 태도 탓에 도미니카에게 불합리한 이유로 항상 혼이 난다. 그리고 도미니카가 불합리한 짓 안 할 때는 도리어 그녀를 걱정한다.

쥬디 블러드베리 JUDY BRADBURY

"저의 일을 방해하려는 거라면 용서하지 않겠어요."

정령을 감시하는 DEM 제1집행부 첩보원. 후미즈키와 하바라를 제2집행부의 첩보원으로 오해해 경계한다.

OTHER

쿠라우치 선생님 KURAUCHI

니아가 만화가를 꿈꾸는 계기가 된 『시공기담(크로니클)』을 그린 인기 만화가. 『시공기담』에 등장한 토키야는 남자 캐릭터지만, 니아는 『내 마누라』라고 공언할 만큼 좋아한다.

이츠키 시도 SHIDO ITSUKI

"하하⋯⋯. 니아는 재미있는 애구나."

여성용 연애 시뮬레이션 게임 『사랑해줘 마이 리틀 시도 ~걸즈 사이드~』 체험판에 등장하는, 상냥하고 포용력 있는 듯한 분위기를 지닌 중성적인 외모의 소년. 성우는 이츠카 시도.

타카죠 히로키 TAKAJO HIROKI

"하지만⋯⋯ 소생이 크게 도움이 안 될지도 모르겠군요."

인기 만화 『아더 페이크』를 연재하고 있는 여성 만화가. 사이가 좋다고 생각했던 니아와 갑자기 소원해진 것을 신경쓰고 있었지만, 코믹콜로세움 이후로 다시 가까워진다.

MUNECHIKA

"옛날 일이니 신경 쓰지 마시지요."

『혀 짧은 여동생이 자신을 부르는 호칭은 오빠야~인가, 오라버니야~인가』라는 방향성 차이 때문에 서클이 분열된 후, 활동을 중지했던 전설의 서클 『여동생 덥썩』의 대표. 본명은 나카츠가와 무네치카.

야마우치 사와 YAMAUCHI SAWA

"그렇게 고양이를 좋아한다면, 쿠루미 양도 한 마리 기르는 게 어때요?"

쿠루미가 정령이 되기 전에 다니던 고등학교의 클래스메이트이자, 단짝이었던 소녀. 아메리카 쇼트헤어 종인 마론이란 고양이를 기르고 있으며, 쿠루미는 그 고양이를 만나기 위해 자주 그녀의 집에 놀러갔다.

타카미야 신지 TAKAMIYA SHINJI

"우리가 만난 건 30일이었잖아? 그래서, 미오⋯⋯라고 지어봤어."

마나의 오빠. 시원의 정령을 거두고, 미오란 이름을 지어준 소년. 웨스트코트로부터 미오를 지키기 위해, 목숨을 잃고 말았다.

호무라 하루코 HOMURA HARUKO

"아까 했던 말, 진짜야?!"

마나의 절친이자 열네 살인 여자 중학생. 마나의 부탁으로 미오가 입을 데이트복을 코디네이트해준다. 신지의 친구인 타츠오 선배를 좋아해서 나중에 결혼해 이름이 이츠카 하루코로 바뀌며, 시도를 양자로 들인다.

아코, 마코, 미코 AKO, MAKO, MIKO

"저, 저기! 타카미야 군, 방금 그 미소녀는 대체 누구야?!"

"혹시 아까 걔가 타카미야 군의 애인이야?!"

"타카미야 군한테 저런 미인 걸프렌드가 있다는 소리는 들은 적 없거든?!"

신지네 반의 사이좋은 아가씨 3인조. 재미있을 듯한 이야기는 놓치는 일이 없으며, 바로 몰려와서 캐묻는다.

쿠리타 KURITA

"—신랑님, 신부님의 준비가 끝났습니다."

시도와 오리가미의 포토 웨딩 플랜을 담당했던 『임페리얼 호텔 동텐구』의 종업원.

히메카와 나기사 HIMEKAWA NAGISA

"이 엄마는 요시노 알라뷰 인간이다아아앗!"

요시노의 어머니. 투병 중인 요시노를 위로하기 위해, 직접 만든 토끼 퍼핏 인형 『요시농』을 선물해준다. 직장에서의 뜻하지 않은 사고로 숨을 거둔다.

스미다 카호 SUMIDA KAHO

"미안해. 나이를 먹으면 이렇게 눈물이 많아진다니깐."

요시노가 예전에 입원 생활을 했던 병원에서 일했던 간호부장. 고상한 분위기를 지닌 50대로 보이는 여성이며, 요시노가 어머니를 위해 만든 『요시농 주니어』를 보관하고 있었다.

호시미야 아사히 HOSHIMIYA ASAHI

"……예전보다, 훨씬 아름다워."

무쿠로의 의붓언니. 20대 중반의 회사원. 무쿠로와의 기억을 무쿠로 본인에게 봉인당하지만, 우연히 재회하면서 기억을 되찾는다.

콘고지 카오루 KONGOUJI KAORU

"옷 입고 가만히 서있기만 하면 돼!"

길을 걷던 레이네를 모델로 스카우트한 연예기획사 『알트 프로덕션』의 스카우트맨. 말투와 목소리만
들으면 상상이 안 되는 거한.

엘리야라트 바야나디 ELIJAHRAT VERYAHNADI

"그 여자한테는 크렐을 맡길 수 없단 말이야……. 그러니까……!"

교토에서 열리는 의견교환회에 참가하기 위해 일본을 찾은 크렐 왕국 제3왕녀. 제1왕녀가 보낸 자객
에게 몇 번이나 목숨을 위협받지만, 통역을 의뢰한 레이네가 구해준다.

마루나 아리스 MARUNA ARISU

"……뭐? 너는 누구야?"

니아마저도 80종류나 되는 배드 엔딩을 보고 말 만큼 공략 난이도가 높은 미소녀 게임 히로인. 100
개가량 되는 선택지 중에서 정답을 찾아내야만 하지만, 반응이 생동감 넘친다.

후라노 켄조 FURANO KENZO

"애니메이션이라는 건 액시던트와 언밸런스의 산물이거든!"

니아의 만화 『네크로니카』 OVA의 감독. 애드리브와 장부 조작의 천재라고 불리지만, 계획성이라고
는 눈곱만큼도 없는 제작 수법 탓에 열 곳이 넘는 제작 스튜디오에 출입이 금지됐다. 별명은 프랑켄
슈타인.

토라쿠라 TORAKURA

"오늘 잘 부탁드려요."

『네크로니카』 OVA의 제작 프로듀서. 쉬지 않고 일하는 걸로 유명하며, 함께 일한 상대는 하나같이
정기를 빨린 것처럼 된다. 별명은 뱀파이어.

미츠이 MITSUI

"설마 혼쿄 선배가 여자일 줄이야……. 깜짝 놀랐어요."

『네크로니카』 OVA의 음향 감독. 혹독하기 그지없는 지도 탓에 함께 작업을 한 사람은 하나같이 정
기를 빨린 것처럼 된다. 별명은 미라.

사키바 SAKIBA

"우후후. 정말. 굉장히 예뻐……."

『네크로니카』 수록 스튜디오 『스튜디오 그레이브』의 스태프. 어찌된 영문인지 함께 작업을 한 사람은
하나같이 정기를 빨린 것처럼 된다. 별명은 서큐버스.

【파티마】 FATIMA

"이정도로 나를 궁지에 몰아넣은 답례 삼아 보여주마."

인기 MMORPG 폴라리스 온라인을 어지럽히는 악질 플레이어 킬러. 레벨 99이며, 직업은 최상급 직업인 월드 브레이커. 레벨 1인 모험가가 던진 『돌』에 맞고 쓰러진다.

우시야마 USHIYAMA

"전쟁을 치르러 갈 때 전투복장을 걸치는 게 당연하잖아!"

물소뿔 같은 것이 달린 헬멧을 쓴 근육질의 대식전사(푸드파이터). 〈지고육괴(슈프림 스테이크)〉란 별명을 지녔으며, 스테이크를 한 번에 먹어 치우는 것이 특기다. 많이 먹기 선수권에서는 헬멧의 뿔이 양옆의 선수를 방해한 바람에 실격.

카츠타 KATSUTA

"빨리 오늘 제물을 잡자고~!"

동글동글해 보일 만큼 살이 찐 체격의 대식전사. 〈기름은 음료수(벌컥벌컥 오일)〉이란 별명을 지녔으며, 돈까스를 특히 사랑한다. 많이 먹기 선수권에서는 기름지지 않은 빵이 목에 걸려서 리타이어.

후라이 FURAI

"끼얏호~!"

닭의 볏 같은 모히칸 헤어를 자랑하는 대식전사. 〈건담귀(켄터키)〉라는 별명을 지녔으며, 프라이드 치킨 빨리 먹기로는 누구에게도 지지 않는다. 많이 먹기 선수권에서는 닭고기 이외의 고기를 질색한다는 걸 떠올리고 패배.

아야노코지 카논 AYANOKOJI KANON

"나를 얕본 걸 후회하게 만들어줄 거야."

코토리가 속한 중학교 학급의 반장. 린도지 여학원에 다니는 아야노코지 카린의 여동생. 언니를 닮아 자존심이 강하며, 체험 입학한 요시노와 나츠미를 깎아내리려다 실패. 그 바람에 괴롭혀주려 하지만 매번 방해를 받고, 마지막에는 반성하며 요시노와 나츠미의 친구가 된다.

오츠키 노리코 OTSUKI NORIKO

"으음…… 무슨 짓을 할 건데요?"

카논의 들러리. 툭하면 폭주하는 카논에게 매번 말리지만, 무시당한다.

히무카이 에이코 HIMUKAI EIKO

"—맹약의 순간이 도래했습니다. 가시죠, 『헤르메스』."

어째선지 오른손에 붕대를 감은 여자애. 카구야의 클래스메이트. 별명 『오네이로스』. 소재가 없어 난처한 문예부 부원이 부정기적으로 여는 소재 회의 『현자회의』의 멤버.

아가타 유아 AGATA YUA

"유아, 새로운 남친이 생겼거든~?"

달콤한 향기가 감도는 듯한 포근한 분위기를 지닌 여자애이며, 유즈루의 클래스메이트. 유즈루가 전수한 야마이식 바디터치로 남친을 손에 넣었다.

시라누이 히즈미 리리엔베르크 SHIRANUI HIZUMI LILIENBERK

"네 가사를 처음 들었을 때는 마음이 떨렸어."

라이젠 고교 경음악부에서 고딕 펑크 계열 밴드를 결성한 여학생. 때때로 『겐야』(카구야)에게 가사 제작을 의뢰한다.

카시이 에나 KASHII ENA

"앗! 여기 있었군요, 유즈 선배!"

라이젠 고교 디자인부에 속한 여학생. 몸매가 뛰어난 유즈루에게 부원이 만든 옷을 입을 모델을 의뢰하고 있다.

하스누마 사키코 HASUNUMA SAKIKO

"자기만 믿으라고 말했잖아요……."

라이젠 고교 2학년 1반의 여학생. 2반의 스기야마에게 호감이 있어서 유즈루에게 상의했더니, 방과 후에 학교 건물 뒤편으로 스기야마에게 오라는 편지를 보내란 지시를 받았다.

로잘리 웰벡 ROSALIE WELBECK

"제 가문에 대대로 이어져 내려온 소중한 보물이에요……."

린도지 여학원에 교환 유학생으로 온 소녀. 괴도 라일락에게 가보인 『장미소녀(로단테)』란 보석을 도둑맞고, 어쩌면 좋을지 미쿠와 상의한다.

아쿠츠 켄조 AKUTSU KENZO

"이 건방진 놈들. 누구인지는 모르겠지만, 이건 절대 넘겨주지 않겠다……!"

땅딸막한 체구에 백발이 인상적인 예순 남짓한 남자. 『장미소녀』를 비롯한 세계 각국의 미술품과 보석을 악랄한 방법으로 수집하고 있다.

라이오넬 블랙 LYONEL BLACK

"제가 직접 상대해주도록 할까요. 물론, 특별 보너스를 듬뿍 챙겨주셔야 합니다?"

또 다른 이름은 괴도 라일락. 아쿠츠의 의뢰로 『장미소녀』를 훔친 전직 DEM 소속 마술사. DEM에서 꽤 이름을 날린 마술사라고 자칭하지만, 오리가미에게 10초 만에 박살난다.

괴도 로즈 ROSE

"혹시 또 인연이 된다면 또 부탁을 하고 싶을 정도네."

범행 현장에 카드를 남기는 타입의 괴도. 범인은 로잘리.

마탄의 란코, 견고의 루리카, 멸살의 카오루 RANKO, RURIKA, KAORU

"후후…… 대장님, 아무래도 저희가 나설 때가 왔나 보네요."

"응. 상대는 DEM인더스트리의 위저드— 싸울 맛이 나겠는걸."

"죽여 버리겠어, 죽여 버리겠어, 죽여 버리겠어, 죽여 버리겠어, 죽여 버리겠어."

문제아가 모인 AST 제4분대 멤버. 문제아인 것치고는 능력 측정 결과는 비범하다. 마탄의 란코는 「마탄」은 성에서 유래된 별명이며, 진짜 성은 「마단노」.

오사카 OSAKA

"여러분, 부디 멋진 인연과 만나시길!"

주식회사 인카운터의 사원. 타마에와 레이네가 참가한 텐구 시 결혼활동 파티의 사회를 맡았다. 인사를 짧막하게 하자는 게 신조.

사와무라 SAWAMURA

"저기, 아, 아름다우시네요."

텐구시 결혼활동 파티에서 레이네와 대화를 나눈, 안경을 쓰고 진지하며 조용한 인상의 30대 중반 남성.

세키구치 SEKIGUCHI

"그, 그런가요……."

텐구시 결혼활동 파티에서 타마에가 말을 건 남성. 세 남매의 차남이며, 형과 여동생이 있다. 직업은 은행원. 마구 밀어붙이는 타마에 탓에 위축된다.

이츠카 타츠오, 이츠카 하루코 ITSUKA TATSUO, ISTUKA HARUKO

"시도와 코토리를 만나는 것도 참 오래간만이군. 잘 지냈지?"

"오래간만에 시~ 군이 해주는 요리가 먹고 싶어~."

해외 출장 중인 시도와 코토리의 부모님. 〈라타토스크〉의 모체인 아스가르드 일렉트로닉스의 사원으로 현현장치와 〈프락시너스〉의 개발에 관여했다. 휴가 때는 시도와 코토리를 만나기 위해 텐구 시에 돌아온다.

아오키 AOKI

"두 분은 어떤 매물을 찾으시나요?"

부동산회사 『텐구 하우징』에서 니아가 이사할 집을 찾아준 여성. 예산이 얼마 안 되는 상대에게는 결함 주택이나 사고 매물을 슬며시 소개한다.

코미 켄스케 KOMI KENSUKE

"괜찮습니다! 이 원고라면 분명 오케이를 받을 수 있어요!"

주간 소년 블래스트 편집부원. 나츠미가 가져온 만화를 읽고 바로 증간호 게재를 제안하지만, 편집장에게서 본지에 게재하라며 혼이 난다.

노베 라이토 NOBE RAITO

"그 어떤 조건이든 다 받아들이겠다고 해!"

애스트럴 문고 편집장. 나츠미가 『Nuts』의 펜네임으로 Narrow에 투고한 소설을 읽고, 편집부원에게 서적화 의뢰 메일을 보내고 애니메이션 프로듀서에게도 연락하라고 즉시 일갈했다.

MAIKO

"그때, 나는 두 번째 탄생을 맞이한 거야."

주식회사 아폴론 뮤직의 프로듀서. 나츠미가 『나츠P』로 영상 투고 사이트에 올린 음악을 듣고, 순식간에 매료되어 바로 접촉하려 한다.

나츠비 타쿠마 NATSUBI TAKUMA

"그 곡을 들은 덕분에 지금의 제가 존재하는 건 분명해요."

나츠미가 만든 음악을 듣고, 샐러리맨을 관두고 스트리트 뮤지션이 된다. 예명은 『나츠P』한테서 따왔다.

오소레잔 쿄타로 OSOREZAN KYOHTARO

"믿을지 말지는 여러분 마음입니다."

도시전설 연구가. 『나츠P』가 동영상 사이트에 곡을 올린 날은 요절한 천재 작곡가, 모리 아루토의 기일이었다는 점에서 그의 관계자일 거란 소문을 퍼트린다.

『요리』의 후미에 FUMIE

"요리 도중에 심술궂은 시어머니에게 방해를 받는 사태 정도에는 대비를 해야지."

꼭대기에 도달하는 자는 백 명 중 한 명뿐이라는 혼활사 신부수업의 최고 난관, 혈혼웅자출탑(血魂雄雌出塔)의 1층을 지키는 파수꾼. 요리 중인 도전자를 서슴없이 방해한다.

『방중술』의 히토미 HITOMI

"아무것도 모르는 숫처녀로 있을 수는 없거든~?"

혈혼옹자출탑, 2층을 지키는 파수꾼. 과도한 묘사는 문제가 될 수 있기에 세부적인 부분은 모르겠지만, 방중술 글로리어스 머신건을 터득했다.

『신부』 미사코 MISAKO

"작은아이가 열이 나는 것 같아서…… 승부는 다음으로 미뤄도 될까요?"

혈혼옹자출탑, 최상층을 지키는 파수꾼. 혼활사의 모든 가르침을 터득했고, 어마어마한 혼기(아우라)를 뿜는 퀸 오브 브라이드. 그 정체는 다섯 번 결혼했고 자식이 여덟 명 있는 싱글 맘. 헤어진 남성 중에 카와고에도 있다는 건 비밀.

후미즈키 하루미 FUMIZUKI HARUMI

"—어디까지나 내 감이지만, 이자요이 미쿠한테는 분명 남자가 있어."

주간 웬즈데이의 연예부 기자. 인사이동으로 다른 부서로 가는 걸 피하기 위해 아이돌 미쿠의 스캔들을 노리지만, 우연히 〈라타토스크〉의 기지를 발견한다.

하바라 치카 HABARA CHIKA

"텔레비전에서 귀여운 여자애와 같이 공연을 할 때, 아이돌이 지으면 안 되는 표정을 짓는 것 같던데……."

후미즈키의 후배이자 마찬가지로 연예부 기자. 감이 좋아서 핵심을 찌르는 발언을 자주 하지만, 후미즈키에게 무시당한다.

곤다 히데오 GONDA HIDEO

후미즈키가 속한 회사의 부장. 52세. 아내와 자식이 있지만, 권태기라 각방을 쓴다. 티나는 가발을 쓰고 있으며, 요즘은 요실금으로 고생하고 있다.

우에모토 카즈나리 UEMOTO KAZUNARI

후지즈키가 다니는 회사의 사장. 60세. 아내와 자식이 있지만, 권태기라 각방을 쓴다.

마인 MAIN

마이가 대학에서 친해진 친구. 아이와 미이가 데이트할 때면, 둘이서 놀러다닌다. 참고로 아이는 키시와다, 미이는 토노마치와 사귀기 시작했다.

렌 REN

"자, 당신은 대체 어떤 소원을 빌 건가요?"

게임 『렌 디스토피아』에 등장하는 오리지널 캐릭터. 정령들을 꿈의 세계로 유혹해, 바라는 소원을 이뤄주는 능력을 지닌 수수께끼의 정령.

마유리 MAYURI

"너를
싫어할 리가 없잖아."

극장판 『마유리 저지먼트』에 등장한 오리지널 캐릭터. 영력의 그릇이 된 시도를 감시 및 심판하는 역할을 맡은 소녀.

소노가미 리오 SONOGAMI RIO

"가장 소중한 걸 찾아야만 해."

게임 『리오 리인카네이션』에 등장하는 오리지널 캐릭터. 시도를 아빠, 린네를 엄마라 부르는 어린 소녀이며, 뭔가를 찾고 있다.

데이트 어
에피소드 랭킹

DATE A EPISODE RANKING

A EPISOD

「데이트 어 라이브 앙코르」 시리즈에 수록된 총 63편
의 단편 중, 독자 투표로 결정된 인기 랭킹을 발표!

츠나코 기념 신규 일러스트

1위

토카 애프터

데이트 어 라이브
앙코르 10

INTRODUCTION

1년 만에 토카와 재회한 시도. 뭐든 어울려 주겠다는 시도에게, 토카가 말한 『하고 싶은 일』이란—.

2 위

쿠루미 스타 페스티벌

데이트 어 라이브
앙코르

INTRODUCTION

7월 7일. 시도는 최악의 정령
— 토키사키 쿠루미와 만났다.
추억을 원한다고 말한 쿠루미
는 웨딩드레스로 갈아입고—.

3 위

토카 게임 센터

데이트 어 라이브
앙코르

INTRODUCTION

클래스메이트인 오리가미와의
말다툼 탓에 정신 상태가 불안
정해진 토카를 위해, 시도는
게임 센터 데이트를 제안한다.

4 위

쿠루미 산타클로스

데이트 어 라이브
앙코르 3

INTRODUCTION

쿠루미 사천왕에게 휘둘린 쿠루미는 산
타 복장으로 크리스마스 날 밤을 뛰어다
닌다. 단 한 명의 남성에게 선물을 건네
기 위해서.

5 위

무쿠로 게이샤

데이트 어 라이브
앙코르 8

INTRODUCTION

전설적인 기녀인 무쿠로 타유의 마음에
든 사무라이, 시도는 무쿠로를 유곽에서
빼내주기 위해 유곽의 주인인 니아와 대
결을 벌이게 된다.

6 위

쿠루미 프렌드

데이트 어 라이브
앙코르 10

INTRODUCTION

눈을 떠보니 눈앞에는 죽었을 터인 야마
우치 사와가 존재했다. 쿠루미는 위화감
을 느끼면서도, 상냥한 세계에서의 일상
을 단짝 친구와 함께 보낸다.

7 위

시오리 스피릿

데이트 어 라이브
앙코르 8

INTRODUCTION

시도를 쏙 빼닮은 정체불명의 정령, 〈도 플갱어〉 시오리. 느닷없이 나타난 그녀와 데이트해서 반하게 만들어라?!

8 위

니아 걸게임

데이트 어 라이브
앙코르 6

INTRODUCTION

니아의 집에 불려가서 미소녀게임 공략 을 돕게 된 시도는 그 엄청난 난이도에 고생한다.

9 위

무쿠로 헤어

데이트 어 라이브
앙코르 6

INTRODUCTION

사고로 무쿠로의 긴 머리카락을 너무 짧 게 잘라버린 시도. 어떻게든 해보려고 정 령들의 힘을 빌리지만……

10 위

쿠루미 밸런타인

데이트 어 라이브
앙코르 7

INTRODUCTION

다가오는 밸런타인. 시도에게 선물을 건
네주고 싶어하는 강경파 『저희들』을 막기
위해, 쿠루미는 정신없이 뛰어다닌다.

1 위

정령 스노 워즈
데이트 어 라이브
앙코르 5

COMMENT

기왕 개별 랭킹을 뽑게 됐으니, 작가 시점에서 제대로 맞물렸다고 여기는 이야기를 골라봤습니다. 상위는 거의 동률이나 다름없습니다만, 그래도 1위를 뽑자면 스노 워즈입니다. 캐릭터들이 함께 이상한 게임을 하는 편은 거의 다 좋아합니다만, 이건 특히 이야기가 재미있게 풀렸다고 생각합니다.

2 위

토카 프레지던트
데이트 어 라이브 앙코르 10

쓰면서 즐거웠던 이야기입니다. 원래와 다른 세상인 만큼, 뒷일 생각하지 말고 마음껏 써 내려갔다는 점도 크게 작용했다고 생각합니다. 토카가 엄청난 속도로 출세하는 파트가 좋았습니다. 니아는 창문 닦는 게 엄청 능숙해졌죠.

3 위

요시노 익스퍼리언스
데이트 어 라이브 앙코르 7

요시노와 나츠미의 친구인 아야노코지 카논이 처음 등장하는 이야기입니다. 단편 출신 캐릭터 중에서 가장 좋아합니다. 최근의 단편에도 때때로 출연하며, 본편에서도 얼굴을 비췄습니다. 한번 정도 그녀의 삽화가 실렸으면 합니다.

타치바나 코우시
CASE.

CASE. KOUSHI TACHIBANA
EPISODE RANKING

4 위

나츠미 챌린지
데이트 어 라이브 앙코르 9

엄청난 재능을 지녔지만, 그걸 눈치채지 못하는 나츠미를 참 좋아합니다. 나츠미가 활약하는 이야기는 어째선지 술술 써집니다. 이것도 그런 이야기 중 하나입니다. 편집자 시점의 문장을 쓰는 게 즐거웠단 게 기억에 남아 있습니다.

5 위

쿠루미 스타 페스티벌
데이트 어 라이브 앙코르

명예의 전당 선정 취급을 해도 괜찮겠다고 생각했습니다만, 이참에 선정해봤습니다. 쿠루미 사천왕을 좋아해서 『쿠루미 밸런타인』과 『쿠루미 프렌드』와 고민됐습니다. 단편치고는 드물게, 덧없고 아름다운 이야기입니다. 지금도 칠석이 되면 생각납니다.

6 위

레이네 매리지헌트
데이트 어 라이브 앙코르 7

서브 캐릭터들을 잔뜩 등장시킬 수 있어서 즐거웠습니다. 레이네와 료코처럼 평소 얽힐 일이 없는 캐릭터가 만나는 이야기를 꽤 좋아합니다. 그리고 무엇보다 이 이야기는 핵심은 결말입니다. 「무조건 이거!」 하고 생각합니다.

7 위

정령 워울프
데이트 어 라이브 앙코르 10

쓰기 전부터 복잡해지겠는걸…… 하고 생각했습니다만, 의외로 스무스하게 써졌습니다. 캐릭터의 포지션과 늑대인간 역할을 정하는 게 즐거웠습니다. 그리고 마리아의 대사를 쓰는 게 묘하게 즐거웠어요.

8 위

코토리 에디터
데이트 어 라이브 앙코르 8

꿈속에서의 이야기입니다. 배역을 정하는 게 즐거웠던 게 기억납니다. 〈라타토스크〉가 편집 측이고 정령이 만화가 측이라는 것도 구조적으로 잘 맞물렸다고 생각합니다. 나츠코 선생님의 펜네임이 생각났을 때 「이거다!」 하고 마음속으로 외쳤습니다.

9 위

무쿠로 게이샤
데이트 어 라이브 앙코르 8

이것도 꿈속의 이야기입니다. 평소 거의 다뤄지지 않는 타입의 이야기가 인상에 쉽게 남는 걸지도 모르겠습니다. 츠나코 씨가 그려주신 기녀 무쿠로가 너무 아름다웠습니다. 그리고 마음에 든 건 미쿠와 니아의 배역입니다.

10 위

마나 미션
데이트 어 라이브 앙코르 4

실은 개인적으로 좋아하는 이야기입니다. DEM 시절의 마나의 모습을 살펴볼 수 있는 귀중한 단편이죠. 주인공이 되면 의외로 히어로답게 구는 마나가 멋집니다. 엘렌과 제시카와의 대화도 꽤 마음에 들어요.

1 위

쿠루미 스타 페스티벌

데이트 어 라이브
앙코르

COMMENT

두말할 여지가 없는 인기 에피소드입니다만, 처음으로 읽었을 때의 감동이 아직 남아 있어서 개인적으로는 지금도 부동의 1위입니다. 언젠가 또 만나기를 기대하고 있습니다.

2 위

토카 애프터

데이트 어 라이브 앙코르 10

토카와 오리가미가 함께 미소 짓는 장면을 그릴 수 있어서 정말 좋았습니다. 캐릭터들의 본편 이후의 모습을 볼 수 있어서, 읽기 전보다 신경 쓰이는 부분이 늘어났습니다. 조금 더 이어진다니 기쁘군요!

3 위

레이네 매리지헌트

데이트 어 라이브 앙코르 7

타마 쌤과 칸나즈키 씨. 당초에는 이어줄 예정이 전혀 없었던 두 사람입니다만, 그야말로 운명의 장난……. 등장한 캐릭터들의 하나같이 재미있고, 본편과 이어지는 레이네 씨의 심정이 드러나서 참 좋았습니다.

츠나코
CASE.

CASE. TSUNAKO

EPISODE RANKING

4 위

개막은 어둠 속에서/그 막을 내리는 건
데이트 어 라이브 앙코르 8

앙코르 8권은 한 권 전체가 연결되는 작품이며 IF전개가 발생하는 구조라 매우 재미있고, 단편 하나하나가 참 재미있어서 참 고민되었던지라…… 이 선정 방식은 좀 약았으려나요? 평소와 다른 의상을 그릴 수 있어서 즐거웠습니다.

5 위

니아 걸게임
데이트 어 라이브 앙코르 6

마리………… 루……나 아리스. 게임판 캐릭터도 애착이 있는 만큼, 참 기쁜 단편이었습니다.

6 위

정령 워울프
데이트 어 라이브 앙코르 10

두 토카가 양쪽 다 상냥해……. 늑대인간을 실제로 관전하는 느낌이 들어서 참 재미있는 이야기였습니다. 역시 타치바나 선생님, 늑대인간 게임에 참 익숙하시군요. 짐승귀 애호가인지라 삽화를 그리면서 즐거웠습니다!

7 위

토카 게임 센터
데이트 어 라이브 앙코르

삽화를 지금 보니 우와~~~ 싶습니다만, 한편으로는 그렇게 변한 것 같지 않은 느낌도 듭니다. 앙코르 10권의 삽화를 그리면서 우연히 이 이야기를 다시 봐서, 판달로네를 다시 그려봤습니다. 아무튼 전부 반갑군요.

8 위

정령 오프라인
데이트 어 라이브 앙코르 6

마침 근무하던 게임 회사에서 온라인게임풍 타이틀을 개발하던 타이밍이어서 묘하게 인상에 남았고, 각 캐릭터의 게임 속 의상을 생각하는 것도 즐거웠습니다. 전후편이었습니다만, 토카의 텍스트가 참 재미있어서 이쪽으로 선정!

9 위

엘렌 메이저스의 최강다운 하루.
데이트 어 라이브 앙코르 2

본편에서는 무시무시한 적 캐릭터였습니다만 일상편에서는 천적 세 사람한테 찍소리도 못하고, 장비가 없으면 약해빠졌다는 갭을 참 좋아합니다. 처음에는 수영복 메이커 명칭이란 형태로 등에 「최강」이라 읽을 수 있는 로고를 넣었습니다만, 그냥 지우기로 했습니다.

10 위

요시노 파이어워크스
데이트 어 라이브 앙코르

삽화를 그리는 게 참 즐거웠습니다. 물에 젖어 비치는 옷…… 참 좋군요. 나만의 동물원의 편린이 느껴집니다. 벌이라면 어쩔 수 없죠. 어쩔 수…… 없는 거죠……?

정령 생일

SPIRIT BIRTHDAY

MIKU IZAYOI

이자요이 미쿠

1월 19일

January. 19th

NIA HONJO

혼죠 니아

2월 29일

February. 29th

YOSHINO HIMEKAWA

히메카와 요시노

3월 20일

March. 20th

TOHKA YATOGAMI

야토가미 토카

4 월 1 0 일

April. 10th

SHIDO ITSUKA

이츠카 시도

5 월 2 7 일

May. 27th

KURUMI TOKISAKI

토키사키 쿠루미

6 월 1 0 일

June. 10th

NATSUMI KYOUNO

쿄노 나츠미

7 월 2 3 일

July. 23th

KOTORI ITSUKA

이츠카 코토리

8 월 3 일

August. 3th

MUKURO HOSHIMIYA

호시미야 무쿠로

| 9 | 월 | 1 | 2 | 일 |

September. 12th

KAGUYA YAMAI / YUZURU YAMAI

야마이 카구야 / 야마이 유즈루

| 1 | 0 | 월 | 1 | 8 | 일 |

October. 18th

ORIGAMI TOBIICI

토비이치 오리가미

| 1 | 1 | 월 | 1 | 1 | 일 |

November. 11th

MIO TAKAMIYA

타카미야 미오

| 1 | 2 | 월 | 2 | 5 | 일 |

December. 25th

데이트 어 인터뷰
DATE A INTERVIEW

타치바나 코우시×츠나코
KOUSHI TACHIBANA×TSUNAKO

A INTERV

KOUSHI TACHIBANA×TSUNAKO

데이트 어 라이브
본편 시리즈를 돌이켜보며
타치바나 코우시 × 츠나코 대담(對談)

—그럼 1권에 관한 이야기부터 들려주십시오.

타치바나 : 1권 때는…… 팔릴지 안 팔릴지 몰라서 걱정했던 게 추억으로 남아 있습니다. 역시 새 시리즈의 제1권을 낼 때는 긴장하기 마련이니까요. 수상작이었던 「창궁의 카르마」와 달리, 처음부터 상업 작품으로서 집필한 것도 처음이었습니다. 투고 시절에는 「어떻게 해서 심사위원의 의표를 찌를까」라는, 말하자면 약간 교활한 전술을 썼습니다. 하지만 「데이트」에서는 그런 작전을 거의 고려하지 않으면서 내용을 다져나가자는 생각으로 글을 썼습니다. 제1권을 쓰기 전부터 담당 편집자와 플롯 회의를 하며 작업을 진행했고요. 그런 의미에서도 처음 경험해보는 일이 많았던 작품입니다.

—1권을 쓰면서 주의하신 부분은 있습니까.

타치바나 : 가장 유의한 점은 페이지가 문자로 지나치게 빼곡해지지 않도록 하자는 겁니다. 특히 서장에서 신경을 썼습니다. 손이 가는 대로 쓰면 줄 바꾸기도 잘 하지 않는 만큼, 가능한 한 줄 바꾸기를 많이 하려 했습니다.

츠나코 : 정말이네요. 그런 부분도 유의하셨군요!

타치바나 : 1권에서는 신경을 썼습니다. 시리즈 후반부로 진행될수록 신경 쓰지 않게 됐지만요! 이제 다들 익숙해졌을 거라고 생각했거든요(웃음)!

츠나코 : (웃음).

타치바나 : 10권 정도라면 괜찮겠지만, 역시 1권에서는 책을 펼쳐보고 글자가 너무 빼곡하단 점은『읽지 않을 이유』가 될지도 모르니까요. 그리고 1권 단계에서, 이 한 권의 이야기만이 아니라 시리즈 전체의 커다란 이야기를 구상했습니다.『세피로트의 나무』를 모티프로 삼은 이유는…… 어라, 그러고 보니 모티프가『세피로트의 나무』라고 밝힌 적이 있던가요?

츠나코 : 밝힌 적은 아마 없을 거예요.

타치바나 : …….「머테리얼2」에서 첫 공개! 놀랍게도, 정령의 이름에는 숫자가 들어가 있어요!

츠나코 : 우와~, 그랬구나~(웃음).

타치바나 :「머테리얼2」까지 읽어주신 독자 여러분이라면 눈치 못 챈 분이 적겠지만 말이죠(웃음). 사실 번외 정령의 이름에도 숫자가 들어가 있어요. 린네는 중국어 발음으로 0(린)이 들어가 있고, 0의 광동어 발음은 렌입니다. 2(아루)는 아루스. 그리고 웨스트코트에게도 미들 네임에 0(레이)가 들어가 있습니다. 하지만 이건 처음부터 구상해둔 것이

아니라서, 웨스트코트가 〈신식편질〉을 손에 넣었을 때는 「아이작이 아니라 알버트라고 할 걸 그랬다」 하고 생각했죠. 2(아루)를 넣지 않았다는 게 생각나서요. 뭐, 최종적으로 시원의 정령이 됐으니 결과적으로 잘 됐지만요.

츠나코 : 혹시 니벨코르한테도 2가 들어가 있나요?

타치바나 : 실은 니콜 오브리라는 인물이 있는데, 그 여성과 벨제붐 사이에서 태어난 딸이 니벨코르⋯⋯란 이야기가 있습니다. 그래서 벨제붐의 딸이라는 점을 통해 니벨코르의 이름을 인용했죠. 우연히 이름에도 마침 2가 들어가 있고요.

츠나코 : 니아와 마찬가지로, 일본식 발음으로 2(니)가 들어가 있네요.

타치바나 : 『세피로트의 나무』를 모티프로 한 건 시리즈 완결 때까지 숨기고 싶었지만요(웃음).

츠나코 : 드디어 첫 공개(웃음)!

타치바나 : 지금 생각해보면, 열 명은 꽤 과감했다고 생각합니다.

츠나코 : 그러고 보니 1권의 캐릭터 러프를 살펴보다 안 건데, 토카가 「토코」로 되어 있었어요.

타치바나 : 네, 토코였습니다! 처음에는요! 세피라의 10은 『지구』를 상징하니까, 최초의 히로인은 10이 좋겠다고 생각했죠. 그때는 임시로 「토코」란 이름을 붙여줬는데, 담당 편집자님한테서 「하나도 귀엽지 않아!」란 말을 들었어요⋯⋯(웃

음). 그래서, 한동안 고민한 후에 「토카」로 정했더니 「이거라면 오케이」라고 하셨죠. 모음 하나 차이 나는데 말이에요.

츠나코 : 이름의 영향일지도 모르지만, 「토코」일 적의 토카는 고풍스러운 옷차림을 하고 있는 게 많군요. 머리 모양도 일본 인형 같고요.

—참고로 무라사메 레이네가 최종 보스 캐릭터가 된다는 전개는 1권 시점에서…….

타치바나 : 이미 결정해뒀던 겁니다. 무라사메 레이네의 한자 표기를 세로로 쓰면 한자 영(零)이 들어있죠. 충격적인 진실!

츠나코 : 레이네 씨도 당초에는 이름이 달랐죠. 아마 「토모카」였던 걸로…….

타치바나 : 그건 최초의 모티프가 숨겨진 세피라 「지식(다아트)」이기 때문입니다. 결과적으로는 아인이 되면서 영(零)을 넣기로 했는데…… 이름에 영을 넣었다가 너무 수상할 것 같아서 『비 우(雨)』와 『영 령(令)』으로 나눠서 넣었습니다. 그래도 감이 좋은 독자 여러분은 꽤 빠른 단계에서 눈치채신 것 같더군요. 캐릭터에 숫자가 들어가 있단 법칙을 눈치챈 사람은 「어라라라?」 하고 여겼으리라 생각합니다.

—1권에서 고생한 장면은 어디입니까?

타치바나 : 데이트 파트는 기본적으로 매번 수정됩니다. 전투 장면은 그렇지도 않지만, 데이트 부분은 1권에서도 고

생했죠. 그리고 훈련 파트도 힘들었어요! 게다가…… 1권은 두 번 정도 통째로 뜯어고쳤던 것으로 기억합니다. 역시 처음에는 뭐가 뭔지 모르는 상태에서 글을 쓰는 만큼, 쓰면서 하나하나 파악해갈 수밖에 없었죠. 그렇게 쓰다 보니 일러스트레이터 분을 선정하게 됐고, 츠나코 씨와 만나게 됐습니다……. 츠나코 씨께서 토카의 디자인을 열 종류나 준비해주신 건, 지금 생각해봐도 송구하기 그지없습니다.

츠나코 : 아뇨. 새 작품을 시작할 때는 항상 러프를 많이 준비하니 괜찮아요! 저도 라이트노벨 일 자체가 처음이었고요(웃음). 처음에 만나서 회의를 한 게 2010년이었던가요? 그때 「10권 정도까지 가면 좋겠다」면서 10권까지의 내용을 들려주셨죠.

타치바나 : 정령이 열 명이니, 10권까지는 내면 좋겠다고 여겼죠.

츠나코 : 당시에는 라이트노벨에 『3권의 벽』 같은 것이 있는 줄도 몰랐어요. 그래서 그 말을 듣고 「10권 정도까지는 나오겠네」 하고 생각했죠. ……벽을 넘어서서 다행이에요!

타치바나 : 전부 츠나코 씨 덕분입니다!

츠나코 : 과찬이세요! 하지만 1권을 돌이켜보면서 「이 일을 맡기 잘했다」는 생각이 들었어요. 젊은 시절에 도전해보기 참 잘했다고 생각해요!

타치바나 : 생각해보면 「데이트」는 『처음 천지』군요. 츠나

코 씨도 처음으로 라이트노벨 삽화를 맡으셨고, 저도 담당 편집자님과 함께 상업 작품을 하나부터 만들어나간 건 처음이었습니다.

츠나코 : 나중에 제가 다니던 회사에서 관련 게임이 만들어진 것도 꽤 흔치 않은 경험이 아닐까 싶어요.

타치바나 : 「린네 유토피아」는 캐릭터도 좋았죠. 「데이트」에는 소꿉친구 캐릭터가 없으니……. 아, 하지만 원래는 있었어요. 수정되기 전에는 말이죠.

츠나코 : 네엣?! 원작에 말인가요?

타치바나 : 네. 현재의 AST 같은 조직이 있는데, 거기에 속한 여자애와 소꿉친구라는 설정이 합체해서 결과적으로 탄생한 게 오리가미였죠. 즉, 소꿉친구란 존재는 오리가미에게 잡아먹힌 겁니다.

츠나코 : 그건 처음 듣는 것 같아요!

타치바나 : 그런 만큼, 오리가미의 절반은 소꿉친구로 되어 있습니다!

츠나코 : 그리고 오리가미 양의 롱헤어 버전이 1권 시점에 러프로 있었죠.

타치바나 머리카락을 땋은 버전도 있었고요. 캐릭터 배정을 고려할 때 키와 가슴 크기와 머리 길이를 세 종류씩 준비해요. 모든 패턴을 다 작품에 넣고 싶어서요. 그리고 단발 캐릭터가 없어서 오리가미를 단발로 해봤습니다. 뭐, 최종적으로는 장발이 되지만요(웃음).

—이어서, 2권에 관한 이야기를 부탁드립니다.

타치바나 : 2권의 표지는 디자인과 레이아웃을 포함해 꽤 완성도가 높다고 생각합니다. 로고 배치도 좋아요. L자 형태로 깔끔하게 들어가있죠.

츠나코 : 참 예뻐요. 로고의 핑크색과 캐릭터의 포인트 컬러가 매치되어서요. 그리고, 타치바나 선생님의 이름 쪽에 무지개가 드리워져 있어요!

타치바나 : 「무지개의 타치바나」입니다(웃음).

츠나코 : 요시노는 1권 시점에서 「앞으로 나올 정령」이라는 형태로 협의했던 게 생각나는군요.

타치바나 : 맞아요. 2권 예고에 싣기로 했었죠. 그러고 보니 요시농이 고양이인 패턴도 있었던가요?

츠나코 : 네! 처음 러프로 그렸을 때는 고양이였어요. 지금 보니 가짜 느낌이 확 나서 짜증이 치미네요(웃음).

타치바나 : 1권에 나오지 않았던 느낌의 캐릭터를 만들까 해서, 약간 얌전한 느낌으로 해봤죠. 그리고…… 이건 제 미스이고, 완결됐으니 하는 말인데…… 1권 마지막에 예고가 들어가 있지 않습니까. 「요시농의 몸을 마구 더듬었지~?」라는 대사 말이에요. 실은 2권 원고에선 이 대사가 없었어요. 퍼핏이 요시노를 별명으로 부를 때에 「요시농」이라 부른다는 설정이고, 퍼핏 인형에게는 다른 이름을 붙일 예정이

었죠. 요시노와 「요시농」, 좀 헷갈릴 수도 있지만 「요시농」은 원래 요시노의 별명이었어요.

츠나코 : 실은 어떤 이름을 붙일 예정이었나요?

타치바나 : 당시에 생각하고 있었던 건 〈빙결괴뢰〉^{자드키엘}에서 따온 「잣군」이었습니다. 「군」은 남자애의 이름에 붙이는 것이니 바뀌었을 거라고 생각해요.

츠나코 : 아하. 잣양······은 좀 부르기 어렵네요(웃음).

타치바나 : 하지만 21권의 이야기를 쓴 후, 「요시농」으로 정해서 다행이라고 생각합니다.

츠나코 : 요시노는 커버 그림에서 요시농과는 반대쪽 눈을 숨기고 있는 느낌이라······ 둘이서 하나, 랄까 『어느 한쪽도 없으면 안 돼』 같은 이미지로 그려봤습니다. 하지만 본편에서 쑥쑥 성장해서 그런 느낌을 탈피한 걸 보니 감개무량해요. 뒷머리를 몸 앞쪽으로 늘어뜨린 건 후드를 걸쳤기 때문이기도 하지만, 자기 자신을 감추려는 이미지이기도 한데······ 수비적인 자세랄까, 도망치는 자세 같은 것을 그려봤습니다. 하지만, 요시노가 자립하는 느낌을 보이게 된 후로는 뒷머리를 전부 등 뒤로 넘기게 그렸어요.

타치바나 : 아하! 최초 공개 정보군요!

츠나코 : 아마 21권부터일 거예요. 21권의 219페이지 즈음의 삽화에서는 뒷머리를 완전히 등 뒤로 넘겼어요. 그 후로는 「앙코르」에서의 교복 삽화에서도 전부 등 뒤로 넘기게 그

리고 있죠.

타치바나 : 설마, 심경의 변화가 이런 식으로⋯⋯!

—다음은 3권입니다만⋯⋯.

타치바나 : 쿠루미가 제 흑역사에서 나왔단 이야기는 이제까지 몇 번이나 했습니다만⋯⋯. 3권에서 「다음 정령은 누구로 할까?」 하고 생각했을 때, 1권과 2권이 상냥한 세계였으니 이 상황을 박살내는 캐릭터를 등장시키고 싶단 생각을 했습니다. 그래서 흑역사 노트에 계신 우리의 쿠루미 양께 등장을 요청한 거죠(웃음). 쿠루미의 캐릭터 자체는 흑역사 노트에 있었지만, 능력 설정 등은 나중에 만든 겁니다. 거대한 시계인 〈각각제〉도 3권을 쓰기 직전에 만든 것이죠. 왼쪽 눈이 시계인 건 원래 있던 설정이지만, 이건 쿠루미의 원형이 된 캐릭터가 「몸에 시계를 이식한 인조 마술사」라는 이야기에서 가져온 캐릭터라서입니다. 능력자는 전부, 몸에 시계를 달고 있어요.

—그래서 〈자프키엘〉도 시계 이미지인가요?

타치바나 : 처음에 내놓은 아이디어에선 「인간을 먹는다」는 설정이라 나이프와 포크 형태의 천사였던 걸로 기억합니다. 먹는다, 는 방면을 강조하는 아이디어였죠.

츠나코 : 처음 듣는 이야기네요! 제가 받은 설정에서는 처음부터 총잡이였거든요.

타치바나 : 꽤 초기 단계였죠. 하지만 너무 노골적이라⋯⋯.

능력이 두 가지가 되지만 먹는단 요소는 그림자 쪽에 맡기고, 본체는 『시간』과 『시계』를 이용한다는 방향성으로 가자고 생각했어요. 바로 그때, 「시계의 바늘이 총이면 엄청 멋지지 않을까?!」란 생각이 들어서 현재에 이르렀습니다(웃음).

츠나코 : 「키히히히」하고 웃는 건 처음부터 정해져 있었던 건가요?

타치바나 : 그건 처음부터였을 겁니다. 별 의문을 품지도 않으며 그런 식으로 웃게 했죠. 「이 웃음은 좀 섬뜩하지 않아?」라는 말을 듣고, 처음으로 「어, 그래?」 하고 생각했을 정도입니다.

츠나코 : 하지만 그게 쿠루미의 대명사니까요.

타치바나 : 정령은 이름에 숫자가 들어가 있다고 아까 말했습니다만, 마찬가지로 머리카락 색깔도 세피라의 모티프 컬러에서 따왔습니다. 그 외에도 각각의 세피라에 대응되는 보석이 있죠. 그것이 눈의 모티프가 됐습니다. 3의 보석은 진주입니다만, 쿠루미는 눈이 시계죠. 꼭 붉은색 눈과 금색 시계로 하고 싶었기 때문에, 쿠루미만은 눈이 아니라 피부를 「진주 같다」고 묘사했습니다.

츠나코 : 3권에서는 쿠루미가 등장하고, 애니메이션도 된 만큼…… 여러모로 전환점이 됐다고 생각해요. 쿠루미의 첫 디자인 러프를 보면 이제까지보다 조금 얌전한 느낌이지만, 애니메이션의 디자인 밸런스가 참 좋습니다. 그래서 애니메

이션을 참고하며 점점 형태를 자아낸 느낌이죠. 그리고 색기의 밸런스 면에서도 알기 쉬운 캐릭터였다고나 할까요. 우연히 드러난 게 아니라 「보여주고 있는 거랍니다」란 느낌이에요(웃음). 「앙코르」에서의 「팬티 보여주는 여자」란 대사를 엄청 좋아한다니까요!

타치바나 : 나올 때마다 보여주죠(웃음)!

츠나코 : 라이트노벨의 색기 표현의 밸런스를 파악하는데 시간이 꽤 걸리긴 했지만, 쿠루미가 참 도움이 되었다고 생각해요. 지금 봐도 3권 흑백 삽화에서 오리가미를 잡고 있는 쿠루미는 참 즐거워 보여요. 실은 즐겁게 남을 괴롭히는 것을 즐기는 걸지도 모르겠네요(웃음).

타치바나 : 그리고 이어지는 4권을 포함해 첫 상하 구성이었습니다. 3권 말미에서 이어지는 4권은 코토리가 메인이었죠. 딱히 의식한 건 아니지만, 자연스럽게 그런 식으로 구분이 됐어요. 코토리는 뭐랄까…… 불가사의한 캐릭터입니다. 실은 「여동생이 사령관」이라는 설정을 만든 과정을 기억하지 못합니다. 어느새 그렇게 결정되어 있었죠. 「사령관은 당연히 여동생이지!」하고 말한 기억은 있습니다(웃음).

츠나코 : 코토리의 영장은 3권 작업 시에 디자인해뒀어요. 3권 말미에 영장의 겉모습이 묘사됐던가요. 코토리의 영장 디자인은 개인적으로도 그리기 쉽고, 참 좋아해요. 꼬마 캐릭터인데 어른스러운 복장을 한다는 건 참 좋죠. 그리고 보

니, 코토리는 꽤 의상이 많네요.

타치바나 : 그래요. 교복 차림에, 사령관 버전, 영장······ 한정 영장도 있고요.

—5권에 관한 이야기를 부탁드립니다.

타치바나 : 5권은······ 난항을 겪었습니다. 야마이 자매를 만드는데 꽤 시간이 걸렸죠. 「이번에는 쌍둥이」라고 정한 후에 숫자 8로 하자는 부분까지는 어찌어찌 결정됐습니다. 단순한 이유에서지만 말이죠. 「팔(八)」이란 한자는 두 개로 나뉘어 있으니, 쌍둥이 느낌이 나잖아요? 숫자 8도 동그라미 두 개가 붙어 있으니 쌍둥이 느낌이 나고요. 그리고 라파엘은 바람이란 이미지가 있어서, 속성은 바람으로 했습니다. 거기까지는 간단히 정해졌지만, 거기서부터 지금의 형태가 되는 데까지 참 많은 우여곡절을 겪었어요.

츠나코 : 머리모양은 회오리를 모티프로 해서 금방 정해졌는데, 설정 쪽에서는 어떤 일이 있었나요?

타치바나 : 우선 이름이 문제였죠. 지금의 형태가 되기 전에는 「야마이와 야요이」였다고 어디서 이야기했습니다만, 실은 처음에 쓰려다 관둔 성이 「야타가라스」였어요. 야타가라스 텐마와 치카게, 였을 거예요.

츠나코 : 멋지네요!

타치바나 : 하지만 너무 과장스럽단 느낌이 있어서 야마이로 바꿨습니다. 진짜 끝내주는 이름이라고 생각했지만요(웃

음). ……하지만, 지금은 야마이로 하기 잘했다 싶어요. 이 것도 멋진 이름이거든요. 뭐, 자화자찬이지만요!

츠나코 : 바람의 이미지에 잘 어울리네요. 카구야와 유즈루, 어느쪽 이름이 먼저 생각났나요?

타치바나 : 아마 카구야일 겁니다. 『화살 시(矢)』와 『시위 현(弦)』을 이름에 넣자고 생각해서, 시(矢)를 넣어서 카구야 (耶倶矢)란 이름을 지었던 걸 기억합니다. 그리고 유즈루(夕弦)에게 현(弦)을 넣었죠. 실은 카구야의 이름도 한자 두 글 자로 만들고 싶었어요. 카구야(輝矢)도 멋질 것 같지만…… 다른 작품의 캐릭터 같을 것 같았죠. 영장도 본디지 스타일로 정하는 과정에서 이런저런 패턴을 구상했습니다. 실프 타입이나, 도적 타입 같은 것 말이죠.

츠나코 : 저는 처음부터 영장을 본디지로 해달라는 요청을 받았는데, 캐릭터 자체는 키 차이가 있는 패턴도 있었죠. 카구야가 조그마했던가요.

타치바나 : 맞아요! 그것도 나름 귀여워서 좋아했어요. 그러고 보니 엘렌이 등장한 게 5권이었던가요. ……지금 생각해보면 DEM에 대한 세세한 설정은 5권 때 만들어졌습니다. 「처음부터 모든 일의 흑막입니다」 같은 표정을 하고 있었지만요(웃음).

츠나코 : 그런가요?!

타치바나 : 정확히는 3권부터 이름 자체가 나옵니다만, 웨

스트코트와 엘렌 같은 캐릭터와 정령의 탄생에 관한 설정은 5권 이후에 만들어졌어요.

츠나코 : 처음부터 다 짜둔 거라고 생각했는데…… 비전의 양념에 새로운 맛을 추가한 느낌이었던 거네요(웃음).

타치바나 : 4권까지는 『정령을 공략한다』는 이야기만으로 충분했지만, 장편이 되니 다른 이야기가 필요하다 싶더군요. AST가 정령의 상대가 못 되는 만큼, 제3세력이 필요해졌죠. 그래서 어떻게 할지 생각하고 있을 때 「AST의 장비는 어디서 만들어지는 걸까?」, 「그걸 공급해주는 회사라면 세지 않을까?」 라는 생각으로 민간기업이지만 엄청 센 곳으로 설정하자 해서 만들어진 곳이 DEM입니다.

—이어서, 미쿠가 처음 등장하는 6~7권에 관한 이야기를 부탁드립니다.

타치바나 : ……이것도 작품이 완결된 지금에서야 하는 이야기입니다만 「미쿠 릴리」란 서브 타이틀은 가칭이었어요. 담당 편집자에게서 「특전 수록 특장판은 등록을 빨리 해야 합니다. 나중에 바꿀 수 있으니 임시 타이틀을 주세요」라는 말을 들었죠. 다음은 백합 소녀로 할 생각이어서 「그럼 릴리로 하죠」 하고 말했더니, 그대로 온라인에 등록되고 말았어요(웃음).

츠나코 : 하지만 딱 어울리는 느낌이에요.

타치바나 : 네. 그래서 「이대로 가죠」 하고 말했어요. 6~7

권은 작품 중반부의 하이라이트라서, 1권의 오리가미처럼…… 미쿠는 오래간만에 적! 이란 느낌의 정령으로 콘셉트를 잡았습니다. 그러니 6권 시점의 미쿠는 역시 독자 여러분에게 미움을 받는 인상이었죠. 하지만 7권에서 주인공에게 마음을 열기 시작하자 인기를 얻기 시작했습니다. 하지만 6~7권과 8권 이후의 미쿠는 다른 생물이라고 생각해요(웃음).

츠나코 : 완전 요괴 취급이죠(웃음).

타치바나 : 맞아요(웃음). 나중에 나츠미가 「밤에 잠을 안 자는 애를 찾아오는 요괴 같은 존재」 비슷한 표현을 쓰는데, 그게 정착해버렸습니다. 개인적으로는 미쿠야말로 당초의 예상에서 가장 벗어난 캐릭터라고 생각합니다. 설마 이렇게 될 줄은……. 그리고 6권 하면 시오리도 있죠!

츠나코 : 시오리 양 말이군요!

타치바나 : 시오리 양은 의외로 인기가 있어요. 주인공의 여장은 꽤 흔한 소재라고 생각하는데, 이 권에서는 비상사태랄까…… 컬러 양면 삽화 전부에 주인공이 실린다고 하는 신기한 일이 벌어졌습니다. 네 장 중에서 세 장에서 여장을 하고 있지만요(웃음).

츠나코 : 평소에는 뒤통수만 삽화에 나왔으니까요(웃음). 이름은 한 번에 정했나요?

타치바나 : 이름은 한 번에 정했던 것 같습니다. 시도의

시 자로 시작하는 이름을 생각해보니, 「역시 시오리려나」 하는 생각이 들었죠.

츠나코 : 이름도 엄청 히로인 느낌이 나는군요.

타치바나 : 한자 이름에 선비 사(士) 자가 들어가지만요 (웃음).

츠나코 : 시오리의 디자인도 그렇습니다만, 미쿠의 디자인도 처음 러프에서 달라지지 않았어요. 영장은 최근의 아이돌 이미지보다 20세기 아이돌 느낌이죠. 그리고 개인적으로 참고한 것은 아이돌 성우분이에요.

타치바나 : 그랬군요. 아무튼, 집단 아이돌이 아니라 단독 아이돌이란 이미지인 거네요. 정령은 집단으로 등장시키긴 어려우니까요. 아, 그래도 집단 안의 누군가가 정령이란 이야기는 재미있지 않을까요? 이 안에 한 명, 정령이 있다······ 아, 나츠미와 겹치려나요(웃음).

츠나코 : (웃음).

타치바나 : 하지만 미쿠의 천사는 디자인이 비교적 두루뭉술한 편이라고 생각합니다. 주위에 있는 건 마이크와 건반이지만, 등 뒤에는 커다란 파이프 오르간이 생겨나죠. 실은 초기 설정에서는 무지막지하게 거대한 천사를 선보이고 싶단 생각을 가지고 있었어요. 처음에는 요새형 천사 같은 것을 전함과 싸우게 하면 재미있겠다······ 같은 의견을 내놨는데, 그 의견을 폐기한 대신에 거대한 파이프 오르간을 등

뒤에 나타나게 하는 걸로 했죠.

그리고 다음 권인 7권 하면…… 반전체입니다! 이건 전에도 어디선가 말한 적이 있다고 생각하는데, 당초에는 반전이라는 설정이 없었는데 7권에서 추가됐습니다. 「데이트」를 장기 시리즈로 하게 되면서 새로운 전개를 위해 추가된 설정이죠. 그리고 정령의 모티프가 세피로트인 만큼, 세피로트의 반전인 클리포트를 반전체의 모티프로 하자고 생각했는데…… 정령들을 반전시킬지, 클리포트가 모티프인 새로운 적을 등장시킬지를 가지고 고민했습니다. 하지만 7권에서 「마침 잘됐다」 싶어서 반전이란 설정을 내놓은 결과, 그 후의 내용으로 이어지게 됐습니다.

뭐, 22권 완결까지 반전체가 나온 정령은 화집에 실린 요시노를 포함해도 그렇게 많진 않지만 말이죠. 그리고 7권에서는…… 쿠루미 양이 믿음직했습니다!

츠나코 : 일시적으로 동료가 되어준 건 참 끝내줬어요!

타치바나 : 동료들을 미쿠에게 빼앗겼지만, 적이었던 쿠루미가 일시적으로 도와준다는 전개는 정말 뜨거울 거라고 생각했습니다. 동료가 된 쿠루미는 정말 믿음직하기 그지없었죠. 그리고 컬러 삽화에서 오리가미가 입은 SSS의 옷은 「데이트 어 스트라이크」에서 역유입됐습니다. 이건 참 충격적인 디자인이죠. 영국 사람들은 대체 무슨 생각인 걸까요(웃음)! 그리고 웨스트코트의 얼굴이 처음 나온 게 이 권이었

을 겁니다. 웨스트코트의 디자인도 참 좋았어요.

츠나코 : 네, 맞아요. 하지만 웨스트코트는 그리기 어려워요……. 연령 미상 캐릭터이기도 하고요. 후반부에는 애니메이션 쪽을 꽤 참고했어요.

타치바나 : 웨스트코트는 역시 좋아요. 컬러 삽화에서의 그『불가사의한 포즈』도 포함해서요(웃음).

츠나코 : 지배자의 포즈(웃음).

타치바나 : 참고로 그「왕국이 반전했다. 자, 인류여. 고개를 조아려라. 마왕이 개선(凱旋)했도다.」는 그걸 쓴 저도 아직 의미를 모르겠습니다(웃음). 좀 멋진 말을 해줬으면 했던 건데…….『왕국』이라고 말해버렸으니「나중에 다룰 기회 있겠지?」하고 생각했는데, 결국 그 기회는 안 왔죠. 결과적으로 뭔가 멋진 말을 하는 아저씨가 되어버렸어요.

그리고, 본문 안에 처음으로 컬러 삽화가 들어갔습니다. 정말 멋졌어요.「이런 것도 가능하구나」하며 놀랐습니다.

츠나코 : 붓으로 그린 듯한 흑백 삽화를 컬러화하는 게 신선했어요. 7권은 반전이나 DEM이 메인이라서, 삽화 내용이 좀 다크했지만「이건 이것대로 좋은걸」하고 생각하면서 그렸던 기억이 있어요.

타치바나 : 역시 양면 삽화의 시도는 멋지군요! 마치 미쿠가 히로인 같아요!

츠나코 : 히로인 맞지 않나요(웃음)?!

타치바나 : 진짜 멋지군요. 이 일러스트 덕분에 미쿠가 시도에게 반했다는 설에 설득력이 상승해요. 「이러니 어떻게 안 반해!」 싶군요.

츠나코 : 이 부분부터 점점 시도의 주인공다운 그림이 늘어났죠.

타치바나 : 역시 〈천사〉를 쓸 수 있게 되니 표정이 달라지는군요. 무력을 지닌 자의 얼굴이 됐어요. 참고로 반전 토카의 디자인에서 고민된 부분은 없습니까?

츠나코 : 아, 반전 토카는 정말 편했던 걸로 기억해요. 원래 모습을 다크하게 만든다는 식으로 테마가 명확해서일까요? 그래서 술술 그려졌죠.

타치바나 : 그래서 초기부터 완성도가 뛰어났던 거군요. 그러고 보니, 초기 아이디어 중에는 「반전했으니 새하얗게 만든다」 같은 이야기도 있었습니다.

츠나코 : 있었어요. 첫 러프에서는 갑옷이 흰색이었는데, 다음 러프에서 바로 까맣게 변했죠.

타치바나 : 타락한 건 아니지만, 역시 『반전』이라는 말에는 거무튀튀한 편이 이미지적으로 잘 전달되는 느낌이 들어서요. 반전하면 새하얗게 된다는 건, 「데이트 어 불릿」의 하얀 여왕이 이어받았습니다.

츠나코 : 맞아요! 하얀 여왕의 디자인은 정말 최고죠!

—그럼 다음에는 8권과 9권에 관한 이야기를 부탁드립니다.

타치바나 : 노린 건 아닙니다만 4권이 애니 1기, 7권이 애니 2기의 마지막 이야기가 됐습니다. 딱히 처음부터 그렇게 예정한 건 아니지만, 역시 상하권 구성이면 이야기가 스무스해지죠. 중요한 이야기를 다루기도 좋고요. 그래서 새로운 전개 방식까지는 아니지만, 다음 이야기를 시작하기로 하면서…… 한 정령을 공략하는데 두 권씩 쓰기로 했습니다. 정확히는 미쿠 때부터지만요.

츠나코 : 같은 정령이 연속으로 표지를 장식하는 건 나츠미가 처음이었던 걸로 기억해요.

타치바나 : 이때부터는 새로운 히로인의 공략에 한 권을 할애하면 기존 캐릭터의 묘사를 엄두도 못 내게 됐죠. 그래서 첫 권에서는 새로운 히로인의 얼굴을 보여주면서 기존 히로인의 이야기를 다룹니다. 그리고 다음 권에서 공략…… 같은 형식이 정착했던 것 같습니다. 내용적으로는 「왠지 좀 특이한 걸 하고 싶네」라는 생각에 범인 찾기 게임이랄까…… 마피아 게임 비슷한 것을 하게 됐습니다. 마피아 게임과 비슷하다고는 해도, 상대방이 제시한 룰에 따르면서 마피아를 찾아내야 하니 좀 변칙적이지만요. 처음에는 나츠미가 유즈루로 변신했다는 설정이었습니다. 가장 먼저 사라진 이가 유즈루였으니, 그녀가 나츠미라는 느낌의 언급이 있었죠? 실은 그게 정답이었던 겁니다. ……하지만 이야기를 좀 더 비틀고 싶다는 생각이 들어서 최종적으로는 「요시농」

을 뽑았던 것으로 기억해요. 또한…… 정령 중에서도 드디어 아름다운 누님이 나왔죠.

츠나코 : 환상이었지만 말이에요(웃음). 누님 캐릭터의 신선미가 엄청나단 생각을 했는데, 실은 일루전이지 뭐예요.

타치바나 : 어른 나츠미의 디자인에는 깜짝 놀랐습니다. 피부 노출도는 얼마 안 되는데 꽤 에로틱한 디자인이었거든요.

츠나코 : 처음에는 평범하게 마녀 스타일로 의상 러프를 제출했었으니까, 아마 전신 타이츠 같은 의견을 제안받았던 것 같아요.

타치바나 : 그랬던 걸로 기억합니다. 담당 편집자님이 갑자기 「전신 타이츠로!!」 하고 말했을 때는 「머리 다쳤나?」 하고 생각했죠(웃음). 그것도 그렇게, 전신 타이츠에서 지금의 나츠미를 상상하는 건 무리잖아요?! 하지만, 너무 자신만만해서 맡겨봤더니 이 어른 나츠미가 탄생해서 「그래, 전신 타이츠가 옳았어!」 하고 생각했습니다.

츠나코 : 옷이 사라질 때는 타이츠를 찢어버리자고 생각한 결과이기도 해요!

타치바나 : 그리고 이어지는 9권에선, 항상 인기 없는 녹색 히로인을 어떻게든 손보자 싶었습니다(웃음). 하지만, 글을 써보니…… 이야, 나츠미는 정말 좋네요!

츠나코 : 저도 그래요! 남 같지가 않다니까요(웃음).

타치바나 : 인터뷰에서 「좋아하는 캐릭터는?」이라는 질문

을 받으면 「전원」이라고 답해왔습니다만, 얼마 전에 나츠미의 단편을 오래간만에 쓰면서 「역시 이 녀석의 이야기를 쓰는 건 즐거워……」 하고 생각했습니다.

츠나코 : 저희가 진심으로 사랑하는 건 나츠미일지도 모르겠네요(웃음).

타치바나 : 글이 참 술술 써져요. 나츠미가 모든 이야기의 주인공이라도 괜찮겠다 싶을 정도죠. 아, 괜찮지는 않지만요(웃음)! 그리고 마지막에 오리가미가 등장하던가요. 충격적인 엔딩이었습니다. 착용 CR-유닛은 DEM의 최상급 마술사만 입을 수 있는, 엘렌이 쓰는 타입의 자매 모델입니다. 눈치챈 독자분이 있을지도 모릅니다만, 엘렌이 쓰는 〈펜드래건〉의 자매기의 명칭은 〈모드레드〉……. 배신할 마음이 철철 넘치는 듯한 명칭이죠! 뭐, 아르테미시아의 CR-유닛은 랜슬롯이 모티프인 만큼, 당연히 배신하지만요. 원탁의 기사 중에는 배신자가 참 많네요……(웃음).

―다음은 전환점이 되는 10권이군요.

츠나코 : 드디어 여기까지 왔군요!

타치바나 : 전환점인 천사 편. 스포일러 소리를 들었던 표지입니다(웃음). 지난 권에서 DEM 장비를 걸치고 나타났으면서 10권 표지가 이거! 하지만 10권은 좋아하는 컬러 삽화가 많아요.

츠나코 : 10권은 이야기적으로도 결전 느낌이라서, 전체적

으로 화려해 보이죠.

타치바나 : 상공에 떠 있는 오리가미와 지상에 있는 토카의 대치 일러스트는 모든 일러스트 중에서도 상위권에 들어갈 정도로 좋아합니다.

츠나코 : 감사해요.

타치바나 : 오리가미의 이야기는 중반부의 하이라이트죠. 개인적으로도 좋아합니다. 이야기도 크게 격동하고요.

츠나코 : 오리가미의 영장 디자인이 개인적으로도 마음에 들었어요. 러프를 타치바나 씨에게 받은 후…….

타치바나 : 네. 러프를 그린 걸 기억합니다. 실루엣만 알 수 있는 정도의 간단한 러프였지만요.

츠나코 : 저는 그 러프를 따라서 그렸을 뿐이에요.

타치바나 : 그렇군요……. 표지의 포즈가 왠지 비슷해 보여요(웃음)!

츠나코 : 무슨 말씀이세요(웃음)! 진짜 그대로예요. 왕관도 그렇고, 스커트도 그렇고…….

타치바나 : 하지만 제가 그린 왕관은 좀 더 둥글둥글했던 걸로 기억합니다. 이야, 이 뾰족뾰족한 느낌은 참 멋지군요.

츠나코 : 오리가미는 전체적으로 토카의 영장 디자인을 의도적으로 따라가는 느낌으로 그려봤어요.

타치바나 : 이야, 역시 이 표지는 멋져요. 신성하다 싶을 정도군요!

츠나코 : 띠지를 빼면 불타고 있는 배경이 보이는 점도 좋아해요! 오리가미 양이 불태운 거지만요(웃음). 참고로 10권은 전체적으로 정말 급하게 그렸던 걸로 기억해요…….

타치바나 : 그랬나요?

츠나코 : 게임 업무와 겹쳐서요. 아까 좋아한다고 말씀해 주셨던 오리가미와 토카의 일러스트도 매우 급하게 스크린과 오버레이로 마구마구 작업을…… 디지털 일러스트를 그리는 분만 알 수 있을지도 모르지만, 발광 이펙트로 마구 작업하는 방식을 썼죠(웃음).

타치바나 : 하지만 저도 시간이 없어서 급하게 쓴 신이 의외로 좋은 반응을 받을 때가 때때로 있어요.

츠나코 : 그럼 발광 레이어로 마구 그리는 방식을 앞으로도 적극적으로 써먹어봐야겠군요(웃음).

타치바나 : 그리고 10권하면 「아아아아아아아아아아아아」 하는 장면이려나요……. 솔직히 이렇게 길게 할 필요가 있나 망설였지만, 이 부분이 삽화가 된다는 말을 듣고 배치를 신경써 봤습니다. 이건 진짜 라이트노벨이기에 가능한 표현이라고 생각해요. 그리고, 11권. 11권의 표지도 멋지죠. 패션 모티프는 상복. 너 같은 미망인이 어디 있냐(웃음)!

츠나코 : 처음에는 노출을 좀 줄일까 했지만 말이에요. 하지만 그랬더니 완전 상복이 되어버렸어요(웃음).

타치바나 : 아니, 멋지다고 생각해요. 저는 노출도가 낮아

도 괜찮다고 생각하지만, 이 디자인은 완벽한 데빌 그 자체죠. 그리고 반전체가 나오면 본문의 양면 삽화가 컬러가 된다는 법칙이 이번에도 발휘됐는데, 천사 장면이 아니라 해제 장면이라는 게 끝내줍니다. 정말 멋졌다니까요!

그리고 역시 이런 중요한 파트에서는 쿠루미가 빠질 수 없죠. 요즘 들어「안대 쿠루미」라 불리는 5년 전의 쿠루미도 처음으로 등장했고요. 충격적이었다니까요. 너무 멋졌어요 (웃음)! 이것도 처음부터 기획했다기보다, 시간 역행이란 기믹을 만들면서 생겨난 부산물이었던 걸로 기억합니다. 이 시대에도 쿠루미는 존재할 테니, 그녀의 힘을 빌리기로 결정한 다음에「5년 전에는 지금보다 좀 더 중2병스럽지 않으려나요」같은 이야기를 나눴던 걸 기억해요.

츠나코 : 거기서 사천왕이 탄생한 거군요.

타치바나 :「5년 전에는 안대를 했으려나요?!」라든가…… 엄청 즐겁게 이야기를 나눴던 게 기억에 남아 있습니다(웃음). 설마 피규어로도 나올 줄은 몰랐지만요. 하지만 진짜로 회수할 수 있을지 불안했던「오리가미와 시도가 과거에 만났다」기믹이 이렇게 회수된 건 정말 좋았습니다. 참 길었죠! 그리고 이 세계의 오리가미와의 데이트는 시리즈를 통틀어 가장 좋아하는 데이트 장면이에요.

츠나코 : 장발의 오리가미 양은 히로인 느낌이 물씬 나지만, 내면에서는 두 명의 오리가미가 다투고 있단 묘사가 너

무 재미있었어요(웃음). 직접 이야기를 나누는 건 아니지만, 주도권 싸움을 벌이고 있죠! 그리고 1권과 같은 구도의 컬러 삽화를 그릴 수 있었던 게 참 좋았어요.

타치바나 : 11권에서 세계선이 달라지면서, 이야기가 좀 복잡해지죠. 지금 생각해보면 대담한 짓을 했다고 생각합니다. 이동한 세계에 정착해버리니까요.

이야기가 일단락된 된 후의 다음 권에서는 매번 고생하지만…… 어쩌면 12권의 플롯을 짤 때가 가장 고생했을지도 모르겠군요. 「다음 권에서 뭘 하지?」를 고민하다 시도의 이야기로 정했던 게 기억납니다. 표지도 포함해, 이질적인 편이 되었다고 생각해요. 표지의 시도도 참 멋져서 좋아하지만, 지금 생각해보면 시오리 양이 표지를 장식할 유일한 기회였을지도 모르겠군요(웃음). 그리고 표지 함정으로서는 오리가미와 버금갈 만큼 위험하지 않았나 싶습니다.

츠나코 : 확실히 10권이 피해 보고가 가장 많았지만, 이것도 버금가네요……(웃음).

타치바나 : 개인적으로는 이 권에 실린 엘렌의 컬러 삽화를 좋아해요. 푹신한 모자를 썼죠.

츠나코 : 색소가 옅은 캐릭터한테는 그 모자가 잘 어울려요.

타치바나 : 영국인인데 러시아 느낌이 난다니까요. 그리고 이 권에서의 수영복 트윈테일 나츠미 점포 특전 SS가 마음에 듭니다. 「……이런 수영복 차림으로 트윈 테일을 하는 건

바보 같잖아……」 하고 말하는 나츠미에게, 마찬가지로 수영복 트윈 테일을 한 코토리가 「뭐? 시비 거는 거야?」 하고 말하죠(웃음).

츠나코 : 12권에서는 순섬꿩폭파도 재등장했어요(웃음)!

타치바나 : 순섬꿩폭파가 여기서 쓰일 줄은 몰랐습니다. 그리고 종반에서도 큰 활약을 하다니…… 웨스트코트를 그런 식으로 해치워도 됐던 건지, 아직도 의문입니다(웃음). 하지만 그게 「데이트」다운 방식이었다고 생각해요. 순섬꿩폭파…… 다시는 쓸 일이 없을 거라고 생각해서, 대충 지은 이름인데 말이죠!

츠나코 : 음성을 들을 수 있을 줄은 몰랐어요.

타치바나 : 이야, 동감이에요(웃음). 그리고 자재A는 지금 생각해보면 자재N으로도 괜찮지 않았을까 싶습니다.

츠나코 : 하지만 그 명칭은 왠지 마음에 들어요. 게임 특전 문고의 4컷에서도 써버렸죠(웃음).

타치바나 : 그러고 보니 나왔었죠! 아직 보이스가 안 나온 자재A 씨.

츠나코 : 평생 음성으로 들을 일이 없을 거라 생각했던 부분이에요. 그러고 보니 12권 표지의 배경 말인데, 실은 당시에 근무하던 회사의 앞이에요.

타치바나 : 아, 그랬군요!

츠나코 : 가까운 곳에서 배경 취재 활동을 했죠(웃음). 12

권은 시도 군의 기행……이라고 말해도 될지 모르겠지만, 아무튼 진지하게 그런 행동을 하는 게 참 재미있었어요. 완결되기 전에 주인공이 표지를 장식해서 다행이에요!

타치바나 : 지금 생각해보면, 종반에 한 명씩 키스하는 부분에서 「요괴소년 호야」가 생각났습니다. 친구들이 빗으로 머리를 빗겨주던 이야기 말이죠. 아마 거기서 영향을 받았을 겁니다.

—다음은 13권이군요.

타치바나 : ……아까 츠나코 씨는 10권 때가 지옥이라고 하셨는데, 사실 저는 13권 때가 지옥이었어요(웃음).

츠나코 : 우와아……!

타치바나 : 여러 업무가 겹쳤거든요. 본편 집필과 극장판 작업, 그리고 「퀄리디아 코드」와 게임 업무까지 들어와서…… 온갖 일이 겹쳐서 좀 큰일 났다 싶었던 때도 있었어요. 그런 상황에서, 모두가 좋아하는 니아 님 등장~ 이었던 거죠.

츠나코 : 니아 양은 참 재미있는 캐릭터예요. 누구와도 얽힐 수 있고요.

타치바나 : 왜 이렇게 재미있는 캐릭터인지 의아할 때도 있습니다(웃음). 참고로 22권에 등장한 「나태」의 리틀 나츠미. 실은 이 책의 저자 프로필에 나왔어요.

츠나코 : 정말이네요. 탐욕 나츠미도 있어요!

타치바나 : 말 그대로 7대 죄악입니다. 이야, 니아는 정말

좋은 캐릭터가 되어줬네요. 표지의 배경도 역시 멋져요.

츠나코 : 타치바나 선생님의 다른 시리즈의 캐릭터를 멋대로 그린다고 하는 장난을 담당 편집자님이 허락해주셨거든요(웃음).

타치바나 : 이제까지 다루지 않았던 타입의 히로인을 내자고 생각한 순간, 「오타쿠」, 「만화가」란 속성을 떠올랐습니다. 아, 내면은 아저씨 느낌으로 한 건 제 취미예요. 왠지 편안한 느낌의 캐릭터를 만들고 싶었거든요. 그리고 원점회귀는 아닙니다만, 한 권으로 이야기가 마무리되는 편이 한 번 더 있어도 괜찮지 않을까 했습니다. 하지만 결국 다루고 싶은 걸 전부 다루지는 못했죠. 14권의 동화 세계 이야기는 원래 니아 이야기의 후편도 겸하고 있습니다. 그러니 13~15권은 니아와 무쿠로가 반반씩 점유하고 있다는 이미지죠.

츠나코 : 13권을 읽으면서 코믹콜로세움이 참 재미있다고 생각했어요. 저는 당시에 대규모 코믹 이벤트에 참가해본 적이 한 번도 없었거든요. 사회인이 된 후로 일반 참가로 보러 갈 기회도 줄어서 「이게 맞나?」 하고 생각하면서 그렸습니다. 어린 시절에 참가해본 지방 이벤트의 기억을 떠올리며 그렸죠. 사진을 인터넷 검색해보기도 했지만, 어설픈 부분이 있으면 어쩌나 했어요. 그리고…… 만화를 다 같이 그리는 부분 말인데, 저도 학생 시절에 친구 대여섯 명과 함께 해본 적이 있어서 당시의 즐거웠던 기억을 떠올렸어요.

—그리고, 14권부터는 무쿠로의 이야기군요.

타치바나 : 옛날부터 숫자가 붙는 무언가를 만들 때면 마지막으로 6을 남기는 버릇이 있어서요. 아마 제가 6월 출생이라 그런 것 같은데…… 아무래도 6이라는 숫자를 좋아하는 것 같아요. 하지만 그 탓에 여러 능력과 속성이 얼추 갖춰진 상태로 만들어야만 해서, 허들이 높아지고 말았죠(웃음). 하지만 생각해보니, 금발 캐릭터가 이제까지 메인 캐릭터 중에 없었던 것도 불가사의한 이야기네요.

츠나코 : 확실히 금발 캐릭터는 the 히로인! 이란 느낌인데 안 썼다는 건 불가사의하네요.

타치바나 : 금발 캐릭터라고는 엘렌, 아르테미시아, 밀리…… 그리고 칸나즈키가 있었군요(웃음). 무쿠로는 마지막 정령이니 강해도 되겠다는 생각으로 능력을 설정해봤습니다. 이 권부터 배틀! 배틀!! 배틀!! 이 될 거라고 생각했거든요. 그래서 좀 강하게 설정하기로 했습니다. 게다가 천사도 미카엘, 대천사장 아닙니까. 강한 게 당연하다! 싶더라니까요.

그리고 「데이트」의 콘셉트를 생각해봐도, 정령은 재해의 의인화란 느낌이 있어요.

츠나코 : 초기 몇 캐릭터에 관해서는 들은 적이 있어요. 예를 들어 토카는…….

타치바나 : 첫 이미지는 지진입니다. 그리고 요시노는 냉해. 쿠루미는 약간 특수한 행방불명. 코토리는 화재, 야마

이는 태풍이죠. 미쿠는 소음이려나요(웃음).

츠나코 : 아이돌인데(웃음)! 나츠미는 어떤 재해인가요?

타치바나 : 나츠미는…… 온라인 논란(웃음).

츠나코 : 멘탈에 재해 발생!

타치바나 : 니아는 개인 정보 유출이고, 무쿠로는 운석. 오리가미는 어렵군요. 운석 같은 느낌이 있지만, 무쿠로와 겹치고요.

츠나코 : 공격 방법은 신의 빛 같은 느낌이니까요.

타치바나 : 번개에 가깝기도 하지만, 그건 마유리니까요. 굳이 따지자면 「천벌」? 재해와 좀 멀기는 하네요. 그건 그렇고, 우주까지 가게 될 줄은 몰랐습니다. 프락시너스도 새로 만들어졌고, 마리아도 나왔습니다. 그리고 후반부의 핵심은 동화 세계일까요. 이 이야기는 언젠가 꼭 써보고 싶었던 것이에요.

츠나코 : 무쿠로의 머리카락을 그리는 건 참 힘들었어요! 하지만 우주에 떠 있는 머리카락이 둥실거리는 느낌이 참 좋았다고 생각해요. 그리고 체형이…… 나이는 어리지만 참 육감적이라고나 할까요. 뭐야, 볼륨이 꽤 있잖아 같은 느낌이죠(웃음). 저는 어린 캐릭터를 좋아한다고 생각했지만, 무쿠로를 통해 기호가 변했다니까요.

타치바나 : 무쿠로는 장래에 남들을 미치게 만드는 무언가를 가지게 될 게 틀림없어요.

츠나코 : 왠지 새로운 문을 열어젖힐 듯한 애네요……!

타치바나 : 사실 무쿠로는 시도보다 한 살 아래로 잡을까 했습니다. 이제까지 정령 중에 없었던 후배 캐릭터로 구상했죠. 유일하게 거기에 속하던 마유리는 극장판 캐릭터였고요. 하지만 말을 하게 해보니, 좀 더 어려도 괜찮겠다는 생각이 들었습니다. 무쿠로가 요시노나 코토리의 동급생이라면…… 너희는 그 폭력을 과연 견뎌낼 수 있을까?! 싶었던 거예요. 그리고 단순한 이유가 하나 더 있는데, 일상 파트를 그릴 때에 무쿠로만 다른 학년에 배치하니 좀 쓸쓸해 보였습니다. 그래서 미세 조정을 해서 지금 같은 형태로 안착시켰죠. 15권에서 코토리의 옷을 입은 장면은 참 마음에 들었어요!

츠나코 : 「왜 굳이 입어본 거야?」 하는 거기군요(웃음).

타치바나 : 이 옷은 애니에서의 역유입이었던가요?

츠나코 : 네, 그렇습니다. 애니의 코토리가 입은 사복이 너무 귀여웠거든요.

타치바나 : 그거 멋지군요. 그 외에는 텐카— 반전 토카와 무쿠로가 시도를 사이에 두고 있는 장면도 역시 좋았어요. 그러고 보니 동일 인물이 동일 복장으로 표지를 두 번이나 장식한 건…… 반전 토카가 처음이었던가요?

츠나코 : 네. 그 외에는 쿠루미가 있죠.

타치바나 : 이 권에서는 오리가미에게 다른 인격이 들어가

있다는 기믹을 활용하는 부분도 있었죠. 다들 기억을 잃은 가운데, 반전 토카를 써먹을 수 있다면 반전 오리가미도 써먹을 수 있을 거라고 생각했습니다.

츠나코 : 진실된 사랑이군요! 15권은 「오리가미의 신규 장비를 어떻게 하지?」 하며 엄청 고민했던 게 기억에 남아 있습니다.

타치바나 : 〈브륀힐드〉 말이군요. 진짜 멋지죠. 그리고 15권은 표지의 포즈가 인상적이었어요. 설마 반전 토카가 모에모에큥을 할 줄이야……. 초기에는 꽤 얌전한 포즈가 많았던 만큼, 충격적이었어요.

츠나코 : 14권의 표지에서도 움직이고 있는 모습이었지만, 무중력인 우주여서 캐릭터의 동작 자체는 크지 않았죠. 15권에서는 명확하게 포즈를 취하고 있어서, 배경도 포함해 약간 이질적이었어요.

타치바나 : 16권에서는 쿠루미가 커버에 재등장! 설마, 그 일러가 피규어화될 줄은 몰랐습니다.

츠나코 : 네. 이런 후반부 일러스트까지 입체화해주다니……. 게다가 퀄리티도 정말 뛰어났어요.

타치바나 : 만반의 준비 끝에 찾아온 쿠루미가 주역인 권이었죠. 이 이야기는 전부터 하고 싶었던 겁니다. 하지만 세세한 설정 중에는 집필을 하면서 정한 것도 꽤 있어요. 매번 그렇지만, 저는 대략적인 이야기를 정한 후에 세세한 부분

은 글을 쓰면서 짭니다. 처음부터 전부 결정해버리면, 딱딱해지는 경향이 있거든요. 생동감은 중요하다고 생각해요.

그리고 쿠루미를 공략할 거면, 역시 시간을 되감아야 한다 싶었습니다. 「이 작가는 시간을 되감는 걸 참 좋아하네」하고 생각하면서요(웃음). 17권과 합쳐서 하는 이야기입니다만, 쿠루미의 과거를 다룰 수 있어서 좋았어요. 처음에는 좀 두루뭉술한 느낌이었지만, 글을 쓰다 보니 세세한 부분이 짜여가더군요. 사와 양의 이름은 그러면서 정했습니다(웃음).

츠나코 : 그랬나요?! 사와 양도 전부터 정한 건 줄 알았어요. 매우 중요한 캐릭터가 됐잖아요. 그건 그렇고, 진정한 쿠루미 편에 드디어 도달한 느낌이네요.

타치바나 : 참 길었어요! 3권에서 처음으로 등장했고, 재공략에 이른 게 16권이었으니까요. 쭉, 적인지 아군인지 알 수 없는 상태였습니다.

츠나코 : 쿠루미는 원래 악당이란 느낌이었지만, 실은 엄청 좋은 애라는 점이 사람들의 마음을 사로잡았다고 생각해요.

타치바나 : 그러고 보니 이 즈음에서 「데이트 어 불릿」이 시작됐던가요. 16권, 「불릿」, 화집, 이렇게 세 권이 동시 발매됐던 걸로 기억해요.

츠나코 : 맞아요, 화집이 이때 나왔죠! 이 시기는 「3」과 인

연이 참 많았네요.

타치바나 : 완벽한 우연이지만, 사실 16권은 제 서른세 번째로 낸 책이기도 해요……(웃음).

츠나코 : 와아!

타치바나 : 이런 우연도 다 있다 싶었죠.

츠나코 : 이 권에서의 쿠루미의 포즈는 쉽게 정해졌던 것 같은 느낌이 들어요. 이즈음부터 캐릭터의 개성을 이해하게 된 것 같달까요.

타치바나 : 때때로 각 장의 제목을 비슷한 느낌으로 통일시키기도 하는데, 이 권과 17권은 「~의~」란 구조로 통일시켰죠.

츠나코 : 그리고 보니 흑백이기는 하지만, 이 권에서 처음으로 니벨코르가 등장했군요. 색깔 자체는 이 시기에 정해져 있었지만요. 게임인 아루스 마리나를 모델로 해서 검은 색에 가까운 회색으로 정했어요.

타치바나 : 「데이트」에서는 게임 캐릭터가 역유입되는 경우가 많으니까요. 정확하게는 니벨코르와 마리나는 다른 개체지만요. 17권의 표지는 누구로 할지 고민했던 기억이 있습니다. 「또 쿠루미로 할까?」 같은 느낌으로요. 원고를 다 쓰기 전에 표지를 발주했던 만큼, 만약 끝까지 다 쓴 상태였다면…… 안대 쿠루미였을 가능성이 있네요. 뭐, 시도와 키스를 한 니벨코르를 고른 게 결과적으로 나았다는 생각도 들

지만요.

츠나코 : 히로인으로 여겨진 거군요(웃음).

타치바나 : 뭐, 서브 타이틀은 「쿠루미 라그나로크」지만요! 하지만 이제까지도 서브 타이틀과 표지의 캐릭터가 달랐던 적이 있긴 해요.

츠나코 : 네. 7권도 「미쿠 트루스」였고요.

타치바나 : 문득 든 생각인데 쿠루미와 니벨코르와 나중에 나오는 마리아도 그렇고, 잔뜩 등장하는 히로인이 많군요(웃음). 의도한 게 아니라 필연적으로 그렇게 된 거지만…… 그래도 숫자의 폭력이란 말은 좋아합니다(웃음). 종반부에 적 측인 DEM이 열세인 점이 신경 쓰이기 시작했죠. 항상 엘렌만 싸운다 싶어서, 아르테미시아와 니벨코르를 추가했던 기억이 있습니다. 특히 니벨코르와 밴더스내치는 숫자가 많아서 편리하죠. 개별 캐릭터를 너무 늘리는 건 좋지 않다고 생각해서 『DEM 십인중』을 만드는 건 관뒀습니다(웃음).

츠나코 : 적이 더 있을 가능성도 있었군요.

타치바나 : DEM의 보강은 해야 한다고 생각했거든요. 그리고 이즈음부터 드디어 흑막이랄까…… 이야기 전체의 흐름이 보이기 시작합니다. 의외로 이 권도 전환점이 아닐까 싶어요.

종반에 미오와 신지의 과거를 이야기한 후, 쿠루미의 안에서 미오가 나오죠. 실은 몇 년 전부터 이 장면을 쓰고 싶었고, 그래서 17권까지 계속 써올 수 있었던 겁니다! 담당 편집자님께서 「배에서 나오는 건 그로테스크하지 않나요?」란 말을 들었지만, 「하게 해주세요!」 하고 말했던 걸 기억합니다.

—드디어 다음은 미오가 등장하는 18~19권이군요.

타치바나 : 18권의 표지는 모든 권을 통틀어 가장 좋아합니다. 정말 멋져요.

츠나코 : 역시 로고 색상이 대단하니까요!

타치바나 : 다시 봐도 이건 엄청나군요. 미오의 영장이 임산부용 드레스를 모티프를 한 것도 좀 충격이었어요. 저는 절대 할 수 없는 발상이라고 생각했죠.

츠나코 : 식물을 모티프로 한다는 이미지도 초기 단계부터 있었죠?

타치바나 : 확실히, 최종 보스가 식물 계열인 건 좀 특이할지도 모르겠군요.

츠나코 : 확실히 풀 타입의 보스이긴 해요.

타치바나 : 서브 타이틀인 「미오 게임오버」에서, 게임오버란 단어는 사실 3권에서 쓸까도 했습니다. 하지만 다른 걸 쓰게 되면서 「언젠가 써먹어야지」 하고 생각했죠. 뭔가 절망적인 상황에 처하는 이야기에서 쓰자고 마음 먹었습니다. 그래서 「바로 여기야」 하고 생각했어요.

츠나코 : 스토리적으로도 이 부분은 정말…… 가장 먼저 원고를 읽었는데도 불구하고, 빨리 다음 내용을 읽고 싶어서 다음 권이 참 기다려졌어요! 역시 미오의 디자인은 작업적인 면에서도 기억에 인상이 깊이 남아 있었죠. 인간 느낌을 줄이고 싶어서, 다른 캐릭터에 비해 신화적인 옷으로 해봤어요. 머리에 달린 나뭇잎과 꽃은 벚꽃 느낌이 나는데, 최종권의 토카와 이어지는 부분이 좋았죠. 그리고 곰인형을 어떻게든 넣고 싶었어요. 하지만 얼굴이 보이면 코미컬한 느낌이 될 것 같아서 옷 안에 넣으니, 게임판에 나온「룰러」의 베일 같은 느낌이 부여됐죠.

타치바나 : 멋진 아이디어라고 생각합니다! ……「데이트」 시리즈에서 가장 마음에 드는 권을 고르라고 하면, 18권을 고를지도 모르겠네요. 이야기의 전개, 일러스트, 디자인, 모든 요소가 절정에 이른 건 아마 여기가 아닐까 싶어요.

츠나코 : 이런 후반부에서 최고의 열기를 자아낸다는 건 참 대단한 일이라고 생각해요.

타치바나 : 결과적으로…… 뭐랄까요. 처음부터 쓰고 싶었던 파트에서 최고의 열기를 자아낼 수 있어서 다행이란 느낌을 받았습니다. 미오의 절망감도 엄청나고요.

츠나코 : 이 정도면 클리어 불가 게임이라니까요. 다가가면 사망(웃음)!

타치바나 : 이래서야 못 이겨, 싶었다니까요(웃음). 19권

은…… 이츠카 남매가 집합한 컬러 일러스트도 좋아합니다!

츠나코 : 그건 정말 뜨거웠죠! 코토리와 마나는 첫 컬러 삽화에서 대립하고 있었지만, 지금은 믿음직한 동료가 되었어요.

타치바나 : 정말 좋아합니다. 그 둘이 힘을 합쳐서 싸운 적이 없었다는 걸, 그때서야 깨달았죠. 코토리의 한정 영장은 참 멋져요. 자주 나오진 않지만요. 그리고 바닷가를 걷는 네 사람의 삽화도 좋았습니다. 저의 처음 이미지는, 좀 더 멀리서 보는 느낌이었어요. 하지만 독자 여러분이 어느 쪽을 더 원하실 거냐면, 틀림없이 지금의 일러스트겠죠.

츠나코 : 아마 멀찍이서 보는 구도인 편이 더 감성적일 거예요. 영상이라면 그편이 더 좋을 거라고 생각해요.

타치바나 : 바다를 걷는 그들을 멀리서 바라보는 그림을 바란다고 말씀드렸지만, 역시 독자 여러분들은 캐릭터들의 세세한 부분까지 보고 싶을 테니까요. 참고로 이 권에서 한 데이트의 콘셉트는…… 불륜 데이트입니다(웃음).

츠나코 : 작품 안에서도 레이네 씨가 말했죠. 게다가 시도가 다니는 학교의 선생님이기도 하니, 이중적인 의미에서 위험해요(웃음).

타치바나 : 평소처럼 데이트의 콘셉트로 고민하고 있을 때, 담당 편집자님이 이번에는 「불륜이다!」 하고 말씀하셨죠. 「또 요상한 소리를 늘어놓네」 하고 생각했지만, 그러고

보니 안 써먹었더라고요. 실락원. 파라다이스 로스트입니다. 레이네 씨는 1권부터 나온 캐릭터인 만큼, 그녀와의 이야기를 제대로 회수할 수 있어서 좋았어요. 종반부에 미오와 웨스트코트가 동귀어진 하는 일련의 흐름과 대사를 개인적으로 매우 좋아해요. 미오가 시도를 대피시키면서 「─시도. 너는 정말 멋진 애야. 나는, 너를 정말 좋아해. ─어디까지나, 신 다음으로 말이야」 하는 부분도, 참 마음에 들었죠. 웨스트코트와 대치했을 때의 「너는, 내 취향이 아니었어」도, 그 후에 웨스트코트와 우드먼의 「같은 여자에게 차인 동지이기도 하고 말이야」도 말이에요!

츠나코 : 그 대사들, 참 좋았죠……. 그리고 보니, 미오 한 명을 둘러싸고 참 난리인 세계네요.

타치바나 : 코토리가 시도에게 말한 「순애 커플은 못 당한 거네?」라는 말도 좋아해요. 콘셉트에 따른 느낌이라서요. 그 외에는…… 그래요. 미오가 사라지는 순간에 들려온 신지의 목소리…… 정말 뻔하지만 그래도 꼭 넣고 싶었어요.

츠나코 : 19권은 뭐랄까…… 미오도 그렇지만, 레이네도 히로인처럼 그려져서 참 좋았어요. 하지만 당시에 처음 읽을 때는 끝 부분에서 「아니?!」 하며 경악했죠. 그대로 해피 엔딩을 맞이할 거라고 생각했거든요!

타치바나 : 처음에는 19권에서 끝내자는 의견도 있었어요. 미오가 최종 보스니까 그녀를 없애고 끝, 같은 느낌으로

요. 하지만 논의 과정에서 「메인 히로인은 토카잖아」라는 이야기가 나왔죠(웃음). 「토카를 한 번 더 다루지 않아도 되겠어?」라는 이야기가 나와서, 지금 같은 형태가 된 느낌입니다.

츠나코 : 이야, 그 후의 내용이 나와서 정말 다행이네요!

타치바나 : 예정했던 이야기는 다 끝났지만, 「토카가 사라진다」는 건 원래부터 정해져 있었죠. 만약 이번 권에서 끝낸다면 토카가 사라졌다가 돌아오는 부분까지 19권에 전부 담았을 거예요. 그러면 엄청 두꺼워지겠지만요. 하지만 역시 토카의 이야기를 제대로 쓰자 싶어서 「이건 내가 가지겠다」는 강탈 장면을 넣었죠. 작가인 제가 그 자리에 있었더라도 얼이 나갔을 거예요(웃음).

—그리고, 드디어 클라이맥스군요.

츠나코 : 20권은 로고가 두 가지 색깔로 되어 있는 점이 좋았어요.

타치바나 : 네, 재미있었죠. 「데이트」는 로고가 심플한 만큼, 여러모로 써먹기 좋다고 생각해요. 20권에서는 역시 배틀로얄 삽화가 최고죠! 요시노가 너무 멋져요! 〈라지엘〉쿠루미가 컬러로 그려졌고, 그런 쿠루미에게 덤비는【동개(凍鎧)】모드의 요시노는 정말…… 이렇게 멋져도 되나 싶을 정도였죠. 아마, 일러스트로 그려진 건 처음이었죠?

츠나코 : 네. 먼저 애니메이션에서 등장하게 되어서 디자

인은 해뒀는데, 제가 직접 그릴 기회가 생겨서 참 기뻤어요!

타치바나 : 그외에도 합체 토카의 【창세의 검】. 아, 그 이 야기를 하니 생각난 건데, 【최후의 검】 있잖아요? 그것도 세 피라와 관련된 말인데, 덧말은 히브리어 느낌으로 하자고 생각했죠. 하지만 당시에는 히브리어 자료가 없어서 【최후의 검】을 영어로 번역한 『파이널 소드』를 한 글자씩 히브리어로 변경한 후에 억지로 읽어서 만들어낸 게 바로 「할반 헤레브」 의 어원이죠. 그러니 그건 저만 이해할 수 있는 엉터리 히브 리어예요(웃음).

츠나코 : 언어를 창조한 거군요(웃음).

타치바나 : 하지만 나중에 자료를 손에 넣어서 조사해보 니……「검」의 히브리어가 진짜로 「헤레브」더군요. 「다행이 야!」 하고 생각했어요.

간단히 정리하자면, 토카는 「파이널 소오오오오오오드!」 하고 말하며 필살기를 쓴 겁니다(웃음)!

츠나코 : 표지의 토카는 평범한 토카와 반전 토카의 장비 를 나누지 않고 합쳐놓은 느낌이지만, 목 부분에 있는 돌의 윗부분은 토카, 아랫부분만 반전 토카의 것이에요.

타치바나 : 정말이네요! 마치 초콜릿 같은걸요.

츠나코 : 그리고 의외로 많은 분이 눈치채주신 것이 컬러 삽화 첫 장의 가터벨트에 달린 돌인데, 눈과 마찬가지로 오 드아이로 되어 있어요.

타치바나 : 이야, 오드아이는 역시 좋군요. 무엇보다 이 퍼펙트 토카는 멋져요. 최초의 캐릭터 디자인에서 바로 정해졌을 정도죠. 츠나코 씨는「괜찮겠어요?」하고 걱정해주셨지만요(웃음).

츠나코 : 처음 내놓은 디자인 중 하나가 그대로 통과되어 버리니…… 정말 괜찮은 걸까, 하고 생각했어요. 표지 캐릭터이기도 하니까요.

타치바나 : 확실히 저도 그 감각은 이해합니다. 단편 등을 낼 때, 한 번도 수정을 거치지 않으면「정말 괜찮겠어요?!」하는 느낌이 들어서…… 거꾸로 불안해지니까요(웃음).

츠나코 : 그리고…… 역시 배틀로얄 장면이 뜨거웠어요! 캐릭터들의 성장을 엿볼 수 있었거든요!

타치바나 : 제가 써놓고 이런 말을 하는 건 좀 그렇지만, 동감입니다. 실은 마지막에 승자를 누구로 할지는 결정하지 않았어요. 센 순서로 정한다면 무쿠로 혹은 쿠루미…… 그리고 오리가미와 코토리도 꽤 강한데, 어떻게 할까 싶었어요. 하지만 의외성을 부여하고 싶어서 요시노는 어떨까 하고 생각했죠. 의외성이 있으면서, 토카와도 가장 인연이 깊으니까요. 코토리나 오리가미는 요시노보다 먼저 토카를 만났지만, 두 번째로 나온 정령이자 여동생 격인 존재가 토카의 등을 밀어준다……라는 의미에서도 좋은 장면이 될 거라고 생각했습니다. 지금 생각해봐도, 우승할 사람은 요시노

뿐이란 느낌이에요. 20권 종반은…… 지금도 기억하는데, 패밀리 레스토랑 구석 자리에서 엉엉 울면서 썼습니다. 19, 20, 22권은 폭풍 오열을 하며 집필했어요. 21권은 아직 이야기가 끝나지 않아서 괜찮았지만요. 뭐, 솔직히 말해 엄청 수상쩍어 보였을 겁니다.

실은 20권에서 끝낼 예정이었어요. 아, 19권 때도 비슷한 이야기가 나왔던가요. 하지만 예전에 각 캐릭터의 엔딩을 if 루트로 쓰면 재미있겠단 이야기를 했던 적이 있어요. 그 아이디어를 겸하는 느낌으로, 「전원의 에필로그를 쓰면 재미있지 않을까?」 하는 이야기가 나왔습니다. 우연히도! 히로인의 이름에 숫자가 들어가 있기도 하고요! 열 명…… 정확하게는 열한 명이지만, 마침 10까지 있으니 10장 구성이 어떨까 했습니다. 뭐, 그래도 처음에는 1권으로 끝낼 생각이었어요. 하지만 그래선 한 캐릭터당 25페이지에서 30페이지밖에 주어지지 않으니까요!

츠나코 : 확실히, 그걸로는 부족할 테죠…….

타치바나 : 그런 상황에서 한 권으로 두껍게 갈지 두 권으로 나눌지에 대해 질문을 받았고…… 「나누면 삽화를 잔뜩 넣을 수 있어!」 라는 말을 듣고 「나누죠!」 하고 답했습니다 (웃음). 그래서 처음으로 서브 타이틀에 (상), (하)가 붙었어요. 마지막이니 특별한 느낌이 날 것 같아 좋겠더군요. 「토카 굿 엔딩」으로 끝내는 것 자체는 결정되어 있었으니까요.

츠나코 : 맞는 말이군요!

타치바나 : 이 〈비스트〉의 디자인 말인데…… 「21권이나 왔는데, 츠나코 씨에게는 아직도 이런 아이디어가 남아 있었나!」 싶을 정도로 좋아합니다.

츠나코 : 악당 같아 보이는 백발 캐릭터는 참 좋아요.

타치바나 : 개인적인 취향일지도 모르지만, 21권의 표지도…… 엄청 좋았어요. 18권 다음으로 좋아하는 표지를 뽑으라면, 이 녀석일지도 모릅니다. 표지 전체의 완성도는 2권의 요시노도 뛰어나지만 말이에요……. 로고에 금이 간 것도 멋집니다.

츠나코 : 배경이 시꺼먼 점도 특별한 느낌을 자아내고요.

타치바나 : 로고의 배치 또한, 불안감을 조성하려는 느낌이고요. 이거야말로 극한의 굿 엔딩(웃음)! 컬러 삽화에서도 중학생 멤버가 함께 학교에 다니고 있습니다. 나츠미의 모에 소매 카디건&타이츠, 머리카락을 자른 무쿠로, 마나가 죽도 가방을 안고 있으며, 요시노와 요시농이 같은 디자인의 모자와 교복을 입고 있어요. 세세한 부분의 변화가 참 좋다고 생각합니다.

츠나코 : 하지만 이 일러스트를 지금 보고 든 생각인데, 요시농은 어떻게 가방을 들고 있는 걸까요(웃음). 테이프 같은 걸로 붙인 걸까요?

타치바나 : 그리고 제0장. 숫자에 맞추기 위해 서장이 아

니라 0장으로 해줄 수 없는지 상의했죠. 그리고 목차를 통해 히메카와 요시노라는 이름을 본문을 보기 전에 알 수 있었던 것도 기억에 남아 있습니다. 저는 히메카와 요시노란 이름을 좋아해요. 한자로 쓰면 이름이 여섯 자나 된다니까요(웃음).

츠나코 : 새롭게 성씨가 추가되어서 참신했어요. 거의 한 자 하나당 발음 하나 느낌으로 히메카와 요시노!

타치바나 : 마치 폭주족 용어 같네요(웃음). 모든 히로인의 에필로그를 쓰는 작품도 흔치 않을 거라고 생각합니다. 그리고 온라인 서적 사이트에서는 미리보기가 제공되잖아요? 그게 오리가미가 「정확하게는 이미 혼인신고를 마쳤어.」, 「상대는 누구인데?」……시도를 가리켰다. 까지 나와요. 진짜 노렸다 싶었다니까요(웃음).

츠나코 : 어라, 혹시 진짜로 한 거냐?! 싶을 거예요.

타치바나 : 다들 농담이라는 건 알고 있지만요. 알고 있는데도, 「괜찮아? 상대는 오리가미거든?」 하고 말하게 되는 알 수 없는 신뢰감이 존재해요.

21~22권을 상하권으로 나눠서 낼 거라면 「역시 새로운 정령을 넣었으면 한다」는 말을 들었습니다. 누구로 할지 고민하다 보니, 평행세계의 토카란 아이디어가 나왔죠. 제가 생각하기에도, 에필로그에서 엄청난 아이디어를 내놨다고 생각했습니다. 하지만 결과물은 썩 괜찮았다고 생각해요.

츠나코 : 21권은 1권의 구도를 답습해서 그리는 일러스트가 많아서…… 아, 반갑네, 하면서 그렸어요. 컬러 삽화에서 시도와 〈비스트〉가 대치하고 있는 그림이라던가, 본문의 크레이터 그림 같은 것 말이죠. 옛날 그림을 보면서 그렸습니다. 21권의 표지 배경에 있는 무기는 원래 분위기상 괜찮다 싶은 느낌으로 그렸는데, 형태에 의미가 없는 탓에 그리는 도중부터 진도가 나가지 않게 됐어요. 이렇게 되면 검 디자인도 생각해야겠다 싶어서, 한밤중에 서둘러 러프를 보냈던 걸로 기억해요.

타치바나 : ……그럼 마지막으로 22권의 이야기를 할까요! 이야기할 부분이 많지만, 우선 카자마치 야마이 양부터 할까 합니다.

츠나코 : 마지막 권에서 드디어 등장했죠! 완결 전에 수수께끼가 풀렸네요.

타치바나 : 맞아요. 이야, 머플러는 참 멋지다니까요. 제가 생각하는 카자마치 야마이란 캐릭터는 히어로예요. 히어로하면 바람에 휘날리는 머플러란 이미지가 있죠. 이 책에 데이터가 실릴 예정인데, 역시 몸 곳곳이 빵빵할 뿐만 아니라 강합니다. 평범한 정령의 스테이터스는 기본적으로 255를 MAX로 설정하는데, 카자마치 야마이는 개별적으로 성장한 카구야와 유즈루의 합체 버전이라서 일부 스테이터스는 한계를 돌파했죠.

그리고 가장 핵심은 〈비스트〉 토카. 〈산달폰〉에 차원을 넘는 능력이 있다는 건 저도 처음 알았어요(웃음)!

츠나코 : 마, 맙소사~(웃음).

타치바나 : 세세한 부분은 집필 도중에 쓰니까요! 하지만 이 평행세계 토카가 이쪽 세계에 오는 엔딩은 애초부터 고려하지 않았어요. 그건 해선 안 되는 짓이라고 생각했거든요. 그래도 너는 행복해져 줘야겠어! 「창궁의 카르마」를 읽으신 분은 아실지도 모르지만, 저는 죽은 사람이 다시 살아나는 것도 괜찮다고 여기는 타입입니다. 그래서 「안 돼! 네 이야기를 이대로 끝낼 수는 없어! 가라, 쿠루미!」로 했죠(웃음). 어떻게든 전부 깔끔하게 마무리 짓겠다고 집념을 불태웠습니다!

츠나코 : 삽화로도 미망인 쿠루미를 그릴 수 있어서 참 좋았어요.

타치바나 : 그리고 이전까지는 「10장」이라는 표기였지만, 22권에서는 「십(十) 장」으로 표기했습니다. 이게 토카의 장이다, 라는 증거죠. 그리고 최종권에는 종장이 없습니다. 이야기가 끝나지 않으니까요. ……그런 의도가 진짜로 있었는지는, 으음…… 있었습니다! 아마도요(웃음)! 그리고 마지막 장면에도 역시 츠나코 씨가 멋진 일러스트로 그려주셨습니다! 그 덕분에 쓰고 싶었던 라스트가 완성됐다고 생각합니다. 마지막 대사만은 몇 년 전부터 생각해왔던 거죠.

츠나코 : 22권에서는 〈비스트〉 토카 양과 시도 군이 옥상에 나란히 앉아있는 장면 같은 데서 거리감을 제대로 그려내고 있는지 살짝 불안했어요. 그래서 러프를 그리면서 담당 편집자님과 세세한 부분까지 의견을 조율했죠. 너무 러브러브하게 그리는 것도 좀 아니겠다 싶었거든요. 토카를 위한 이야기인데, 다른 여자와! ……같은 식으로요. 토카이기는 하지만, 일단 다른 개체니까요. 「서로가 이미 죽은 연인만을 보고 있다」라는 해석이 옳다는 말을 듣고, 두 사람이 시선을 맞추지 않은 채 이미 세상에 없는 이를 떠올리고 있는 느낌으로 그려봤어요. 작업 순서적으로 가장 마지막에 완성된 것은 전반부 등장한 정령들이 일제히 「가자!」하며 등장하는 장면이에요. 이게 마지막 일러스트라는 생각에, 애니메이션 1기의 주제가를 BGM 삼으면서 그렸죠!

타치바나 : 저도 마지막 장에서 토카가 돌아오는 부분을 쓸 때, 엉엉 울었어요!

—긴 시간 동안 이야기를 해주셔서 감사합니다. 그럼 마지막으로 팬 여러분에게 한 말씀 부탁드립니다.

타치바나 : 22권…… 길었네요!

츠나코 : 긴 것 같으면서도 짧은, 불가사의한 느낌이 들어요.

타치바나 : 이야…… 10년 동안 온 힘을 다해 뛰어온 것 같습니다. 아쉬운 점을 꼽자면…… 각 정령의 반전한 모습, 그리고 영장을 교환한 모습을 보고 싶다는 것 정도네요(웃음).

츠나코 : 반전한 모습이 나오지 않은 캐릭터는 언젠가 그려보고 싶어요. 그리고 의상 교환은 낭만 그 자체네요!

타치바나 : 그런 내용의 SS를 쓴 기억은 있지만요(웃음). 아무튼…… 본편은 작년에 완결됐지만, 운 좋게도 애니메이션은 아직 진행 중입니다. 그리고 「앙코르」와 「불릿」도 계속되고 있죠. 10년이란 세월은 길지만, 돌이켜보니 빨리도 흐른 것 같네요. 츠나코 씨가 말씀하신 것처럼, 불가사의한 느낌이에요. 10년 동안 한눈팔지 않으며 앞만 보며 나아갔기 때문에, 빨리 흐른 느낌이 드는 걸까요.

본편 전 22권, 단편이 10권, 외전이 현재 7권이고, 애니메이션도 3기까지 했으며, 극장판도 나왔을 뿐만 아니라, 4기도 나올 예정에, 「불릿」의 애니도 나오고, 게임도 HD판 포함해 다섯 편이나 나왔으며, 스마트폰 게임도 제작됐습니다. 코믹스도 본편 하나, 외전 둘, 코미디 하나, 그리고 4컷 만화도……. 피규어와 굿즈도 잔뜩 나왔어요. 게임 콜라보도 잔뜩 했죠……. 뭐랄까요. 감사하다는 말밖에 안 나옵니다. 누구 덕분인지 묻는다면, 응원해주신 독자 여러분 덕분일 겁니다. 10년간, 정말 감사했습니다! 감사하게도 계속해달라는 분들이 계시니, 애니메이션을 고대해주셨으면 합니다. 부디 앞으로도 잘 부탁드립니다!

츠나코 : 아니, 정말…… 순식간에 시간이 흘렀어요. 눈 깜짝할 사이에 10년이 지난 느낌이군요. 어른이 된 후로 시

간이 빨리 흐르는 것처럼 느껴지는 탓이기도 하겠지만요(웃음). 타치바나 선생님께서 말씀하신 것처럼, 다양한 방면으로 작품이 전개되면서, 이게 진짜로 현실이 맞나 싶은 불가사의한 기분을 느꼈습니다. 이제 막 시작한 느낌도 들 정도죠. 이제는 「데이트」가 없는 제 인생을 생각할 수도 없게 됐어요. 캐릭터들과 함께 살고 있는 느낌이 매우 진하게 듭니다. 독자 여러분도 그렇다면 정말 기쁠 것 같아요. 완결 후에도 SNS와 이벤트에서 감상을 이야기해주시는 분이 참 많아서 정말 행복해요. 애니메이션과 단편 등이 앞으로도 계속될 예정이며, 신작에서도 최선을 다할 생각입니다. 신작도 포함해, 잘 부탁드립니다!

—**감사합니다.**

데이트 어 노벨

DATE A NOVEL

토카 킹덤

Kingdom TOHKA

E A NO

"─이렇게 초대해주셔서 감사하옵니다, 국왕 폐하. 과분한 환대에 몸 둘 바를 모르겠습니다. 제가 모시는 왕께서도─."

"됐다. 딱딱한 걸 싫어하니 평범하게 이야기하거라."

"네─?"

두꺼운 융단 위에 무릎을 꿇고 고개를 숙인 텐구 왕국의 대사, 이츠카 시도는 머리 위편에서 들려온 그 말에 무심코 고개를 들고 말았다.

그러자 화려하게 장식된 알현실, 그리고 그 중앙에 놓인 거대한 황금색 옥좌에 앉은 한 소녀의 모습이 눈에 들어왔다.

나이는 시도와 그렇게 다르지 않으리라. 어깨와 등에 드리워진 칠흑빛 머리칼. 몽환적인 색깔을 띤 수정 같은 눈동자. 마치 신대의 명공이 혼을 깎아서 만든 인형처럼 가련한 소녀였다.

하지만─ 그녀는 그저 귀엽기만 한 소녀가 아니다.

그녀의 머리 위에 놓인 것은, 금색 왕관.

그렇다. 그녀야말로 이 토카 왕국의 왕, 야토가미 토카 본인인 것이다.

"……윽! 결례를 범했사옵니다─!"

시도는 화들짝 놀라며 숨을 들이마시곤, 다시 깊이 고개를 숙였다. 아무리 뜻밖의 말에 놀랐다고 해도 허락 없이 왕의 얼굴을 보는 건 대사로서 해선 안 되는 행위다.

하지만 토카는 언성을 높이지 않더니, 휴우 하고 숨을 내쉬었다.

"평범하게 이야기하라고 말하지 않았느냐. 고개를 들거라."

"네……."

토카가 그렇게 말하자, 시도는 다시 고개를 들었다.

그러자 토카는 상체를 앞쪽으로 살짝 굽히더니, 시도의 얼굴을 들여다보듯 응시하면서 말을 이었다.

"대사여. 이름이 어떻게 되지?"

"네. 이츠카 시도라고 합니다."

"흠, 시도인가. 좋은 이름이구나. 왠지 귀에 익숙해."

"그렇습니까?"

"음. 전부터 알고 있었던 느낌이 드는구나. 오래전부터 말이지."

"무슨 말씀인지 모르겠습니다만, 그 이야기는 그만하는 편이 좋을 것 같습니다!"

토카의 말을 들은 시도가 무심코 그렇게 외쳤다. 그러자 토카는 「오오」하며 눈을 동그랗게 떴다.

"그래. 작중 시간은 아직 1년도 지나지 않았던가. 하지만 본편에서는……."

"작중 시간이나 본편 같은 게 대체 무슨 말씀이시죠?!"

그렇게 딴죽을 날린 후, 시도는 또 어깨를 부르르 떨었다.

"죄, 죄송합니다. 결례를……."

"신경 쓰지 마라. 그리고 존댓말도 쓸 필요 없다. 평범하게 대해다오."

"아니, 그럴 수는……."

시도가 그렇게 답하자, 토카는 불만을 드러내듯 눈썹을 찌푸린 후 왼쪽을 힐끔 쳐다보았다.

그러자 그곳에 시립해 있던, 긴 머리카락을 둘로 나눠 묶은 소녀가 고개를 끄덕이며 입을 열었다.

"그럼 이렇게 하자. 이제부터 토카에게 존댓말을 쓸 때마다, 대사님의 악평을 텐구 왕국에 전하면 어때?"

"오오! 그거 좋은 생각이구나!"

"넷?!"

그 갑작스러운 제안에, 시도는 얼이 나가버렸다.

"자, 잠깐만 기다려 주십─."

"음?"

토카가 불만스러운 표정을 지으며 시도를 쳐다보았다. 그러자 시도는 허둥지둥 말을 삼켰다.

"……기다려."

"거봐라, 하면 되지 않느냐!"

"…………."

이마에 땀이 밴 시도가 작게 한숨을 내쉬었다. ……상대는 한 나라의 왕이지만, 시도도 반말이 더 편하다는 느낌이 들었다.

"……그런데, 저 애는……."

시도는 그렇게 말하면서, 방금 불온하기 그지없는 제안을 한 소녀를 쳐다봤다. 그러자 토카는 태연하게 고개를 끄덕였다.

"아, 소개가 늦었구나. 토카 왕국의 대신인 이츠카 코토리다."

"만나서 반가워, 대사님. 잘 부탁해."

코토리 대신이 치맛자락을 살짝 들어 올리며 인사를 했다.

"응. 나야말로 잘 부탁…… 어, 너도 성이 이츠카야?"

"어머, 그러네. 그럼 앞으로 시도 혹은 오빠라고 불러줄게."

"대뜸 무슨 소리를 하는 거야?!"

시도가 고함을 질렀지만, 코토리는 개의치 않으며 손을 가볍게 흔들었다.

그러자 토카가 이어서 입을 열었다.

"—자, 시도. 너는 나의 왕국에 처음 왔지?"

"네…… 가 아니라, 그래."

"그렇구나! 그럼 내가 안내해주마!"

시도가 그렇게 대답하자, 토카는 환한 표정으로 그렇게 말했다.

그 자연스러운 모습을 본 시도는 무심코 고개를 끄덕일

뻔했지만, 아슬아슬한 타이밍에 고개를 저었다.

"잠깐만 있어 봐. 그래도 되는 거야?"

"음? 뭐가 문제지?"

"아니, 여러모로 문제가 많잖아……."

시도는 도움을 청하듯 코토리를 힐끔 쳐다보았다. 아무리 허물없는 사이라고 해도, 두 사람은 국왕과 대신이다. 도가 넘는 행동을 제지해줄 거라고 생각한 것이다.

하지만 코토리는 질렸다는 듯이 어깨를 으쓱했다.

"어쩔 수 없네. 조심해서 다녀와. 너는 왕이잖아."

"음! 조심하겠다!"

"그래도 되는 거야?!"

시도가 무심코 고함을 질렀지만, 코토리는 한숨을 내쉬었다.

"뭐, 왕궁 안이라면 비교적 평화로울 거야. 그리고 토카는 왕이거든. 거역하는 자에게는 콩고물 제외 형벌을 받아."

"코, 콩고물……?"

시도가 의아하다는 듯이 되묻자, 코토리는 고개를 끄덕였다.

"어머, 몰랐어? 토카 왕국의 특산물이야. 왕국 백성은 매 끼니마다 먹어."

"아니, 알고는 있는데…… 콩고물 제외가 어떻게 형벌이 되는 건데?"

"무슨 소리야. 콩고물을 사흘 정도 못 먹으면 금단 증상이 와서 손이 덜덜 떨리면서, 콩고물을 내놓으라며 난동을 부리게 돼."

"그거, 진짜로 콩고물 맞아?!"

시도는 무심코 고함을 질렀다. 그러자 코토리는 장난치는 듯이 어깨를 으쓱했다.

"뭐, 괜찮아. 토카는 고집이 세니까, 그냥 어울려줘. 국왕이 친히 왕궁을 안내해주는 건, 흔한 일이 아니거든?"

"그, 그건…… 그렇지만……."

그렇게 말한 시도는 토카 쪽을 힐끔 쳐다봤다. 그러자 눈을 반짝이며 자신을 쳐다보고 있는 토카와 시선이 마주쳤다.

"으……."

국왕이 친히 같은 것을 떠나, 저런 눈으로 쳐다보는데 안 된다는 말을 하는 건 무리였다. 시도는 작게 한숨을 내쉰 후, 쓴웃음을 머금으며 고개를 끄덕였다.

"……그럼 잘 부탁할게."

"오오! 그럼 바로 출발하자, 시도! 내가 자랑하는 왕궁을 구경시켜주마!"

토카는 원래부터 환했던 표정을 더욱 환하게 만들더니, 옥좌에서 일어나며 단상을 성큼성큼 내려온 후, 시도의 손을 잡아끌었다.

◇

　—그로부터 몇 분 후. 시도는 토카의 뒤를 따르면서 왕궁 안을 돌아다녔다.

　바위로 만든 호화로운 성이었다. 곳곳에 장인의 손길이 느껴지는 바위 세공과 고급스러운 장식품, 거대한 그림 같은 것이 걸려 있어서, 이곳을 걷는 시도를 긴장하게 했다.

　정말 한심한 이야기지만…… 어쩔 수 없다. 만약 발이라도 헛디뎌서 항아리라도 깼다간, 시도가 평생 일해도 다 갚지 못할 금액이 청구될지도 모른다.

　하지만 그것들을 소유한 국왕, 토카는 마치 10년 만에 만난 친구를 대하듯이 허물없는 태도로 시도에게 말을 건넸다.

　"그럼 우선 기사 숙사부터 가자꾸나. 우리나라가 자랑하는 최강의 기사단을 소개해주지."

　"기사단!"

　시도는 눈을 치켜떴다.

　토카 왕국의 기사단이라면 정예 중의 정예로 유명했다. 텐구 왕국의 타마 쌤 국왕도 꼭 살펴보고 오라고 했으며, 시도 또한 매우 흥미가 있었다.

　무예에 재능이 없어서 문관이 되기는 했지만, 시도도 남자다. 예전에는 검을 휘두르며 적을 해치우는 용맹한 기사를 동경했던 것이다.

"자, 여기다."

토카가 시도의 손을 잡아끌며 발코니로 들어섰다.

"오오……."

아래편에 펼쳐진 광경을 본 시도는 무심코 신음을 흘렸다.

거대한 기사 숙사와 마구간. 그리고 그 전방에 펼쳐진, 연병장으로 보이는 넓은 공간. 그곳에는 백은색 갑옷을 걸친 기사들이 줄지어 서 있었다.

그야말로 압권이었다. 시도는 소름이 돋는 느낌을 받았다.

"이건…… 엄청난걸."

"음. 내가 자랑하는 기사단이다. —저쪽을 봐라. 저기 있는 두 사람이 기사단장이지."

"뭐?"

시도는 그 말을 듣고, 토카가 가리킨 방향을 쳐다봤다.

그러자, 판박이처럼 똑같이 생긴 두 소녀가 나란히 서 있는 모습이 눈에 들어왔다. 두 사람 다 금색 갑옷을 걸치고 있었지만, 머리카락을 올려 묶은 사람은 칠흑색 망토를 걸치고 있었다.

"쌍둥이……?"

"음. 쌍둥이 기사, 카구야와 유즈루다."

토카가 그렇게 말한 순간, 카구야와 유즈루도 그녀의 존재를 눈치챈 것처럼 동시에 고개를 들었다.

"음? 오오, 토카구나."

"의문. 옆에 있는 사람은 누구인가요."

"텐구에서 온 대사, 시도다! 카구야, 유즈루! 우리 기사단의 용맹한 자태를 보여다오!"

토카가 그렇게 외치자, 카구야와 유즈루의 눈이 반짝였다.

"호오? 아하. 크큭…… 시도라고 했느냐. 아무래도 귀공은 운명의 여신에게 참 사랑받는 듯하구나."

"긍정. 실은 오늘부터 1대1로 모의전을 하기로 했어요."

그렇게 말한 두 사람이 손을 들어 올리자, 정렬해 있던 기사들이 거기에 맞춰 좌우로 갈라졌다.

그리고 카구야와 유즈루가 그들 사이에 생긴 공간의 한가운데로 걸어가더니, 걸음을 멈췄다.

"자, 토카 왕국 최강이라 불리는 이 몸의 검무를 똑똑히 보거라!"

"부정. 최강은 유즈루예요. 카구야는 까놓고 말해 3등이죠."

"뭐, 2등은 누군데?!"

아까까지의 오만한 태도는 어디 간 건지, 카구야의 표정이 확 흐트러졌다. 하지만 국왕과 대사 앞이라는 것을 떠올린 건지, 어험 하고 헛기침을 하면서 태도를 고쳤다.

"―검을 가져오거라!"

"요청. 전투 준비를 해주세요."

그리고 카구야와 유즈루가 그렇게 말하자, 뒤편에 있던 기사들이 뛰어와서 두 사람 앞에 『검』을 뒀다.

"…………어?"

그것을 본 시도는 고개를 갸웃거렸다.

하지만, 그러는 게 당연했다. 기사들이 가져온 『검』은, 네 개의 다리와 등받이가 달린…… 누가 봐도 명백한 의자였던 것이다.

"어이, 토카. 저건 대체……."

"음? 검이다만?"

"의자잖아."

"음, 그렇게 부를 수도 있겠지."

—그렇게 부를 수밖에 없거든?

시도는 삐질삐질 땀을 흘리면서도, 목까지 올라온 말을 다시 삼켰다.

"뭐, 뭐가 어떻게 된 거야?"

"음. 정확히 말하자면, 저건 검집이다. 등받이를 잘 보거라."

"뭐?"

토카의 말에 따라 의자 등받이를 유심히 보니, 거기에는 칼자루 같은 것이 달려 있었다. 아무래도 등받이에 검이 수납된 것 같았다. 그러고 보니 아까 토카가 앉아있던 옥좌에도 크기는 다르지만 비슷한 구조였던 것 같은 느낌이 들었다.

"내 토카 왕국에서는 기본적으로, 의자에 검을 수납해둔다. 우리의 무기는 기본적으로 의자지."

"어, 어째서…… 가지고 다니기 어렵지 않아?"

"이유를 물어도 대답하기 어렵구나. 옛날부터 그래왔거든."

토카가 팔짱을 끼며 그렇게 말하자, 카구야와 유즈루는 의자의 등받이에서 검을 뽑아 들었다.

"훗, 정정당당히……."

"호응. 승부하죠."

그리고 인사를 하듯 가느다란 칼날을 맞댄 후— 두 사람의 대결이, 시작됐다.

"돌격. 하앗—!"

유즈루가 검 끝으로 카구야를 겨누더니, 눈에 보이지 않는 속도로 소나기 같은 찌르기를 선보였다. 하지만 카구야는 그 연속 공격을 피하더니, 유즈루의 검을 휘감듯이 검을 놀렸다.

"이얍!"

카구야는 날카로운 기합을 내지르며 검을 하늘로 치켜들 듯 휘둘렀다. 그러자 그 움직임에 맞춰 유즈루의 검이 튕겨나더니, 그녀의 손에서 빠져나가며 그대로 하늘로 내던져졌다.

"오오! 대단해! 카구야가 이긴 거야?!"

"아니, 아직 멀었다!"

토카가 그렇게 외친 순간, 유즈루는 갑옷을 입은 상태라는 게 믿기지 않을 만큼 빠르게 뒤쪽으로 몸을 날렸다.

물론 카구야도 그냥 보고 있지는 않았다. 유즈루의 몸통을 향해서 검을 수평으로 휘둘렀다. 훈련용이라 날을 세우지 않은 무기라고는 해도, 정통으로 맞는다면 꽤 충격을 받으리란 것은 쉬이 상상할 수 있었다.

하지만 다음 순간, 유즈루는 의자 등받이를 손으로 짚고 그대로 팔로 몸을 지탱하듯 점프해서 카구야의 일격을 피했다.

"큭—!"

검을 휘두른 카구야가 헛발을 내디디며 균형을 잡고, 다시 유즈루를 향해 찌르기를 날렸다.

그러자 유즈루는 의자 아래편으로 몸을 집어넣더니, 의자의 앉는 부분으로 공격을 받아냈다.

"거짓말?!"

이 뜻밖의 의자 활용법을 본 시도는 경악에 찬 목소리를 냈다. 그것을 들은 토카가 우쭐대듯 코웃음을 터뜨리며 가슴을 폈다.

"봤느냐. 저것이 바로 토카 왕국 전통의 의자술이다. 검을 잃더라도 의자로 방어와 공격을 펼치는 거지."

"체어 아츠?!"

"그렇다. 우리 기사들은 필기 수업 시간에 성○의 영화를 보지."

"잠깐만, 세계관을 너무 무시하는 거 아냐?!"

시도는 무심코 고함을 질렀다. 이곳은 토카 왕국. 라이트 판타지물에서 볼 수 있는 짜맞추기식 해석이 들어가 있기는 하지만, 기본적인 문명 레벨은 중세다. 물론 영화 같은 건 없으며, 의자를 교묘하게 이용하며 싸우는 액션 배우가 존재할 리도 없다.

하지만 시도가 혼란에 빠져 있는 사이에도, 대결은 계속 이어져갔다. 유즈루가 의자 다리를 움켜쥐더니, 크게 휘둘렀다.

"반격. 에잇~."

"얕보지 마라……!"

하지만 카구야도 밀리지 않았다. 검 대신 의자를 쥐더니, 유즈루와 같은 공격을 펼쳤다.

우직! 하는 둔탁한 소리가 나면서 두 사람의 뒤통수에 의자가 동시에 꽂히자, 의자는 산산조각이 났다.

"으윽……."

"몽롱. 어어……."

두 사람은 어질어질한 것처럼 머리를 움켜쥐더니, 그대로 동시에 쓰러졌다.

……어째서일까. 머릿속에서 『프로젝ㅇ A』의 테마가 흘렀다. 하지만 여기는 토카 왕국이기에, 시도는 그게 뭔지 짐작조차 되지 않았다.

"음, 두 사람 다 멋졌다. —자, 저들을 옮겨라!"

토카가 박수를 치면서 그렇게 말하자, 좌우에 시립해 있던 기사들이 카구야와 유즈루에게 달려오더니, 두 사람을 들쳐메고 기사 숙사로 들어갔다. 남은 기사들이 박살이 난 의자의 파편을 줍기 시작했다.

"음. 그럼 가자, 시도."

"으, 응……."

시도는 손으로 이마를 짚으면서, 토카의 뒤를 따랐다.

◇

"흠…… 그럼 다음은 어디를 소개할까. 왕궁의 식사를 책임지는 대주방이 좋을까, 왕국의 지혜를 상징하는 대도서관이 좋을까. 아니면 메이드가 잔뜩 있는 시종실로 갈까……."

토카는 복도를 걸으면서 으음 하고 신음을 흘리더니, 턱에 손을 댔다.

시도는 전부 둘러보고 싶지만, 지금은 이 성의 주인에게 맡기는 편이 나을 것이다. 시도는 아직 이 왕궁 안에 무엇이 있는지도 파악하지 못했으니 말이다.

"음?"

바로 그때, 토카는 걸음을 멈췄다.

이유는 곧 눈치챘다. 전방에서 두 소녀가 걸어오고 있었던 것이다.

한 사람은 메이드복을 입고, 왼손에 메이드복 차림 토끼 모양 퍼핏 인형을 낀 소녀였다.

그리고 다른 한 사람은 고급스러운 드레스 차림에, 인형처럼 표정이 없는 소녀였다.

"아— 토카 씨."

『야호~. 어머? 옆에 있는 사람은 손님이야?』

메이드복을 입은 소녀와 퍼핏 인형이 고개를 꾸벅 숙였다. 시도는 덩달아 인사를 했다.

"음. 다른 나라의 대사인 시도다. —시도, 소개하마. 요시노와 요시농이다. 이 성의 시종장을 맡고 있지."

소개된 요시노와 『요시농』이 또 고개를 숙였다. 시도 또한 다시 고개를 숙였다.

"그리고 이쪽은—."

토카가 그렇게 말하면서 다른 소녀를 소개하려 했을 때였다.

"우왓?!"

시도는 어깨를 흠칫하며, 비명을 지르고 말았다.

이유는 단순했다. 방금까지 요시노의 옆에 있던 소녀가 어느새 시도의 곁으로 와서…… 후우, 하고 그의 목덜미에 숨결을 토했기 때문이다.

"앗, 오리가미! 무슨 짓을 하는 것이냐!"

토카가 고함을 지르면서, 시도와 그 소녀— 오리가미를 떼어냈다.

어찌어찌 마음을 진정시킨 시도는 심호흡을 하면서 오리

가미를 돌아봤다.

"으, 으음…… 이분은 누구야?"

"아, 왕비인 오리가미다."

"와, 왕비님?! 그렇다면……."

"음. 내 아내지."

토카가 그렇게 말하자, 시도는 경악했다. 왕에게 왕비가 있는 건 당연한 일이겠지만, 어째선지 깜짝 놀라고 말았다.

시도가 경악했다는 걸 눈치챈 건지, 토카는 보충 설명을 하듯 말했다.

"정략결혼으로 토비이치 왕국에서 시집을 온 형식적인 아내지. 아직도 나에게 마음을 열지 않았다."

"그, 그렇구나……."

시도가 그렇게 답하자, 오리가미는 눈을 반짝이며 슬쩍…… 시도와 몸을 밀착시켰다.

"히익……?! 이, 이게 무슨……?!"

"드디어 찾았다. 네가 내 왕자님이야. 원치 않는 결혼을 한 나를 데리고 도망쳐줘."

오리가미는 그렇게 말하더니, 교태를 부리듯 시도의 가슴을 손가락으로 애무했다.

"아니, 저기, 나는……."

여성에게 면역이 없는 데다, 왕의 아내에게 허튼짓을 해선 안 된다는 생각이 시도의 몸을 옭아맸다.

"아, 아니! 관둬라! 시도가 싫어하지 않느냐! 그리고 내 앞에서 당당히 간통을 하려 하지 마라!"

토카가 고함을 지르면서 오리가미를 향해 손을 뻗자, 오리가미는 그 손을 슬쩍 피하면서 그대로 도망쳤다. 그 와중에 시도의 귓가에 입을 가져가며 「오늘 밤, 방에서 기다릴게」라고 말했지만, 시도는 거기에 갈 용기가 없었다.

"정말…… 미안하다, 시도. 폐를 끼쳤구나."

"아, 아냐……."

시도가 땀을 닦으면서 고개를 젓자, 옆에서 『요시농』이 입을 열었다.

『그런데, 두 사람은 여기서 뭐 하는 거야~?』

"아…… 음. 시도에게 이 나라에 대해 알려줄까 해서 말이다. 우선 왕궁을 안내해주고 있지. 하지만, 다음으로 뭘 보여줄지 고민하는 사이에 이 왕국의 치부를 보여주고 말았구나."

오리가미를 이야기하는 게 틀림없다. 토카는 인상을 확 찡그렸고, 요시노는 난처하다는 듯이 쓴웃음을 머금었다.

"그, 그랬나요……."

『참, 토카. 그건 보여줬어~? 성 뒤편의 그거 말이야.』

『요시농』이 손을 흔들며 그렇게 말하자, 토카는 손뼉을 쳤다.

"오오! 그래. 깜빡했구나. 이 왕국에 대해 이야기할 거면 그걸 빠뜨리면 안 되지!"

그리고 그대로 시도의 손을 잡더니, 아까보다 빠른 걸음걸

이로 복도를 나아갔다. 등 뒤에서 요시노와 『요시농』이 손을 흔들었다.

"우왓…… 잠깐만, 어디 가는 거야?"

"됐으니까, 잔말 말고 따라오거라. 좋은 걸 보여주마!"

토카는 반론을 허락하지 않으며 한동안 걸음을 내딛더니, 이윽고 성 뒷문을 통해 밖으로 나갔다.

"자, 여기다!"

그리고 뒤돌아서더니, 두 팔을 확 벌리며 그렇게 말했다.

"여기는…… 우왓?"

그 말을 듣고 주위를 둘러본 시도는— 눈을 동그랗게 떴다.

성 뒤편에는 광대한 평원이 펼쳐져 있었는데, 그 일대를 뒤덮은 황금색 식물이 햇빛을 받아 찬란히 빛나고 있었다. 그 아름다운 광경을 본 시도는 한동안 눈을 떼지 못했다.

"대단한걸……. 여기는 밀밭이야?"

"아니다. 콩고물 밭이지."

"아, 그렇구나……. 잠깐만, 방금 뭐라고 했어?"

토카의 말을 들은 시도가 무심코 고개를 갸웃거렸다. 뭔가 이상한 단어를 들은 느낌이 들었다.

"토카, 방금 뭐라고 했어?"

"그러니까, 콩고물 밭이다."

"으음……."

시도는 미간을 찌푸리며 볼을 긁적였다. 그러고 보니 아까 코토리 대신이 이 왕국의 특산품이 콩고물이라고 말했었다.

······애초에 이곳은 중세 판타지 세계니까 콩고물 자체가 존재할 리가 없지만, 이걸 부정해버리면 이야기가 더는 진행되지 않는다. 게다가 시도에게는 그것보다 더 신경 쓰이는 점이 하나 있었다.

"으음, 콩밭이라는 소리야?"

그렇다. 콩고물은 볶은 콩을 갈아서 만드는 것이다. 눈앞에 펼쳐진 식물은 콩으로 보이지 않지만, 품종 개량이라도 한 것일까.

하지만 토카는 영문을 모르겠다는 표정으로 고개를 갸웃거렸다.

"콩······? 시도, 무슨 소리를 하는 것이냐. 저건 콩고물이다."

"아니, 그러니까 콩고물은······."

시도가 말을 이으려던 순간, 한 줄기 바람이 주위에 불면서 콩고물(토카의 말에 따르면)의 이삭이 쏴아아~ 하고 흔들렸다.

그러자 다음 순간, 흔들린 이삭에서 삼나무가 꽃가루를 흩뿌리듯이 노란 가루가 주위에 흩날렸다.

"앗?! 이, 이건······."

"오오, 콩고물이다!"

"뭐?!"

시도는 당혹스러운 표정을 짓더니, 콩고물 이삭에 붙은 노란 가루를 손가락으로 훑었다.

그리고 그것을 꼼꼼히 살펴본 후, 날름 핥았다.

"……윽! 코, 콩고물이야……."

이마에 땀방울이 맺힌 시도가 중얼거리듯 그렇게 말했다. 게다가 설탕을 더하지 않았는데도 단맛이 났다. 토카 왕국에서는 이게 당연한 걸까.

"아까부터 콩고물이라고 말하지 않았느냐."

"으, 응……. 미안해. 도저히 믿기지 않았거든. ……어?"

바로 그때, 시도는 미간을 찌푸렸다.

콩고물 밭의 바로 옆에서, 누군가를 발견한 것이다.

—시체처럼 지면에 쓰러져 있는, 누군가를…….

"어…… 저, 저건……?!"

시도는 거품을 물면서 그 사람에게 다가갔다. 그리고 뒤따라온 토카가 「오오」 하며 말했다.

"궁정 화가인 니아이지 않느냐. 이런 데서 뭐하는 것이냐."

토카의 그 말에 답하듯, 축 늘어져 있던 소녀— 니아가 비틀거리며 고개를 들었다.

"……후, 후히히…… 콩고물…… 콩~고물~……."

그리고 헛소리를 하듯 그렇게 중얼거리더니, 맛이 간 듯한 미소를 머금었다.

"으음. 그러고 보니 니아는 『콩고물을 흡입하면 신이 강림해!』 같은 소리를 하면서 필요 이상으로 콩고물을 섭취했었지."

"아까 한 말 취소할게. 역시 이건 콩고물이 아냐!!"

시도는 비명에 가까운 목소리로 그렇게 외친 후, 기침을 해댔다. 시도도 방금 콩고물을 핥아 먹었는데…… 괜찮은 것일까.

"아, 그렇지. 잠시만 기다려다오."

토카는 뭔가를 떠올린 것처럼 그렇게 말하더니, 근처에 자라던 나무를 향해 뛰어갔다.

그리고 그대로 껑충 뛰더니, 나무에 열린 열매 같은 것을 몇 개 따서 시도와 니아 곁으로 돌아왔다.

"음, 역시 열려 있었다."

"어? 그건……."

시도는 눈을 가늘게 뜨더니, 토카가 쥐고 있는 것을 응시했다. 과일치고는 특이한 형태를 하고 있었다. 타원형이며, 표면에 노란색 가루가 골고루 뿌려진—.

"음, 콩고물빵이다."

"그건 너무 이상하잖아!"

백보 양보해서 콩고물과 흡사한 꽃가루를 흩뿌리는 식물이 있다고 쳐도, 빵은 좀 너무했다. 게다가 갓 딴 빵이라서 그런지, 갓 구운 것처럼 향긋한 향기가 감돌고 있었다. 시도는 이 나라의 생태계를 이해할 수가 없었다.

"음? 시도의 나라에서는 희귀한 것이냐? 이건 콩고물빵이라는 거다."

"아니, 빵 자체에 놀란 건 아냐. 빵은 원래 밀가루를 반죽한 후에 구워서 만드는 거라고! 그런데 왜 나무에 열리는 건데?!"

"음? 당연한 소리를 하는구나."

"뭐……?"

토카가 영문을 모르겠다는 투로 그렇게 답하자, 시도는 얼이 나간 목소리로 대꾸했다.

"왜 지금 빵 이야기를 하는 것이지? 이건 콩고물빵이다."

"……으음, 뭐?"

토카가 당연하다는 투로 그렇게 말하자, 시도는 손으로 이마를 짚었다. 시도의 인식이 잘못된 것이 아니라면, 콩고물빵은 튀긴 빵에 콩고물을 뿌린 빵인데…… 토카의 얼굴을 보니, 자기의 지식이 올바르다는 확신이 흔들렸다.

"뭐, 됐다. 아무튼 니아, 이걸 먹어라. 우리 콩고물빵은 최고거든. 한 입 먹으면 힘이 샘솟는 기운 백 배 콩고물빵맨이다."

"또 위험한 소리를…… 그것보다 콩고물의 과잉 섭취가 원인인데, 콩고물을 더 먹여도 괜찮은 거야?"

"괜찮다. 콩고물빵 먹을 배는 따로 있거든."

뭐가 괜찮다는 건지 모르겠지만, 토카는 그렇게 말하면서 니아에게 콩고물빵을 내밀었다. 그러자 니아는 코를 킁킁거리면서 그 빵을 베어 물었다.

"…………윽!"

그러자 다음 순간, 니아가 눈을 치켜뜨며 그 자리에서 벌떡 일어섰다. 왠지 몸 주위에 콩고물 색깔 아우라가 어린 듯한 느낌이 들었다.

"휴우…… 고마워, 폐하. 덕분에 살았어."

그리고 아까와 달리 이지적인 목소리로 그렇게 말하더니, 뒤돌아섰다.

"그럼 나는 신작을 작업하러 돌아가 볼게. 이번에는 역작이니까 기대해도 돼~."

니아는 엄지를 치켜들더니, 그대로 몸을 굽힌 후에 그대로 도약했다. 휘잉! 하는 소리가 들리더니, 콩고물 색깔 아우라를 남기며 성벽을 그대로 뛰어넘었다.

"거짓말?!"

시도는 경악한 나머지 고함을 질렀다. 하지만 토카는 딱히 놀라지 않더니, 팔짱을 끼며 고개를 끄덕였다.

"음, 역시 우리 콩고물빵은 질이 좋구나."

"아니, 그런 문제가 아닌 것 같은데……."

"시도도 먹어보면 이해가 될 거다. 자, 이걸 주마."

"아니, 나, 나는……."

"음……?"

시도가 건네받은 콩고물빵을 쳐다보며 말끝을 흐리자, 토카는 갑자기 눈을 동그랗게 뜨며 고개를 들었다.

이유는 단순했다. 왕도를 둘러싼 성벽에 있는 초소에서 갑자기 캉캉캉! 하고 종소리가 들려왔기 때문이다.

"윽! 아니……!"

시도는 무심코 미간을 찌푸렸다. 그 종소리가 범상치 않다는 사실을 눈치챈 것이다.

이것은 시간을 알리는 종이 아니며, 새롭게 부부가 된 이들의 출발을 축하하기 위한 것도 아니었다.

—적이 쳐들어왔다는 사실을 알리는 종소리다.

"토카!"

"음……!"

시도는 콩고물빵을 종이에 싼 후, 토카와 함께 왕궁 앞쪽으로 뛰어갔다.

그리고 발코니로 나가서 왕도를 둘러본 순간— 두 사람의 얼굴에 전율이 흘렀다.

높은 성벽에 둘러싸인 왕도. 그 내부에, 칠흑색 갑옷을 걸친 군대가 존재했던 것이다.

"저, 저건……!"

"시계와 검은 고양이가 그려진 깃발……! 토키사키 왕국^{킹덤}인가!"

토카는 인상을 찡그리며 신음에 가까운 목소리로 외쳤다.

—토키사키 왕국. 보는 건 처음이지만, 그 악명은 바다 건너편에 있는 텐구 왕국까지도 알려져 있었다. 변덕 삼아 전쟁을 일으켜 주변국을 삼키면서, 지금은 대륙 동부 최대의 세력이 된 광기의 왕국이다.

"왜, 왜 갑자기 왕도를……?! 토키사키 왕국과의 국경은 여기서 한참 떨어진 곳이잖아?!"

"큭…… 역시 그 소문은 사실이었던 건가."

"소문?"

"음. 토키사키 왕국의 여왕, 쿠루미는 요사한 술법을 쓴다고 한다. 그림자를 조종해서, 순식간에 무수한 군대를 적의 본진에 출현시킬 수 있다고 하는데……."

"뭐…… 그런 게 가능한 거야?!"

도저히 믿기지 않지만, 눈앞에서 벌어진 일이니 믿을 수밖에 없다. 시도는 긴장 탓에 마른 목을 침으로 적셨다.

바로―.

"―우후후, 후후."

그때였다. 갑자기 등 뒤에서 웃음소리가 들려오자, 시도와 토카는 뒤를 돌아보았다.

"아니―?!"

"너는……!"

그리고 경악을 금치 못하며 눈을 치켜떴다.

하지만 그렇게 놀라는 것도 무리는 아니었다. 시도와 토카가 있는 넓은 발코니에, 방금까지 없었던 무리가 갑자기 나타난 것이다.

검은색 갑옷을 걸친 기사들이 천장이 달린 침대 같은 탈것을 짊어지고 있었으며, 그 위에는 요사한 미소를 머금은 소녀가 걸터앉아 있었다.

좌우 불균형하게 묶은 흑발. 백자처럼 새하얀 피부. 그리고— 마치 시계판 같은 문양이 새겨진 왼쪽 눈.

그 모습을 본 토카가 표정을 굳혔다.

"토키사키 왕국 국왕, 쿠루미……!!"

"우후후. 안녕하세요, 토카 양."

이름을 불린 소녀, 쿠루미가 더욱 진한 미소를 머금었다.

"국왕?! 이 녀석이?!"

시도가 고함을 지르자, 쿠루미는 흐흥 하고 코웃음을 치면서 가슴을 펼쳤다.

"네. 저 남성 분과는 처음 뵙는군요. 토키사키 왕국 군주, 토키사키 쿠루미라고 한답니다. —침략하러 왔어요, 토카 양."

"헛소리하지 마라! 대체 무슨 속셈이냐!"

토카가 고함을 질렀다. 그러자 쿠루미는 우습다는 듯이 웃음을 흘리면서 말을 이었다.

"이대로 토키사키 왕국의 무위를 선보이는 건 참 쉬운 일이랍니다. 하지만 그래서 재미가 없죠. —토카 양. 저와 토카 양이 나라의 명운을 걸고 결투를 하는 건 어떨까요?"

"뭐?"

쿠루미가 그렇게 제안하자, 토카는 미심쩍다는 듯한 표정을 지었다. 당연했다. 느닷없이 나타난 침략자의 말을 경계하지 않는 이가 있을 리 없다.

하지만 토카는 곧 날카로운 시선을 머금었다.

"바라는 바다. 너 따위는 내가―."

"자, 잠깐만 기다려!"

시도가 거품을 물며 두 사람을 말렸다. 그러자 토카는 놀란 듯한 표정을 지었다.

"왜, 왜 그러느냐, 시도."

"일단 진정해. 왕끼리의 결투로 전쟁의 승패를 정한다는 건 보통은 있을 수 없는 일이잖아?! 게다가 상대방이 그런 제안을 했다는 건, 승산이 있다고 판단해서야. 함부로 응하면 안 돼."

"음…… 그건 그렇다만……."

토카가 표정을 굳히며 신음을 흘렸다. 그러자 쿠루미는 「어머, 어머」 하고 장난스레 웃음을 흘렸다.

"아무래도…… 착각에 빠지신 것 같군요. 이건 『상담』이 아니라 『요구』랍니다. 저로서는 충분히 양보를 했다고 생각하는데 말이죠."

"뭐……?"

"이미 저의 힘으로, 왕도 곳곳에 제 흑묘 기사단의 기사들을 대기시켜뒀답니다. 즉, 제가 마음만 먹으면 언제든 이 왕도를 함락시킬 수 있는 거죠."

"뭐……!"

토카가 아연실색했다.

하지만 그 말은 허풍이 아닐 것이다. 토카 기사단의 기사들은 정예다. 하지만 언제 어디서 나타날지 알 수 없는 군단을 상대로는 그 실력을 충분히 발휘할 수 없을 것이다.

시도와 토카의 표정을 살펴본 쿠루미는 즐거운 듯한 어조로 말을 이었다.

"증거를 보여드릴까요?"

쿠루미가 천천히 손을 들어올리더니— 아래편을 향해 휘둘렀다.

그러자 왕도에 대기하고 있던 검은 갑옷 차림의 무리가 진군을 시작하더니, 왕도의 주민들을 습격했다.

"아니…… 머, 멈춰라아아앗!"

토카가 고함을 질렀지만, 흑기사들은 왕도 사람들을 잡더니—

머리에, 고양이귀가 달린 카추샤를 씌웠다.

"…………어?"

흑기사 무리의 이해 안 되는 행동을 본 시도는 무심코 얼빠진 목소리를 냈다. 하지만 쿠루미는 만족한 것처럼 새된 웃음을 흘렸다.

"키히히, 히히히히히히! 어떤가요? 당신의 소중한 국민을, 귀여운 고양이 씨로 만들어주겠어요오오오오!!"

"큭……! 쿠루미, 네 이 녀석! 감히 이런 비열한 짓을……!"

"으음……."

영문 모를 이유로 흥분한 두 사람을 본 시도는 식은땀을 삐질삐질 흘렸다.

하지만 두 사람은 그런 시도를 개의치 않으며, 열띤 목소리로 대화를 이어갔다.

"우후후. 착각하시는 분이 많은데, 저는 딱히 전쟁을 좋아하지 않는답니다. 그래서 이런 요구를 하는 거죠. 만약 토카 양이 저에게 이긴다면, 흑묘 기사단을 이 왕도에서 철수시키겠다고 약속하겠어요."

"……정말이지?"

"네. 한 입으로 두말할 생각은 없답니다."

토카가 그렇게 말하자, 쿠루미는 크게 고개를 끄덕였다.

"그 대신…… 만약 토카 양이 진다면, 제 고양이 씨가 되어주셔야겠어요."

"뭐……?"

쿠루미가 그렇게 말하자 토카는 미간을 찌푸렸다. 그러자 쿠루미는 손에 들고 있던 가죽끈 같은 것을 잡아당겼고, 쿠션 뒤편에 숨어 있던 조그마한 이가 시도와 토카 앞에 모습을 드러냈다.

""아니……?!"

두 사람의 목소리가 포개졌다. 하지만 그것도 당연했다. 쿠션 뒤편에서 모습을 드러낸 건, 목줄을 한 두 소녀였던 것이다.

한 사람은 기분이 좋아 보이는 장신의 소녀였다. 다른 한 사람은 퍼석해 보이는 머리카락과 언짢아 보이는 눈매가 인상적인 조그마한 체구의 소녀였다. 두 사람 다 머리에 고양이귀를 달고 있었으며, 고양이손처럼 생긴 장갑과 신발을 신고 있었다.

"냐옹~♪"

"……냐, 냐앙……."

목줄을 잡아당겨지자 한 소녀는 기쁜 듯이, 다른 한 소녀는 불만에 찬 표정으로 그런 소리를 냈다.

그러자 쿠루미는 만족한 듯이 미소 짓더니, 그녀들의 목을 간지럽히듯 쓰다듬기 시작했다.

"어머나, 참 잘했어요~. 정말 착한 아이들이군요냐옹! 상으로 말린 생선을 줄게요냐앙!"

"냥! 냐아앙~."

"………….."

조그마한 소녀는 쿠루미가 내민 말린 생선을 으적으적 씹어먹더니, 땅이 꺼지게 한숨을 내쉬었다.

"……저기, 우리만 배역이 좀 이상하지 않아? 요시노와 함께 메이드를 해도 될 것 같은데……."

"어머어머? 이상하네요냐옹. 고양이는 그런 소리를 하지 않을 텐데요……?"

"히익……."

하지만 쿠루미가 힐끔 노려보자, 소녀는 가녀린 목소리로 「……냐, 냐옹……」 하고 울었다. 그러자마자, 쿠루미는 기분이 좋아졌다.

　"저, 저 애는……."

　"네. 지난달에 함락시킨 이자요이 왕국의 미쿠 왕녀와, 나츠미 왕국의 나츠미 왕녀랍니다. 잘 어울리지 않나요?"

　쿠루미는 그렇게 말하며 웃었다.

　"냐옹～. 말린 생선을 다 먹었어요냐옹. 앗, 저기에 맛있어 보이는 생선이……."

　"앗, 잠깐……!"

　"저는 고양이니까요! 어디까지나 생선을 먹으려는 거예요～!"

　"잠깐만, 저기, 끄, 끄아아아앗?!"

　쿠루미의 뒤편에서는 미쿠가 눈을 반짝이며 나츠미의 얼굴을 날름날름 핥아대고 있었지만, 쿠루미는 개의치 않았다.

　"제가 이긴다면, 토카 양도 이 애들처럼 제 애완동물이 되어줘야겠어요. ―승부 자체를 받아들이기 싫다면 뜻대로 하세요. 그 경우에는 왕도를 고양이 천지로 만들어드리죠."

　"큭……."

　토카는 분하다는 듯이 입술을 깨물더니, 날카로운 시선으로 쿠루미를 노려보았다.

　"좋다……. 승부다! 내 앞에 선 것을 후회하게 해주지!"

　"우후후……."

토카가 그렇게 대답하자, 쿠루미는 처절한 미소를 머금었다.

그 뒤편에서는 얼굴이 침으로 범벅이 된 나츠미가 훌쩍훌쩍 울고 있었다.

◇

—그로부터 약 한 시간 후.

왕도 중앙 광장에는 수많은 사람이 모여 있었다.

광장 서쪽에는 백은색 갑옷을 걸친 토카 기사단과 불안한 표정을 짓고 있는 왕도 주민들이 있었다. 그리고 동쪽에 자리한 이는 고양이귀가 달린 갑옷을 걸친 흑기사들이었다.

다들, 광장 중앙에 마련된 무대 위를 쳐다보고 있었다.

그리고 그 무대 위에는— 싸울 준비를 마친 토카와 쿠루미가 대치하고 있었다.

"……두 사람 다, 옷차림이 그게 뭐야?!"

무대 근처에 있던 시도는 그제야 고함을 질렀다.

하지만 그렇게 고함을 지르는 게 당연했다. 싸울 준비를 마친 이들 앞에 모습을 드러낸 두 사람은 머리에 고양이귀, 허리에 꼬리를 달았으며, 손발에는 나츠미가 하고 있던 것과 같은 장갑&신발을 끼고 있었다. 게다가 옷도 하늘거리는 앞치마가 달린 드레스였다. 그렇다. 한마디로 말해, 두 사람은 현재 메이드 카페 같은 곳에서 볼 수 있는 고양이귀 메이드

차림을 하고 있었다. ……참고로 이곳은 토카 왕국이라 메이드 카페 같은 문화가 없지만, 시도의 머릿속에는 어째선지 그런 표현이 떠올랐다.

시도가 그렇게 말하자, 토카 또한 당혹스러운 표정을 지었다.

"그게, 나도 잘 모르겠구나. 대기실에 이게 놓여 있어서 입었을 뿐이다."

토카는 그렇게 말하며 쿠루미를 쳐다보았다. 그러자 쿠루미는 익숙한 듯이 치마를 휘날리며 귀여운 포즈를 취했다.

"우후후. 참 잘 어울려요, 토카 양. 준비는 마친 것 같군요."

"그러니까, 이게 다 뭐냔 말이다. 우리는 이제부터 싸우는 것 아니었느냐?"

"싸울 거랍니다. ―토키사키 왕국의 국기(國技)인 『꼬리 씨름』으로 말이죠!"

"꼬리…… 씨름?"

시도가 의아하다는 듯이 미간을 찌푸리자, 쿠루미는 「네」 하고 말하며 고개를 끄덕였다.

"룰을 단순명쾌하답니다. 서로의 꼬리를 연결한 후, 잡아당길 뿐이죠. 하지만, 저희는 진짜 고양이가 아니에요. 꼬리는 어디까지나 옷에 달린 가짜죠. ―즉, 서로의 꼬리를 당기다 보면 곧 한쪽의 옷이 그 힘을 버티지 못하며 찢어지고 말 거랍니다."

"뭐……!"

"우후후, 이해하셨나 보군요."

쿠루미는 자기 치마에 달린 꼬리를 흔들며 웃었다.

"이 승부— 먼저 옷이 찢어져서, 알몸이 되는 쪽의 패배예요!"

""".............!"""

쿠루미가 그렇게 선언한 순간, 중앙 광장에 모여 있던 이들이 술렁거렸다.

토카 또한 그런 대결을 벌이게 될 거라고는 생각도 못 한 건지, 당혹스러운 듯이 볼을 붉혔다.

하지만 왕도의 국민이 인질로 잡혔으니 물러설 수 없다고 판단한 것일까. 토카는 각오를 다지듯 자기 볼을 손바닥으로 때리더니, 날카로운 시선을 머금었다.

"좋다. —승부를 받아주지."

"우후. 토카 양은 참 멋지군요."

쿠루미는 손가락으로 자기 입술을 훑으며 요사한 미소를 머금더니, 무대 중앙을 향해 걸어갔다. 그에 맞춰 토카도 쿠루미를 향해 걸어갔다.

그리고 두 사람이 가까운 거리에서 마주 서더니, 흑기사한 명이 무대로 올라가서 서로의 꼬리를 꽉 묶었다.

"각오는 됐겠죠?"

"그건 내가 할 말이다!"

토카가 그렇게 대꾸하자, 쿠루미는 미소를 머금었다. 그러자 흑기사가 손을 들더니— 힘차게 아래로 내렸다.

"그럼— 시합 개시예요!"

쿠루미와 흡사한 목소리로, 흑기사가 그렇게 선언했다.

다음 순간, 토카와 쿠루미는 다리에 힘을 주면서 반대 방향으로 뛰어갔다.

"하앗!"

"우후후—!"

곧 두 사람은 꼬리에 당겨지듯, 질주를 멈췄다. 두 사람의 힘 탓에 입고 있는 메이드복에서 찌지직, 하는 소리가 났다.

시도의 옆에서 그 모습을 지켜보던 기사단장, 카구야와 유즈루가 표정을 굳히며 말했다.

"큭…… 상대도 꽤 하는구나."

"긴장. 하지만, 어차피 힘겨루기예요. 적에게 승산은—."

하지만 다음 순간, 토카가 입은 옷의 꿰맨 부분이 서서히 헐거워졌다.

"아니……?!"

"키히히히히! 어머나. 이것밖에 안 되는 건가요, 토카 양!"

쿠루미는 웃음을 터뜨렸고, 시도는 무심코 미간을 찌푸렸다.

"어, 어째서 토카의 옷만……?! 옷에 가해지는 힘은 똑같을 거잖아?!"

"앗……!"

그때 목소리를 낸 이는 근처에 있던 시종, 요시노였다.

"요시노, 왜 그래?!"

"토, 토카 씨의 옷…… 쿠루미 씨의 옷보다, 바느질이 엉망이에요……!"

"뭐……?!"

시도는 고함을 지르면서, 찢어지려 하는 토카의 옷을 쳐다봤다. 거리가 멀어서 어렴풋이 보이지만, 확실히 평범한 옷에 비해 바느질이 엉망인 것 같았다.

"젠장……!"

시도는 방심한 자신을 저주했다. 거부할 수 없는 상황이었다고는 해도, 종목과 복장을 상대방이 정하게 하는 건 어리석기 그지없는 짓이다. 쿠루미는 애초부터 질 생각이 없었던 것이다.

"큭……!"

토카는 힘든지 표정을 찡그리더니, 찢어지려 하는 옷을 손으로 감싸며 꼬리를 당기는 힘을 줄였다.

그러자 쿠루미는 기회를 잡았다는 듯이 지면을 박차더니, 토카의 손에 발차기를 날렸다.

"으극!"

"우후후. 빈틈투성이군요, 토카 양!"

"제, 젠장……!"

토카는 옷에서 손을 떼며 맞서려 했지만— 곧 움직임을 멈췄다. 손을 뗐다간, 쿠루미가 꼬리를 잡아당겨서 옷을 찢을 거라고 생각한 것이다. 쿠루미는 진한 미소를 머금더니,

연이어 공격을 펼쳤다.

"토, 토카 씨……!"

요시노가 비명을 질렀다. 그러자 옆에 있던 대신, 코토리가 표정을 굳히며 턱에 손을 댔다.

"……큰일이네. 이대로 가면 지는 건 시간문제야."

"전율. 좋은 방법이 없을까요."

"쿠루미가 꼬리를 당기기 전에, 그녀의 꼬리를 잡고 확 잡아당기는 건 어떻겠느냐?!"

"무모해. 보아하니 쿠루미의 옷은 평범한 옷보다 바느질이 더 꼼꼼하게 되어 있어. 아무리 토카라도, 순식간에 저 옷을 찢는 건 어려울 거야."

"뭐, 뭐어……."

"큭…… 이럴 때, 토카의 힘을 백 배로 늘려주는 마법의 아이템 같은 게 있다면……!"

코토리가 손톱을 깨물면서, 설명하는 투로 그렇게 말했다.

"……뭐? 아……."

바로 그때, 시도는 눈치챘다. 아까 토카와 나눴던 대화는 위험한 패러디로 위장한 복선이었던 것이다.

"혹시……."

시도는 그렇게 말하면서 품속을 뒤지더니, 종이에 싸서 넣어뒀던 콩고물빵을 꺼냈다. 아까 성 뒤편에서 토카한테 받은 것이다.

딱 봐도 위험한 물체다. 하지만, 다른 뾰족한 수가 생각나지 않았다. 시도는 종이를 벗긴 후, 큰 목소리로 외쳤다.

"토카아아앗! 입 벌려어어어엇!"

"음……?!"

시도의 목소리를 들은 토카가 눈을 치켜뜨더니, 순순히 입을 벌렸다.

"―우랴앗!"

시도는 몸을 힘껏 젖히더니, 토카가 한껏 벌린 입을 향해 콩고물빵을 던졌다.

타원형의 빵이 허공을 가르더니, 콩고물 가루로 된 궤적을 그리면서 토카의 입에 쏙 들어갔다.

"우물우물…… 꿀꺽!"

토카가 콩고물빵을 통째로 입에 넣더니, 그대로 씹어 삼켰다.

그러자, 다음 순간…….

"맛―있―다―――!!"

토카의 눈이 반짝이는가 싶더니, 온몸에서 콩고물 색깔의 아우라가 뿜어져 나왔다.

"어……?!"

이 사태는 예상 밖이었던 것 같았다. 쿠루미는 얼이 나간 목소리를 냈다. 갑작스러운 사태에 놀란 건지, 한순간 공세를 멈췄다.

그리고― 기운 백 배(자칭)가 된 토카가 그 틈을 놓칠 리

없었다.

"─하앗!"

토카는 쿠루미의 꼬리를 움켜쥐더니, 날카로운 기합을 내지르며 확 잡아당겼다.

쿠루미의 옷이 찌직! 하고 비명을 지르더니, 그녀의 몸에서 순식간에 벗겨져 나갔다.

"어어어어머어어어엇?!"

속옷 차림이 된 쿠루미는 고속으로 회전하는 팽이처럼, 혹은 허리띠를 확 잡아 당겨진 기생처럼(양쪽 다 토카 왕국의 문화권에는 존재하지 않지만) 빙글빙글빙글 돌더니, 눈이 빙빙 도는 상태에서 무대에 쓰러졌다.

다음 순간, 심판인 흑기사가 분하다는 듯이 토카의 손을 들었다.

─토카의, 승리였다.

"""오오오오오오오오오오오오오오오오오오오오!!"""

중앙 광장이, 대지를 뒤흔들 듯한 환성으로 가득 찼다.

원래 상태로 돌아온 토카는 그 목소리에 답하듯 양손을 들어 보인 후, 시도를 향해 뛰어왔다.

"해냈다! 해냈다, 시도!"

"응, 나도 봤어! 해냈구나!"

"음! 시도 덕분이다! 시도가 콩고물빵을 던져주지 않았다면, 분명 졌을 거다."

토카는 그렇게 말하며 손을 내밀었다.

"자. 올라와라, 시도. 백성들에게, 이 나라를 구원해준 영웅을 소개하고 싶다."

"뭐?"

시도는 한순간 눈을 동그랗게 떴지만…… 카구야와 유즈루, 요시노, 코토리의 시선에 떠밀린 것처럼 토카의 손을 잡고 무대 위로 올라갔다.

"다들! 텐구 왕국의 사절인 시도 덕분에, 우리나라는 미증유의 위기에서 벗어났다! 토카 왕국 국왕 토카는 이 자리에서! 텐구 왕국과의 영구적인 우호를 선언하겠다!"

""""오오오오오오오오오오오오오오오오오오오오오!!""""

아까보다 더 큰 환성이, 광장을 뒤덮었다.

시도는 멋쩍은지 쓴웃음을 머금으며 볼을 긁적였다.

그리고 백성들의 박수와 환성에 한동안 답한 후, 토카가 다시 시도를 돌아보았다.

"자. 그럼 가자, 시도. 오늘은 연회를 열겠다! 호화로운 만찬을 대접해주마!"

"응, 기대되네."

시도는 미소를 지으며 그렇게 답한 후, 토카의 뒤를 따르며 무대에서 내려가려 했다.

하지만, 바로 그때였다.

"어……?"

시도는 발치에 생겨난 묘한 감촉에 고개를 갸웃거렸다.

아무래도 뭔가를 밟은 것 같았다. 시도는 아래편을 쳐다봤고―.

"……아."

자기가 토카의 옷에 달린 꼬리를 밟았다는 것을 눈치챈 순간, 얼굴이 새파랗게 질렸다.

"아니―?!"

토카의 목소리에 놀란 듯이, 고개를 퍼뜩 들었다.

그러자 옷이 찢어지면서 속옷 차림을 드러낸 토카의 모습이 눈에 들어왔다.

안 그래도 쿠루미와 싸우면서 옷은 찢어지기 직전인 상태였다. 시도가 우연히 날린 일격이, 그대로 결정타가 된 것 같았다.

"이…… 이게 무슨 짓이냐, 시도!"

"잠깐만 있어봐! 일부러 한 건―."

토카가 울먹거리며 날린 일격이 턱에 꽂히자, 시도는 그대로 기절했다.

데이트 어 노벨
DATE A NOVEL

아루스 퀘스트
Quest ARUSU

TE A NO

"일어나렴. 일어나렴. 나의 귀여운 시도."

"으…… 음……."

어느 날 아침. 몸을 흔드는 감촉과 고막을 흔드는 아루스 마리아의 목소리에, 시도는 눈을 떴다.

"마리아……?"

"네."

눈을 비비며 몸을 일으킨 시도가 이름을 부르자, 마리아 는 작게 고개를 끄덕이며 대답했다.

아름다운 애시블론드 머리카락과 푸른 눈동자가 인상적 인 소녀. 나이는 모르지만, 조그마하고 아담한 체구 탓 에, 시도보다 어려 보였다.

바로 그때였다.

"……어?"

시도는 침대 옆에 서 있는 마리아를 보다가 다시 눈을 비 볐다.

이유는 단순했다. 어찌 된 건지 그녀는 짙은 색 로브에 고 풍스러운 지팡이라는, 판타지 게임에 나오는 마법사 같은 복장을 하고 있었다.

"……그 옷차림은 뭐야?"

"마법사입니다."

마리아는 태연한 어조로 그렇게 말했다. 확실히 말 그대로였다.

"아니, 그건 보면 알아. 내가 궁금한 건 왜……."

시도는 말을 이으려다 말았다.

유심히 보니, 마리아의 옷차림만이 아니라 자기 방의 내부 또한 고풍스러운 서양 건축물 같은 느낌으로 변모한 것이다.

"…………."

혹시 아직 꿈을 꾸고 있는 걸까. 시도는 다시 눈을 세게 비볐다. 하지만 방의 내부가 눈에 익은 자기 집의 자기 방으로 되돌아가지는 않았다.

"이건 대체……."

"이츠카 시도, 빨리 옷 갈아입으세요."

시도가 당혹스러워하고 있을 때, 마리아가 시도에게 갈아입을 옷을 내밀었다.

하지만 마리아가 내민 것은 시도가 평소 입는 사복이나 교복이 아니라, 딱 봐도 판타지스러운 경갑옷과 망토였다. 참고로 벽 쪽에는 검집에 들어있는 양날검이 세워져 있었다. ……뭐랄까, 영락없는 RPG 게임 속 용사님의 장비였다.

"……이게 대체 어떻게 된 거야?"

시도가 묻자, 마리아는 의아하다는 듯이 고개를 갸웃거렸다.

"어제 말씀드렸을 텐데요."

"어제……?"

시도는 마리아의 말을 듣고 미간을 찌푸리며 기억을 뒤져 보다가─「아」하며 눈을 치켜떴다.

"─이츠카 시도, 이제 알았습니다. 사랑이란, 극한 상태에서만 꽃피는 게 아닐까요."

어젯밤. 시도의 집 거실로 찾아온 마리아가 갑자기 그런 말을 했다.

"아니, 마리아. 갑자기 무슨 소리를 하는 거야?"

"실은 오늘 하루 동안, 야토가미 토카를 비롯한 정령들에게 이야기를 들었습니다. ─이츠카 시도와의 만남에 관한 이야기죠."

"만남?"

"네. 사랑이란 무엇인가를 알기 위해서는 그 기점, 그러니까 사랑이라는 개념이 생겨난 두 사람의 만남에 관해 알아야 한다고 생각했습니다."

마리아는 시도의 눈을 똑바로 바라보며 말했다.

─『사랑이란 무엇인가』.

그것은 마리아가 시도 앞에 나타난 순간부터 계속 던져온 질문이자─ 현재 시도 일행이 처한 상황을 해결할 열쇠라고 할 수 있는 명제다.

　시도는 흐음 하고 신음을 흘리더니, 시선만 움직여서 주위를 둘러보았다.

　눈에 익은 벽, 바닥, 천장. 이곳은 틀림없는 시도의 집 거실이다.

　하지만, 이곳은 시도의 집이지만 시도의 집이 아니다.

　그렇다. 이곳은— 〈라타토스크〉가 만든 가상공간 안이다.

　며칠 전. 시도는 정령 공략 훈련을 위해 어떤 게임에 들어갔다. 하지만 그곳에서 예상치 못한 버그가 발생했고, 현실 세계로 돌아갈 수 없게 된 것이다.

　그 버그로 추정되는 것이 바로 지금 시도의 눈앞에 있는 소녀인 아루스 마리아이며, 그녀가 입버릇처럼 되풀이해서 던지는 것이 바로 아까 전의 『사랑이란 무엇인가』라는 질문이다.

　그 질문의 답을 찾는 것이 이 폐쇄된 상황을 타파하는 길이라고 생각한 시도, 그리고 시도와 마찬가지로 현실 세계에서 게임 세계로 온 토카 일행은 마리아와 함께 하루하루를 보내고 있지만……. 아직까지는 별다른 성과를 내지 못했다.

　"그건 그렇고, 만남……이라. 확실히 그건 중요하겠지만, 그걸로 뭘 알았는데?"

　"이츠카 시도와 여러분은 다양한 형태의 만남을 가졌지만, 거기에는 공통적인 경향이 하나 존재한다는 걸 알았습니다."

"경향?"

"네. 대부분 전투 혹은 위기에 처한 상황이었다는 겁니다."

"……아……."

시도는 미간을 찌푸리며 볼을 긁적였다. ……확실히, 그랬던 것 같기는 했다.

하지만, 그것도 당연하다면 당연했다.

예전부터 한집에서 같이 살아온 여동생인 코토리는 제외하더라도, 게임 안으로 들어온 다른 소녀들은 정령 혹은 AST 대원이다. 그녀들과의 첫 만남이 위험 속이었던 것은 필연이라고도 할 수 있을 것이다.

"그리고, 거기서 도출된 것이……."

"네. 사랑은 항상 극한 상태에서 시작됐다는 겁니다."

마리아가 가슴을 펴며 그렇게 말했다. 표정에는 변화가 없지만 왠지 의기양양해 보인달까, 자신감이 넘치는 듯한 느낌이 들었다.

"……아니, 꼭 그렇진 않을 것 같은데 말이야."

시도가 볼을 긁적이며 그렇게 대답하자, 마리아는 의아하다는 듯이 고개를 갸웃거렸다.

"아닌가요?"

"으음, 나와 정령들의 만남은 세간의 기준에 비춰본다면 흔치 않은 케이스일 거잖아. 평범한 커플은 그렇게 위험한 상황에서 만나지 않을 거라고 생각해."

"그렇지 않습니다. 흔들다리 효과라는 말도 있으니까요. 가슴 뛰는 스펙터클한 모험 속에서야말로, 사랑은 피어나지 않을까 싶습니다."

"아니, 그럴지도 모르지만…… 설령 그 가설이 사실이라고 해도, 대체 뭘 어쩔 건데?"

시도는 주위를 둘러보며 말했다.

시도 일행이 있는 이곳은 가상공간이지만 그 모델은 실존 하는 텐구 시이며, 그곳에 사는 사람들 또한 AI로 제어되고 있는 논 플레이어 캐릭터다.

새롭게 정령이 출현한 것도 아니거니와, AST나 DEM이 있는 것도 아니다. 현실에서의 위험 요소를 제거한 세계인 것이다. 그런 곳에서는 마리아가 말하는 스펙터클한 상황을 바랄 수 없다.

하지만 마리아는 자신만만하게 고개를 끄덕였다.

"걱정할 필요 없습니다. 이미 방법을 생각해뒀으니까요."

"방법이라니…… 대체 뭘 하려는 거야?"

이마가 땀에 젖은 시도가 묻자, 마리아는 치맛자락을 휘날리며 시도한테서 돌아섰다.

"내일 알게 될 테니 기대해주세요. ―안녕히 주무세요, 이츠카 시도. 좋은 꿈 꾸시길."

마리아는 그 말을 남긴 후, 걸음을 옮겼다.

"어, 잠깐만……!"

시도가 말을 건넸지만, 마리아는 멈춰 서지 않았다. 고개를 살짝 숙인 후, 시도의 집에서 나갔다.

"…………."

마리아가 뭘 하려는 건지 모르겠지만, 생각한다고 어떻게 되는 것도 아니다. 시도는 머리를 긁적이며 자기 방으로 돌아갔다.

"……이게 그 스펙터클한 상황인 거야?"

그러고 보니 그런 말을 들었던 것 같은 느낌이 들었다. 이마에 땀이 맺힌 시도의 볼이 희미하게 떨렸다.

"네. —그럼 용사 이츠카 시도. 동료와 함께 마왕을 해치우러 가죠."

"…………."

마리아의 제안이 너무 갑작스러웠기에, 시도는 손으로 이마를 짚었다.

그렇다. 마리아는 이 게임 속 세계를, 자기 뜻대로 조작할 수 있다. 실제로 시도와 정령들 또한 몇 번이나 거기에 휘말려서, 현실과 다른 관계 및 성격으로 재설정된 적이 있다.

아무래도 이번에는 그 힘을 세계 전체에 사용해서, 텐구시를 재현하고 있는 가상공간을 통째로 판타지 RPG 같은 세계관으로 변모시킨 것 같았다.

"판타지야말로 모험의 정석이라 파악하고 있습니다. 위기 상황의 연출, 그리고 협력해서 역경을 극복해 뭔가를 해내는 달성감. 그것이야말로 사랑의 본질을 알기 위한 방법이라고 예측했습니다."

마리아는 주먹을 꼭 말아 쥐며 주장했다.

"그런 걸까⋯⋯."

⋯⋯여러모로 생각하는 바가 없는 건 아니지만, 어쨌든 원래 세계에 돌아가기 위해서는 마리아의 질문에 답해야만 한다. 시도는 체념한 듯이 양손을 들었다.

"알았어. 어울려줄게. ⋯⋯그런데, 마왕을 해치운다는 건 구체적으로 어떻게 하면 돼?"

시도가 그렇게 말하자, 마리아는 만족한 듯이 고개를 끄덕였다.

"네. 우선 함께 여행을 할 동료를 모읍니다. 고락을 함께 하며, 유대를 다질 소중한 소녀입니다. 여행을 하면서, 마음껏 사랑을 길러주십시오."

"⋯⋯그런 소리를 대놓고 들으니, 거부감이 드네⋯⋯."

시도는 쓴웃음을 흘리며 머리를 긁적였다. 하지만 마리아는 딱히 개의치 않으며, 갑옷과 망토를 침대 위에 내려놨다.

"아무튼 빨리 옷 갈아입으세요. 밖에서 기다리고 있겠습니다."

마리아는 그렇게 말한 후, 방을 나섰다.

홀로 방에 남겨진 시도는 크게 한숨을 내쉰 후, 마리아가 두고 간 갑옷과 망토를 착용했다.

"……아~."

그리고 완성된 용사님 스타일을 내려다보면서, 낮은 목소리를 흘렸다. ……디자인 자체는 멋지지만, 왠지 부끄러운 느낌이 들었다.

뭐, 이러고 있어선 아무것도 시작되지 않는다. 시도는 벽에 기대놓은 검을 손에 쥔 후, 마리아를 쫓아 집을 나섰다.

"……앗! 우와아……."

문을 연 순간, 시도는 눈을 치켜떴다.

하지만 그것도 무리는 아니었다. 그것도 그럴게, 시도의 집만이 아니라 눈에 보이는 모든 공간이 이세계 느낌의 마을로 변모한 것이다. 석조 도로와 집. 길을 가는 사람들도 중세 유럽 느낌의 복장을 하고 있었다. 때때로 도로를 달리는 것은 자동차가 아니라 마차였다.

"이거 엄청난걸……."

이렇게 철저하게 꾸며진 공간을 보니 감동마저 느껴졌다. 시도는 눈을 동그랗게 뜨며 좌우를 쳐다보았다.

"왔군요, 이츠카 시도."

바로 그때, 시도의 집 앞에서 기다리고 있던 마리아가 그에게 말을 걸었다. 아까까지 기이해 보였던 그녀의 복장도,

이 마을 안에서 보니 위화감이 느껴지지 않는 듯한 느낌이 들었다.

"그럼 서둘러 동료를 모으러 가죠."

"그래……. 그런데, 동료는 어떻게 모으면 돼?"

"저쪽을 보세요."

마리아는 그렇게 말하면서, 시도의 집 옆에 있는 건물을 손가락으로 가리켰다.

원래 정령이 사는 맨션이 있던 장소에, 널찍한 2층 건물이 있었다. 외벽을 따라 커다란 나무통이 놓여 있었고, 입구에는 술병 모양으로 만든 금속제 간판이 걸려 있었다.

"술집……?"

"네. 모험가는 술집에 모이는 법입니다."

"으음. 뭐, 그런 걸까……."

우리는 미성년자라는 말이 입에서 나오려고 했지만, 이 세계관에서 그런 소리를 하는 건 난센스일 것이다. 시도는 얌전히, 마리아를 따라서 술집에 들어갔다.

아직 한낮인데도, 술집에는 수많은 사람이 있었다. 마을 안을 돌아다니는 사람들과 달리, 갑옷이나 법의를 걸친 모험가 같은 사람들이 눈에 들어왔다.

"그럼 점주에게 모험가를 소개해달라고 하죠."

"아, 응."

시도는 마리아의 말에 따라서 가게 안쪽으로 가더니, 세

월이 꽤 묻어나는 바 카운터 앞으로 향했다.

그러자 거기 있던 졸려 보이는 여성이 시도와 마리아를 쳐다보았다.

"……아, 어서 와. 이 가게에는 처음 왔지?"

"레, 레이네 씨?!"

시도는 무심코 그렇게 외쳤다. 그것도 그럴 것이, 그 사람은 〈라타토스크〉해석관 겸 시도의 반 부담임인 무라사메 레이네였던 것이다.

게다가 가슴 앞섶이 심하게 벌어진 옷을 입고 있었기에, 그녀의 풍만한 가슴에 좋든 싫든 눈길이 가고 말았다. 시도는 볼을 붉히며 고개를 돌렸다.

하지만, 진짜 레이네가 이런 곳에 있을 리가 없다. 분명 다른 사람과 마찬가지로, AI에 의해 재현된 NPC일 것이다.

"마, 마리아, 이건……?"

"레이네란 술집의 여주인입니다. 모험을 같이할 동료를 알선해주죠. 인사를 나누세요."

"으, 응……. 안녕하세요. 잘 부탁해요."

"……응, 잘 부탁할게."

시도가 고개를 숙이자, 레이네는 손을 가볍게 흔들었다.

"실례지만 점주. 모험가를 소개해주세요."

"……그래. 희망하는 직업은 있어?"

"있나요?"

레이네의 말에 맞추듯, 마리아가 시도를 쳐다보았다.

"응? 글쎄⋯⋯. 용사와 마법사는 있으니까, 회복 마법을 쓸 수 있는 승려나 전투에서 도움이 되는 전사 같은 직업이 정석 아닐까?"

"그렇군요. 그럼 승려와 전사를 부탁합니다. 그 외에도 점주가 추천하는 이가 있다면 부탁드리겠어요."

"⋯⋯응. 알았어. 그럼—."

레이네가 손뼉을 치자, 그에 맞춰 카운터 안쪽에서 칠흑색 머리카락과 수정 같은 눈동자를 지닌 아름다운 소녀가 모습을 드러냈다.

"아! 토카!"

"오오, 시도! 아루스!"

시도가 이름을 부르자, 토카는 환한 표정을 지었다.

"토카. 너, 그 복장은⋯⋯."

시도가 토카의 복장을 손가락으로 가리키며 미간을 좁혔다. 토카는 현재 품이 낙낙한 법의를 걸쳤으며, 손에는 아름다운 보석이 달린 석장을 들고 있었다.

"음! 나는 승려라는 게 된 것 같다!"

그렇게 말한 토카는 에헴 하며 가슴을 폈다.

하지만 자신만만한 토카와 달리, 시도의 이마에는 땀방울이 맺혔다.

"토카가 승려⋯⋯인 거야?"

딱히 타의가 있는 건 아니지만, 토카는 전선에 나서서 검을 붕붕 휘두르는 이미지였다.

"음? 무슨 문제라도 있느냐?"

"아니, 그런 건 아닌데…… 승려라면, 회복 마법 같은 걸 쓸 수 있는 거야?"

"음, 당연하지! 승려니까 말이다!"

"어, 정말이야?"

"……못 믿는 거야?"

시도가 뜻밖이라는 투로 그렇게 말하자, 레이네는 턱을 매만지며 입을 열었다.

"으음…… 의심하는 건 아니지만, 상상이 안 된다고나 할까……."

"……그럼, 실제로 보여줄 수밖에 없겠지. —아루스."

"네."

마리아는 레이네의 말을 듣고 고개를 끄덕이더니, 갑자기 자세를 낮추면서 손에 쥔 지팡이로 시도의 정강이를 힘껏 때렸다.

"아얏?!"

갑작스럽게 공격을 받은 시도는 정강이를 움켜쥐며 그 자리에서 몸을 웅크렸다.

"가, 갑자기 뭐 하는 거야……!"

"지금입니다, 야토가미 토카."

"오오! 맡겨다오!"

힘차게 고개를 끄덕인 토카는 팔을 걷어붙이면서 몸을 웅크리더니, 시도의 손을 살며시 잡았다.

"토카……?"

"안심해라, 시도. 고통을 덜어주마."

그렇게 말한 토카는 시도의 손을 잡은 채 눈을 살며시 감았다. 그 모습은 신에게 기도를 드리는 승려 같아 보였다.

"서, 설마, 진짜로……?"

"에잇."

시도가 말을 이으려던 순간, 토카가 시도의 가운뎃손가락을 손등에 닿을 정도로 확 꺾어버렸다.

"끄앗?!"

시도는 갑작스러운 고통에 펄쩍 뛰었다. 그 모습을 본 토카는 놀란 것처럼 눈을 동그랗게 떴다.

"왜, 왜 그러느냐, 시도!"

"그걸 몰라서 물어?! 이게 무슨 짓이야?!"

"음……? 어딘가를 다쳤을 때는 다른 곳을 꼬집어서 고통을 덜어주면 된다고 레이네에게 들어서, 응용해봤다만……."

"아니, 그러면 손가락이 아플 뿐이거든?!"

"……헉!"

토카는 아연실색하며 눈을 치켜떴다. 아무래도 이제야 깨달은 것 같았다.

"미, 미안하다, 시도. 많이 아팠느냐?"

"아…… 괜찮아. ……뭐, 확실히 정강이 쪽은 덜 아픈 것 같긴 해."

"그, 그래……."

시도가 그렇게 말하자, 토카는 안도한 것처럼 표정을 누그러뜨렸다. ……실은 정강이와 손가락이 다 아팠지만, 말하지 않는 편이 낫겠다고 생각했다.

"……그런데 레이네 씨. 전사도 소개해준다고 했죠?"

"……응."

시도가 눈물을 참으며 고개를 들자, 레이네가 또 손뼉을 쳤다.

그러자 이번에는 카운터 안쪽에서 무거운 무언가를 질질 끄는 듯한 소리가 들려왔다.

그리고 잠시 후, 우락부락한 갑옷 차림에 무거워 보이는 거대한 검을 질질 끌고 있는 남보랏빛 머리카락의 소녀가 모습을 드러냈다. ―국민적 아이돌인 이자요이 미쿠였다.

"하아……, 하아…… 안녕하세요……. 지명해주셔서…… 감사, 해요~. 몰려드는 적을…… 추풍낙엽처럼, 쓸어버리는…… 고화력 중전사…… 당신 파티의 이자요이 미쿠예, 요……."

"미, 미쿠……? 혹시 네가 전사야?"

"아, 달링……. 잘 부탁해요~……."

미쿠는 숨을 헐떡이며 그렇게 말하더니, 그 자리에서 풀

썩 주저앉았다. 아무래도 갑옷을 입고 검을 옮기는 것만으로도 체력이 바닥난 것 같았다. ……아무리 생각해도 미스캐스팅이란 느낌이 들었다.

"……저기, 마리아. 토카와 미쿠가 배역을 바꾸는 편이 낫지 않을까?"

시도가 낮은 목소리로 묻자, 마리아는 슬며시 고개를 저었다.

"문제없습니다. 고난이 많을수록, 그것을 극복한 순간의 기쁨이 클 테니까요."

"하지만……."

"그것보다, 다음 모험가가 왔군요."

마리아가 그렇게 말한 순간, 레이네가 또 손뼉을 쳤다.

하지만…… 그 후로 수십 초가 흘렀는데도, 카운터 안쪽에서 누군가가 모습을 드러내지 않았다.

"어……?"

"……잠시만 기다려."

시도가 고개를 갸웃거리자, 레이네가 가게 안쪽으로 걸어갔고…… 몇 초 후, 얼굴이 새빨개진 소녀의 손을 잡아끌며 돌아왔다.

왼손에 토끼 모양 퍼핏 인형을 낀, 조그마한 체구의 소녀였다. 그 소녀는 커다란 망토로 자신의 온몸을 감싸고 있었다.

"요시노……?"

"……윽! 시, 시도…… 씨……."

시도가 이름을 부르자, 요시노는 얼굴을 더욱 붉혔다.

"대, 대체 무슨 일이야?"

『이야~, 그게 말이지~.』

인형인 『요시농』이 시도의 질문에 답하려는 것처럼 그렇게 말하더니, 갑자기 요시노의 몸을 가린 망토 자락을 확 잡아챘다.

"꺄아……!"

"앗……!"

망토에 가려져 있던 요시노의 복장이, 그대로 드러났다. 그 모습을 본 시도는 무심코 눈을 치켜떴다.

그것도 그렇게, 요시노는 수영복과 비슷한 면적밖에 안 되는 선정적인 댄서 복장을 하고 있었던 것이다.

『요시노도 참, 기왕 댄서가 됐는데 장비를 부끄러워하면 어떻게 해~.』

"요, 요시농……!"

요시노는 울먹거리며 그렇게 외치더니, 주워든 망토로 몸을 가리면서 미쿠의 옆에 털썩 주저앉았다.

"요, 요시노, 괜찮아……?"

"으, 으으으으……."

요시노는 부끄러운지 고개를 숙였다. 이것도 심각한 미스캐스팅이었다.

"이걸로 세 명째군요. 그럼 다음으로 넘어가죠."

하지만 마리아는 개의치 않으며, 레이네에게 다음 모험가를 불러달라고 했다.

"······그래."

레이네는 손뼉을 쳤다. 그러자 이번에는 요시노 때와는 대조적으로 엄청난 속도로 그림자가 튀어나오더니, 시도의 품속으로 쏙 들어갔다. 그리고 다음 순간, 그의 목에 차가운 무언가를 댔다.

"앗······!"

"흐흥, 용사님은 빈틈투성이네."

시도가 숨을 삼키자, 검은 옷을 걸친 드세어 보이는 소녀가 입술 가장자리를 치켜올렸다. ─시도의 여동생인 코토리였다.

그 등장에 맞춘 것처럼, 팔짱을 낀 레이네가 말했다.

"······이 술집의 추천 모험가, 어새신인 코토리야. 너의 믿음직한 아군이 되어주겠지."

"어, 어새신?"

"······그래. 암살자야."

"오, 오오······."

드디어 도움이 될 만한 동료가 등장했다. 무심코 울먹이고 말았을 정도다.

"······물론, 살상 관련 스킬만 지닌 건 아냐. 은밀 행동과

척후도 할 수 있어."

"대단하옵니다!"

"……그리고 전투가 벌어지면, 눈에 보이지 않는 속도로……."

"응."

"……상대의 입에 독이 든 사탕을 집어넣어."

"웬 독?!"

무심코 그렇게 외친 시도는 한 걸음 물러서서 코토리를
살펴봤다. 유심히 보니, 시도의 목에 대고 있었던 것은 나이
프 같은 게 아니라 막대 사탕이었다.

"뭐야. 불만 있어?"

코토리는 사탕을 입에 넣더니, 퉁명한 어조로 그렇게 말
했다. 그러자 시도는 볼을 긁적였다.

"아니, 그런 스킬을 갖추고 있다면 좀 더 유효한 공격 수
단이 있지 않아?"

"시끄러워. 이게 내 신조야."

코토리는 사탕의 막대 부분을 쫑긋 세우면서 코웃음을
쳤다. 바로 그때, 시도는 어떤 사실을 눈치챘다.

"—저기, 코토리. 너, 그 사탕을 핥아도 되는 거야?"

"뭐?"

시도가 그렇게 말한 순간, 얼굴이 시퍼렇게 변한 코토리
가 거품을 물며 그대로 벌러덩 쓰러졌다.

"어버버버버버."

"코, 코토리!"

"……큰일났네. 토카, 해독 마법을 써."

"음, 맡겨다오!"

레이네의 말을 들은 토카가 고개를 끄덕이더니, 팔을 붕붕 휘두른 후에 코토리의 명치를 향해 퍼억! 하고 펀치를 날렸다.

"커헉!"

코토리가 고통스러운 신음을 흘리는 것과 동시에, 침에 섞인 보라색 액체가 입 밖으로 튀어나왔다. 아무래도 사탕에 들어있던 독 같았다. 코토리의 낯빛이 서서히 괜찮아졌다.

"휴우……. 이제 안심해도 될 거다."

"물리 속성 해독?!"

일을 마친 토카가 우쭐대듯 허리에 손을 대자, 시도는 무심코 그렇게 외쳤다.

"……코토리는 덤벙이거든. 때때로 이런 실수를 해."

"사탕에 독을 넣지 않으면 되는 거 아니에요?!"

"……그럼 다음 모험가를 소개할까."

"제 말 좀 들으라고요오오오!"

고함을 질러봤지만, 레이네는 들은 척도 하지 않았다. 시도는 땅이 꺼지게 한숨을 내쉬었다. ……그저 조금이라도 도움이 될만한 모험가가 나타나 주기를 바랄 뿐이었다.

"……그런데, 다음은 누구죠?"

"……아, 야마이 자매야."

"카구야와 유즈루인가요……. 하지만 그 두 사람에게 어울리지 않는 직업일 거잖아요? ……학자나 상인 아니에요?"

"……무슨 소리를 하는 거야. 그녀들은 공중전의 스페셜리스트, 용기사야."

"어."

뜻밖의 대답에, 시도는 눈을 동그랗게 떴다.

용기사는 그 이름대로 용을 타고 나는 기사를 말한다. 압도적인 기동력과 공격력을 자랑하며, 전투에서도 대활약을 하는 것이다. 게다가 야마이 자매는 원래 바람을 조종하는 정령이다. 적성에도 맞으리라.

"정말인가요! 그거 믿음직하네요."

"……그래, 기대해도 돼. ―카구야, 유즈루."

레이네는 그렇게 말하며 손뼉을 쳤다. 그러자 카운터 안쪽에서 거대한 그림자가 모습을 드러냈다.

"오오……!"

우선 눈에 들어온 건 유즈루였다. 세밀한 부분까지 세공이 된 얇은 갑옷을 걸쳤으며, 손에는 창을 쥐고 있었다. 그 모습은 늠름했으며, 딱 봐도 강력한 전력이 될 것 같았다.

―하지만…….

"…………."

그런 유즈루가 탄 『용』을 본 시도는 할 말을 잃었다.

그럴 만도 했다. 유즈루가 탄 것은 용 모양 인형탈 차림으로 네발로 기고 있는, 그녀와 판박이처럼 닮은 소녀였기 때문이다.

"··········저기, 레이네 씨. 저건······."

"······소개할게. 용기사인 유즈루와, 용인 카구야야."

"인사. 잘 부탁드려요, 용사 시도."

"크아아아아아아앗!"

유즈루가 그렇게 말한 순간, 용은 더는 못 참겠다는 듯이 벌떡 일어서며 유즈루를 뒤편으로 날려버렸다. 하지만 용기사인 유즈루는 날렵하게 몸을 비틀면서 멋지게 바닥에 착지했다.

"왜 내가 용이고, 유즈루가 용기사인 거야! 아무리 생각해도 이상하잖아!"

"의문. 어디가 이상하다는 건지 이해가 안 돼요. 카구야는 유즈루의 귀여운 애완동물이에요."

"이게······!!"

"애무. 쓰담쓰담쓰담."

유즈루는 화난 카구야를 달래주려는 듯이 목덜미를 쓰다듬었다. 그러자 카구야는 「으그극······」 하고 신음을 흘리면서도 배를 드러내며 벌러덩 드러누웠다.

하지만 곧 정신을 차린 것처럼 눈을 치켜뜨더니, 유즈루에게 달려들었다.

"헉……! 이, 이게 무슨 짓이야~!"

"지속. 쓰담쓰담쓰담."

"우, 우냥……."

카구야가 또 벌러덩 드러누웠다. ……왠지 즐거워 보였다.

시도는 노닥거리는 두 사람한테서 시선을 뗀 후, 다시 레이네를 쳐다보았다.

"……이제 누가 남았나요?"

이 멤버로 마왕에게 도전하는 건 무리였다. 하다못해 제대로 싸울 수 있는 동료가 나오기를 시도는 빌 수밖에 없었다.

"……그래. 다음으로 넘어가자."

레이네가 손뼉을 치자, 또 카운터 안쪽에서 누군가가 모습을 드러냈다.

하지만 이제까지와는 어딘가 달랐다. 그 자가 모습을 드러낸 순간, 지면이 희미하게 흔들리면서 번개가 친 듯한 소리가 들려오기 시작한 것이다.

"뭐, 뭐야……?"

고오오오…… 하고 엄청난 위압감을 뿜으며, 한 소녀가 시도 앞에 모습을 드러냈다. 어깨 근처까지 기른 머리카락. 인형 같은 얼굴. ─시도의 클래스메이트인 토비이치 오리가미였다.

하지만 오리가미는 어찌된 건지 어둠을 연상케 하는 칠흑색 옷을 걸치고 있었으며, 머리에는 뿔이 달려 있었다. 이렇게 봐선 어떤 직업인지 알 수가 없었다.

"오리가미? 너, 그 복장은……."

"마왕."

"최종 보스?!"

오리가미가 별일 아니라는 투로 그렇게 대답했다. 시도는 무심코 고함을 질렀다.

"이상하잖아! 왜 마왕이 술집이 있는 거냐고! 마왕을 쓰러뜨리는 게 모험의 목적 아니었어?!"

"……진정해."

시도가 당황하자, 레이네가 달래듯 이렇게 말했다.

"……그녀는 마왕이지만, 너희가 쓰러뜨려야 할 적과는 다른 존재야. 흔한 이야기잖아? 처음에는 적인 줄 알았던 마왕과 싸우다 보니 진정한 적이 나타나서 협력관계가 된다거나, 마왕급의 적이 여럿 있는 세계관에서 그중 한 명이 동료가 된다든가 하는 이야기 말이야."

"그, 그런 제4의 벽을 넘나드는 발언을 해도 되나요……?"

"문제없어. 용사 시도의 승리를 위해서잖아."

오리가미는 고개를 끄덕이더니, 시도의 손을 꼭 잡았다.

그러자 그 모습을 본 토카가 옆에서 고함을 질렀다.

"앗! 이 녀석! 시도를 만지지 마라!"

"방해하지 마. 용사와 마왕 사이에는 승려 따위가 끼어들 여지 같은 건 없어."

"무슨 소리냐! 용사와 마왕이야말로 적대관계지 않느냐!"

"너는 뭘 몰라. 어제의 적은 오늘의 연인. 과거에 반목하던 이들 사이에서만 생겨날 수 있는 사랑도 있어. 그 이전에 너는 승려. 신을 모시겠다고 맹세한 자. 즉, 평생 반려를 얻을 수 없어. 그러니 참견하지 마."

"뭐……!"

오리가미가 그렇게 말하자, 토카는 아연실색한 표정을 지었다. ……왠지 승려와 수녀의 인식이 뒤섞인 느낌이 드는데…… 오리가미라면 알면서 저런 소리를 하는 것이리라.

하지만 토카는 곧 마음을 추스르더니, 고개를 세차게 저었다.

"사, 상관없다! 그렇다면 시도가 신이 되면 해결될 문제지 않느냐!"

"……윽!"

토카가 그렇게 말하자, 오리가미는 놀란 것처럼 어깨를 부르르 떨었다.

"네 입에서 그런 발언이 나올 줄 몰랐어. 확실히 시도는 신에 걸맞은 존재야. 일리 있어."

"그렇지?! 시도가 신이 된다면, 나도—."

"하지만, 역시 네가 나설 자리는 없어."

"뭐, 뭐라고?! 그게 무슨 소리냐!"

"너는 어디까지나 신을 모시는 자. 하위 존재. 그에 비해 나는 신과 적대하는 자. 신이 된 시도를 좀먹어 들어갈 거야. 그게 가능한 존재는 악마라고 불러야 하지 않을까?"

"잘은 모르겠지만, 그 대사는 문제가 있는 것 같다!"

토카와 오리가미는 평소처럼 말다툼을 시작했다. 시도는 그 틈에 두 사람 사이에서 빠져나오더니, 한숨을 내쉬며 카운터로 향했다.

"……이걸로 전부인가요?"

"……아니, 한 명 더 있어."

레이네는 그렇게 말하며 손뼉을 쳤다.

그러자 이번에는 마을 처녀 같은 복장을 한 소녀가 카운터 안쪽에서 나왔다. 언뜻 보기에는 전투에 적합한 직업 같지는 않아 보였다.

하지만 그 옷을 입은 이의 얼굴을 본 순간, 시도의 인상은 확 바뀌었다. 좌우 불균형하게 묶은 흑발. 색깔이 다른 두 눈동자. 왼쪽 눈의 시계판은 시간을 새기고 있었다.

그 소녀는 빙긋 미소 짓더니, 치맛자락을 살짝 들어 올리며 인사했다.

"안녕하세요. 토키사키 쿠루미, 직업은 마을 사람이랍니다."

"거짓말!!"

소녀― 쿠루미가 자기 직업을 밝힌 순간, 시도는 큰소리로 고함을 질렀다.

"어머나. 왜 그러시죠, 용사님. 제 어디를 봐도 영락없는 마을 사람이지 않나요?"

"복장은 말이야! 하지만 그 설정은 완전 무리거든?!"

"그렇지 않답니다. 벌레 한 마리 못 죽일 만큼 착하고 귀여운 마을 처녀답게, 마족을 몰살시키겠어요."

"그거 봐! 마왕이! 파티에 두 명째 마왕이!"

시도가 고함을 질렀지만, 더는 어쩔 수가 없었다.

이리하여, 마왕을 토벌하려 하는 용사 파티가 편성됐다.

　· 용사(강제적).

　· 마법사(흑막).

　· 승려(물리).

　· 전사(연약).

　· 댄서(부끄럼쟁이).

　· 어새신(덜렁이).

　· 용기사&용(인형탈).

　· 마왕(어째선지 있음).

　· 마을 사람(거짓이 분명함).

총 열 명의 모험이, 지금, 시작된다!

"……그런데, 마왕은 어디 있는 거야?"

동료를 이끌고 마을을 나선 시도는 왼편에서 걷고 있는

마리아에게 말을 걸었다.

참고로 지금 시도의 주위에는 마리아, 토카, 미쿠, 이렇게 세 사람만 있었다. 다른 멤버 전원은 길드에서 준비해준 마차 안에 들어가 있었다.

마차를 끄는 말은 아름다운 백마이며, 휘장에는 큼지막하게 『프락시너스』라고 적혀 있었다. ……참 세세한 부분까지 신경 쓴 것 같았다.

마차 밖으로 나와서 걸을 수 있는 건 용사를 포함해 네 명뿐이며, 남은 멤버는 마차 안에서 대기해야 하는 것 같았다. 그 이유는 단순했다. 인원이 너무 많으면, 사랑을 키우는 이벤트가 대량으로 발생해서 수습할 수 없을 우려가 있기 때문이라고 한다.

다들 불만을 느꼈지만, 게임 속에서는 마리아의 뜻을 거역할 수 없다. 어쩔 수 없이 가위바위보를 해서, 교대제로 파티에 참가하게 됐다.

"네."

시도의 질문에 답하려는 듯이, 마리아가 고개를 끄덕였다.

"마왕의 성은 북쪽 대륙의 중앙에 있습니다."

"북쪽 대륙?"

"네. 이 세상에는 크게 네 개의 대륙이 존재하며, 여기는 동쪽 대륙입니다. 우선 남쪽과 서쪽의 대륙을 돌면서 비공정을 손에 넣도록 하죠."

"아니, 그렇게 장거리를 이동해야 해? 대체 시간이 얼마나 걸리는 거야?"

"걱정하지 마시길. 대륙이라고는 해도 게임 화면을 기준으로 하고 있으니, 그렇게 크지는 않습니다."

"……그러니까, 제4의 벽을 깨는 발언 좀 하지 마."

시도가 쓴웃음을 짓자, 오른편에서 토카의 활기찬 목소리가 들려왔다.

"하지만 시도. 모험이라는 건 참 재미있구나! 왠지 가슴이 뛴다!"

그렇게 말한 토카는 흥분 섞인 미소를 머금었다.

"하아…… 목적을 잊지 마. 우리는 마왕을 해치우러 가는 거잖아."

"우, 후후…… 뭐…… 괜찮, 잖, 아요~……. 모험을, 즐기는 건…… 좋은 일, 이에요~…… 하아…… 하아…….'"

시도가 어깨를 으쓱하면서 그렇게 말하자, 뒤편에서 걷고 있는 미쿠가 그렇게 대꾸했다. ……너무 무거워 보여서 갑옷을 가벼운 것으로 바꾸게 했지만, 등에 짊어진 대검 자체도 무게가 상당한 것 같았다. 아직 얼마 이동하지 않았는데, 벌써 숨을 헐떡이고 있었다.

하지만 토카와 미쿠의 말이 이해가 안 되는 건 아니었다. 시도는 고개를 돌려서 주위의 경치를 둘러보았다.

겨우 수십 분 전에 출발했는데, 주위의 풍경이 완전히 딴

판으로 달라졌다. 넓은 초원. 무성한 나무. 시도 일행의 눈앞에는 평소 도시에서 생활할 때는 흔히 볼 수 없는 자연이 펼쳐져 있었다.

"뭐…… 확실히 엄청난 풍경이긴 해. 이것도 마리아가 한 거야?"

시도가 묻자, 마리아는 고개를 저었다.

"이츠카 시도가 무슨 말을 하는 건지 모르겠군요. 이 세상은 원래 이런 곳입니다. 자, 이 멋진 풍경을 지키기 위해서라도 마왕을 쓰러뜨리죠."

"……그래그래."

아무래도 그런 설정인 것 같았다. 시도는 한숨 섞인 어조로 그렇게 말한 후, 앞쪽을 손가락으로 가리켰다.

바로 그때였다. 전방의 수풀이 부스럭거리며 흔들리더니, 거기서 젤리 같아 보이는 물체 여럿이 튀어나왔다.

"윽! 뭐, 뭐야?!"

"—슬라임이군요."

시도가 깜짝 놀라자, 옆에 있던 마리아가 냉철한 목소리로 그렇게 말했다.

마리아의 말대로, 시도 일행의 눈앞에 나타난 것은 RPG의 적으로 유명한, 아메바 같은 생물이었다. 반투명한 몸을 꿈틀거리면서, 시도 일행을 살피고 있었다.

"다들 조심해! 덤벼들 거야!"

검을 뽑아 든 시도가 그렇게 외쳤다. 그러자 토카와 미쿠, 마리아는 그 말에 반응하듯 전투태세를 취했다. 하지만 미쿠는 등에서 검을 뽑아 들려다, 균형을 잃으며 앞쪽으로 철퍼덕 쓰러졌다.

"어라라…… 아얏!"

"미쿠, 위험해!"

무심코 고함을 질렀다. 당연했다. 앞쪽으로 쓰러진 미쿠는 슬라임 바로 앞으로 다이빙해버린 것이나 다름없는 것이다.

"큭—."

그 순간, 토카가 지면을 박차면서 미쿠에게 다가갔다. 하지만…… 늦었다. 슬라임은 몸을 벌리더니, 그대로 토카와 미쿠를 덮쳤다.

"큭…… 이게!"

"꺄, 꺄아아아아아아앗?!"

"토카! 미쿠!"

토카와 미쿠의 몸에, 슬라임이 휘감겼다. 하지만…….

"음……?"

"아앙~, 끈적끈적해요~……."

그렇게 말한 토카는 의아하다는 듯이 고개를 갸웃거렸고, 미쿠는 미간을 찌푸렸다. ……왠지, 생각보다 대미지를 받지 않은 것 같았다.

"……으음, 두 사람 다 괜찮아?"

"으, 음. 기분이 좀 나쁘지만, 아무렇지 않다."

"네~. 딱히 아무 데도 아프지 않아요~."

토카와 미쿠는 어안이 벙벙하다는 투로 그렇게 답했다. 시도가 미간을 찌푸리자, 마리아가 앞으로 나서며 설명했다.

"슬라임은 모험 초반에 만나는 몬스터니까요. 공격력이 그렇게 강하지는 않습니다."

"뭐, 뭐야⋯⋯. 깜짝 놀랐잖아."

"하지만⋯⋯."

"하지만?"

마리아가 말을 잇자, 시도는 고개를 갸웃거렸다. 바로 그 순간, 토카와 미쿠의 비명이 들려왔다.

"이, 이게 뭐냐?!"

"꺄아아아앗! 꺄아아아아앗!!"

"무, 무슨 일이야, 너희―"

시도는 말을 중간에 멈추더니, 눈이 콩알만 해졌다.

그럴 만도 했다. 슬라임한테 닿은 두 사람의 옷이 쉬이익 하고 소리를 내며 녹기 시작한 것이다.

"저, 저건⋯⋯!"

"직접적인 대미지는 적지만, 슬라임은 장비를 녹이죠. 판타지에서는 상식 아닌가요."

"⋯⋯마, 마리아, 너!"

시도는 경악에 찬 목소리를 냈다. 어느새 마리아의 뒤편

으로 이동한 슬라임이 그녀한테도 들러붙어서 로브를 녹이기 시작한 것이다. 하지만 속살이 드러나려 하는데도 마리아는 불을 붉히긴커녕, 태연하게 말을 이었다.

"문제없습니다. 저는 마법사라서, 의복이 있든 없든 방어력에는 크게 차이가 없으니까요."

"아니, 그런 문제가 아니잖아!"

시도는 마리아의 몸에 들러붙은 슬라임을 떼러냈다. 그러자 슬라임은 마리아한테서 떨어지더니, 지면에서 뭉그적거리듯 도망쳤다. 그리고 토카와 미쿠가 버둥대자, 두 사람에게 붙어 있던 슬라임도 의외로 간단히 떨어졌다.

하지만 그것으로 끝이 아니었다. 그녀들에게서 떨어진 슬라임이 한곳으로 모여들더니, 몸을 합치면서 거대한 슬라임 한 마리로 변모한 것이다.

게다가 수풀에서 새로운 슬라임이 나오더니, 시도와 마리아를 포위하듯 둘러쌌다.

"아니……!!"

시도가 경악에 찬 목소리를 낸 순간, 거대한 슬라임이 힘을 과시하려는 듯이 몸을 크게 벌리더니, 다시 토카와 미쿠를 덮쳤다.

"큭—!"

토카는 미쿠를 옆구리에 끼더니, 아슬아슬하게 그 자리를 벗어났다. 방금까지 두 사람이 있던 장소를 거대한 슬라임이 휘감았다.

토카와 미쿠는 이미 반라 상태였다. 지금 슬라임에게 공격을 받는다면, 옷이 완전히 녹아버릴 것이다.

하지만 승려와 연약한 전사가 저 슬라임을 쓰러뜨리는 건 어렵다. 게다가 시도와 마리아는 슬라임에게 포위를 당했으며, 마차에 있는 멤버와 교대할 여유도—.

바로 그때였다. 시도의 뇌리에 어떤 생각이 떠올랐다.

"토카! 그 슬라임을 향해, 지금 쓸 수 있는 가장 센 회복 마법을 써!"

"뭐……?! 그랬다간 슬라임이 건강해질 거다!"

"괜찮으니까, 서둘러! 나를 믿어!"

"음…… 아, 알았다!"

토카는 고개를 끄덕이더니, 미쿠를 내려놓은 후에 거대한 슬라임과 대치했다.

그리고 오른손을 힘껏 치켜들더니, 슬라임의 중심부를 향해 내질렀다.

"우랴아아아아아아아아아압!"

그 순간— 철푸덕! 하는 소리와 함께 거대한 슬라임이 사방으로 튀더니, 주위에는 젤리 조각이 흩뿌려졌다. 그 조각은 한동안 꿈틀거린 후, 지면에 빨려들 듯 사라졌다. 슬라임한테도 지능은 있는 것 같았다. 시도와 마리아를 둘러싼 슬라임들도 저 광경을 보더니, 겁먹은 것처럼 수풀 속으로 도망쳤다.

"좋았어……!!"

예상 대로였다. 시도는 주먹을 말아쥐었다.

"오, 오오……?!"

토카는 자신의 오른손과 방금까지 슬라임이 있던 장소를 번갈아 보더니, 놀란 것처럼 눈을 동그랗게 떴다.

"회, 회복 마법으로 슬라임을 날려버렸다! 그게 약점이었던 걸까……?"

"……응. 그런 것 같아. 슬라임만이 아니라 다른 몬스터 중에도 회복 마법이 약점인 녀석이 많으니까, 적극적으로 시험해봐."

"음! 그렇게 하겠다!"

토카는 구김 없는 미소를 지으면서 대답했다.

……그녀가 자신에게 『회복 마법』을 쓰는 일이 없도록, 절대 다치지 말아야겠다고 시도는 마음속으로 맹세했다.

◇

그 후로 수십 시간에 걸쳐, 시도 일행의 대륙을 오가는 모험이 이어졌다.

다들 직업 자체는 미스 캐스팅이지만, 원래 지닌 능력치가 저하한 것은 아니기에 전투에서 고전하는 일은 없었다.

뭐, 어찌 보면 당연한 일이었다. 시도 이외의 아홉 명이 정령과 위저드인 것이다. 처음부터 이런 호화 멤버가 갖춰지는 건 평범한 RPG에선 있을 수 없는 일이다. 이동 중에 마주 치는 조무래기 몬스터에게 질 리가 없었다. 이 정도면 치트 나 다름없었다.

굳이 따지자면, 마을이나 던전에서 일어나는 이벤트를 처 리하는 쪽이 더 고난이도였다. 무녀를 선정하는 댄서 대결 에서는 요시노가 너무 부끄러워한 나머지 관객 전원에게 눈 가리개를 씌워야 했고, 적을 수면 상태로 만드는 약초를 손 에 넣은 후로는 오리가미가 매끼 식사 당번을 자청하고 나 서는 등…… 같은 식이었다.

참고로 가장 위험했던 건, 야마이 자매가 여행 도중에 들 른 마을에 있던 카지노에 빠져서 파티의 전 재산을 걸고 갬 블 대결을 했을 때다. 만약 그때 야마이 자매를 말리지 못 했다면, 지금쯤 시도 일행은 카지노에서 잡일이나 하고 있 을 게 틀림없다.

아무튼 온갖 고난을 극복한 시도 일행은 드디어 목적지인 북쪽 대륙의 중심부— 마왕성에 도달했다.

어둑어둑한 복도에 설치된 거대한 문을 올려다본 시도는 마른침을 삼켰다.

"드디어…… 여기까지 왔어."

그 말에, 문 앞에 선 동료들이 일제히 고개를 끄덕였다.

"네. 정말 훌륭합니다."

"음. 이제 마왕만 쓰러뜨리면 세계가 평화로워지겠구나."

"아~, 아~♪ 후훗, 여기는 목소리가 먼 곳까지 울려 퍼지는군요."

"히, 힘낼……게요……!"

"흥. 빨리 끝내자. 오래간만에 우리 집 침대에서 자고 싶네."

"크큭. 영원한 어둠의 왕인가— 파멸의 용인 내 힘을 보여 주겠노라."

"긍정. 유즈루들의 파티는 최강이에요."

"엔딩은 나와 시도의 결혼식이야."

"우후후…… 마왕 씨란 분은 맛있으려나……."

……왠지 일부 멤버의 텐션이 이상한 것 같지만, 신경 쓰지 않기로 했다.

그렇다. 마차는 성안에 들어갈 수 없어서, 특례로 파티 전원의 동행이 허용됐다.

멤버가 열 명이나 되는 대인원 파티는 당연히 최종 던전인 마왕성의 적한테도 고전하는 일 없이, 마왕이 있을 최후의 문 앞까지 도달했다.

"자, 그럼 열게."

시도가 그렇게 말하자, 다들 고개를 끄덕이며 그의 뒤편에 섰다.

시도는 가늘게 숨을 내쉰 후, 아까 손에 넣은 열쇠를 문의 열쇠 구멍에 집어넣고 돌렸다.

그러자 그 순간, 문이 고오오오오…… 하면서 좌우로 열렸다.

문 너머는 어둑어둑하고 넓은 공간이었다. 구조는 알현실과 비슷할까. 벽 쪽에는 흉흉한 느낌으로 꾸며진 조명이 줄지어 있었고, 방 중앙에는 옥좌 한 개가 놓여 있었다.

그리고 그 옥좌에는 칠흑색 망토를 걸친 몬스터가 앉아있었다. 인간형이지만, 형태는 인간과 명백하게 달랐다. 크고 작은 뿔이 달린 기사갑주 같다고나 할까. 기괴한 실루엣을 지닌 이형의 존재였다.

"크크큭…… 용케 여기까지 왔구나, 용사들이여."

마왕의 낮은 목소리가 방 전체에 울려 퍼졌다. 어째선지 카구야 같은 말투로 말을 하고 있었다.

"설마 마족의 정예가 지키는 성을 돌파할 줄은 몰랐느니라. 크큭, 인간인 채로 두기엔 참 아쉬운 힘이구나."

마왕은 그렇게 말하면서 웃음을 흘렸다. ……저 녀석은 인간이라고 말했지만, 실은 대부분이 정령이지만 말이다.

"나는 네놈이 마음에 들었다. 어떠냐. 내 편이 되지 않겠느냐? 그러면 이 세상의 3분의 1을 네놈에게 주겠노라."

"…………."

좀 쪼잔한 마왕이었다. ……아니, 3분의 1이라도 매우 넓겠지만, 왠지 그런 생각이 마음속에서 샘솟았다.

아무튼, 그런 제안에 응할 수는 없다. 시도는 손에 쥔 검으로 마왕을 겨눴다. 여행을 하면서 입수한, 용사만이 쓸수 있는 전설의 검이다. 이것을 손에 넣어야만 마왕을 쓰러뜨릴 수 있다고 들었다.

"거절하겠어! 해치워주마, 마왕!"

"크크큭, 어리석구나!"

고함을 지른 마왕이 옥좌에서 일어서자, 망토가 펄럭였다.

"좋다! 그렇다면 마족의 왕이 얼마나 강한지, 똑똑히 보여주겠노라! 자, 덤벼보거라!"

마왕이 그렇게 말한 순간이었다.

"""오오오오오오오오오오오오오오오오오오오오오오오오오오오오오오오오오오!!"""

시도의 뒤편에 있던 정령들이, 일제히 마왕을 덮쳤다.

"엥—?"

마왕은 얼이 나간 듯한 목소리를 냈다.

하지만, 이미 늦었다. 마왕은 마을 사람(거짓말)의 그림자에 발을 잡히더니, 전사(연약)의 노래를 듣고 고양된 승려(물리)의 『회복 마법』이 몸통에 꽂혔고, 용기사와 용(인형탈)의 연계 공격을 맞았으며, 마왕(어찌된 건지 용사 편)의 음습한 공격을 맞은 것으로 모자라, 어새신(덜렁이)이 독사탕을 마왕의 입에 집어넣었을 뿐만 아니라, 마지막으로 댄서(부끄럼쟁이)가 낀 퍼핏 인형에게 머리를 쓰담쓰담 당한 끝에 그 자리에서 쓰러졌다.

"크, 크억……."

그렇게 쓰러진 마왕은 꿈쩍도 하지 못했다. 정령들이 「오
~!」하면서 승리의 함성을 질렀다.

"오오! 해냈다, 시도!"

"어머나, 별것 아니군요."

"마왕을 자처할 자격도 없어. 역시 시도와 어깨를 나란히
할 마왕은 나뿐이야."

"……으음……."

이마에 식은땀이 맺힌 시도는 손에 쥔 전설의 검을 쥐락
펴락하면서 볼을 긁적였다. ……이건 그야말로 뭇매였다. 마
왕이 좀 불쌍하단 생각이 들었다.

하지만 이것으로 목적은 달성했다. 마음을 다잡으려는 듯
이 헛기침을 한 후, 마리아를 돌아보았다.

"마왕은 쓰러뜨렸는데…… 이제 어쩌면 돼?"

"…………."

바로 그때, 시도는 마리아가 약간 불만스러운 표정을 짓고
있단 사실을 눈치챘다.

"마리아, 왜 그래?"

"아뇨. 그저 기대했던 결과를 얻지 못했을 뿐입니다."

"아……."

그러고 보니, 이 모험의 목적은 위기 상황 속에서 『사랑이
란 무엇인가』를 알아내는 것이다. 하지만 동료가 너무 강한

덕분에 위기에 처할 일이 거의 없었다. 도중에 다양한 이벤트가 벌어졌지만, 결국 한 일 자체는 평소와 딱히 다르지 않았다.

"뭐, 그럴 때도 있을 거야. 내일부터 힘내자."

"네. ―옥좌 뒤편에 보물 상자가 있을 겁니다. 그 안에 들어있는 빛의 보석을 왕에게 돌려주면 게임 클리어죠."

"응. 알았어. 다들, 옥좌의―."

바로 그때였다.

말을 이으려던 시도는 갑자기 입을 다물었다.

이유는 단순했다. 뭇매를 맞고 쓰러졌던 마왕이 벌떡 일어난 것이다.

"……윽! 다들! 피해!"

갑자기 불길한 예감을 느낀 나는 고함을 질렀다. 다들 위화감을 느낀 건지, 바닥을 박차며 마왕에게서 떨어졌다.

그러자 다음 순간, 마왕의 몸이 물결치듯 꾸불거리더니, 몸집이 점점 커지면서 흉측하기 그지없는 모습으로 변모했다. 거대한 육체, 날개와 꼬리. 난잡하게 자라난 이빨. 실루엣만 본다면 카구야가 입고 있는 용 인형탈과 비슷해 보일지도 모른다. 하지만 몸 곳곳에 생겨난 여러 개의 눈, 그리고 노출된 근육을 연상케 하는 피부가 그런 인상을 『괴물』이라는 말에 수렴시키고 말았다.

"이, 이게 뭐야……."

시도는 눈썹을 찌푸리며 신음을 흘렸다. 마왕에게 제2형 태가 있다는 건 드문 일이 아니다. 하지만 어째서일까. 저 모습은 이제까지 나왔던 몬스터와 디자인 콘셉트가 다른 듯한 느낌이 들었다. 판타지 RPG의 세계관 속에, 갑자기 건슈팅 게임의 좀비가 나온 것 같았다. 누가 봐도, 연령 등 급이 전연령에서 성인용으로 바뀐 것 같았다.

바로 그 순간, 마왕이 그 거대한 몸을 움직여서 꼬리를 휘둘렀다.

"큭……!"

"앗……!"

그 자리에 있던 토카와 코토리가 꼬리에 맞고 방구석으로 날아갔다. 두 사람이 내동댕이쳐진 벽에 금이 가더니, 바위 파편이 바닥에 떨어졌다.

이어서 마왕은 입을 크게 벌리더니, 그대로 엄청난 불꽃을 토했다. 표적이 된 야마이 자매는 아슬아슬하게 불꽃을 피했지만, 만약 정통으로 맞았다면 엄청난 참사가 벌어졌을 것이다.

"어, 어이, 이건 장난이 아니잖아……."

명백하게, 이제까지 나왔던 몬스터와 달랐다. 명확한 살 의를 지녔으며, 그것을 이뤄낼 힘을 지녔다. 이 모험이 시작 되고 처음으로 마주친, 진정한 의미에서의 『위협』이었다.

"마리아, 이건 너무 심한 거 아냐?!"

"……저는 이런 이벤트를 설정하지 않았습니다."

"뭐……?!"

마리아가 그렇게 말하자, 시도는 미간을 찌푸렸다.

"원인을 규명하겠습니다. 잠시만 시간을 주세요."

그렇게 말한 마리아는 명상을 하듯, 그 자리에 선 채 눈을 감았다.

하지만 마왕이 그동안 순순히 기다려줄 리가 없다. 마왕은 마리아의 미심쩍은 행동을 눈치챈 것처럼 몸을 꿈틀거리더니, 크게 숨을 들이마시며 목을 돌렸다.

"……윽!"

그 동작을 본 시도는 숨을 삼켰다. 그것은 아까 불을 토할 때와 같은 움직임이었다.

시도의 예상은 옳았다. 다음 순간, 마왕이 크게 벌린 입에서 뿜어져 나온 화염방사기 같은 불길이 마리아를 향해 뻗어나갔다.

"마리아……!!"

시도는 숨을 삼키더니, 반쯤 무의식적으로 바닥을 박찼다.

"──."

눈을 감고 있던 마리아는 갑자기 몸이 붕 떠오르는 듯한 느낌을 받았다.

한순간 무슨 일이 일어난 건지 이해하지 못했지만, 곧 시도가 마리아의 몸을 안아 들며 몸을 날렸단 사실을 눈치챘다.

그와 동시에, 시도가 갑자기 그런 행동을 취한 이유도 깨달았다. 방금까지 마리아가 있던 장소는 마왕이 뿜은 시뻘건 불길에 휘감겨 있었다. 시도가 구해주지 않았다면, 지금쯤 마리아는 저 업화에 타들어 가고 있을 것이다.

원래라면, 이 세상에 존재하는 것이 마리아에게 해를 끼칠 리가 없다. 하지만, 저 마왕은 이레귤러적인 존재였다. 원인은 아직 알 수 없다. 우발적인 버그인지, 아니면—.

"시도?"

바로 그때, 마리아는 생각을 중단했다. 자신을 구해준 시도가 이상하단 사실을 눈치챈 것이다.

그렇다. 마리아를 감싼 시도는 저 불꽃을 완전히 피하지 못했다. 망토가 타버렸고, 등에는 심한 화상 자국이 새겨져 있었다.

"——!"

그것을 본 순간, 마리아는 존재할 리 없는 자신의 심장이 오그라드는 듯한 느낌에 사로잡혔다.

기묘한 감정이 느껴졌다. 자신을 위해, 시도가 다치고 말았다. 그것을 인식한 순간, 자신은 상처 입지 않았는데도 강렬한 고통 같은 무언가가 온몸을 헤집고 지나갔다.

"여어……. 마리아, 무사해?"

"……저는 괜찮습니다. 그것보다, 당신이……."

"하, 하……. 뭐, 자주 겪는 일이거든."

그렇게 말한 시도는 이마에 식은땀이 맺힌 채 씨익 웃었다.

"——."

그 얼굴을 본 순간, 마리아는 또 심장이 크게 뛰는 느낌을 받았다.

그것이 무엇인지는 마리아도 알지 못했다. 상쾌한 듯한, 아린 듯한, 말 한 마디로 표현할 수 없는 감각이었다.

—바로 그때였다.

"하아아아아아앗!!"

마리아가 혼란에 빠져 있을 때, 토카의 고함이 그녀의 고막을 뒤흔들었다.

아무래도 마왕에게 『회복 마법』을 쓴 것 같았다. 날카로운 혹이 거대한 몸통에 꽂히자, 마왕은 고통스러운지 몸을 비틀었다.

다른 정령들도 토카를 뒤따르듯, 전방위에서 마왕을 공격하기 시작했다. 물론, 마왕은 아까까지와 딴판이었다. 그렇게 간단히 해치울 수 있을 리가 없었다.

하지만 사방팔방에서 공격이 날아오는 탓에, 마왕은 마리아를 의식할 수 없었다. 마리아는 살며시 고개를 저으면서 마음속에 생겨난 기묘한 감각을 떨쳐내더니, 다시 눈을 감으면서 작게 숨을 내쉬었다.

그 순간, 정령들과 싸우던 마왕에게서 옅은 빛이 뿜어져 나오더니 움직임이 약간이지만 둔해졌다.

"마리아, 이건……?!"

"……원래라면 이걸로 움직임을 완전히 정지되어야 하지만, 지금은 이게 한계인 것 같군요. 하지만—."

"—응, 충분해."

시도는 마리아의 의도를 눈치채고 고개를 끄덕이더니, 그 자리에서 몸을 일으켰다. 등에 입은 화상은 어느새 치유됐다. 딱히 데이터를 고친 건 아니다. 그저 시도가 이 세상에 오기 전부터 가지고 있던 힘이 재현됐을 뿐이다.

그리고, 시도는 천천히 검을 치켜들었다. 용사만이 쓸 수 있도록 프로그램된, 전설의 검. 마왕을 타도하는 빛의 힘을 지닌, 이 세상에 단 한 자루뿐인 신의 무구.

"역시 마왕은 용사가 해치워야 하지 않겠어? —아까는 미안했다고, 마왕. 너한테 최후의 일격을 날릴 수 있는 나뿐인데 말이야."

시도는 그렇게 말하며 지면 위를 달렸다. 전방위 공격 탓에 꼼짝도 못 하는 마왕을 향해 돌격한 것이다.

"우오오오오오오오오오오오오오오오오오!!"

그리고 지면을 박차며 공중으로 몸을 날린 시도는 날카로운 기합을 토하며 검을 내질러서— 마왕의 미간을 찔렀다.

그 순간—.

—그오오오오오오오오오오오오오오오오오오오오———.

기나긴 포효를 남기며, 마왕은 그대로 지면에 쓰러졌다.

그리고 다음 순간, 그 몸은 빛의 입자가 되어 공기에 녹으며 사라졌다.

"오오! 해냈구나, 시도!"

"크큭, 뭐, 일단은 합격점을 주겠노라."

"찬사. 대단해요."

"응...... 고마워. 너희들 덕분이야."

시도는 부끄러워하며 미소 짓더니, 검을 검집에 넣으며 마리아에게 걸어갔다.

그리고 아직 바닥에 주저앉아 있는 마리아를 향해, 손을 내밀었다.

"마리아도 고마워. —자, 일어설 수 있겠어?"

"......아!"

마리아는 그제야 어깨를 부르르 떨었다. 시도가 말을 걸 때까지, 자기가 얼이 나가 있었다는 사실을 그제야 눈치챈 것이다.

"마리아?"

"......아, 고맙습니다."

마리아는 태연을 가장하며, 시도의 손을 잡고 자리에서

일어났다.

◇

"―후후후."

북쪽 대륙 중앙에 위치한 마왕성. 그 중심에 존재하는 탑의 위에서, 소녀는 춤추듯 스텝을 밟고 있었다.

무쇠 빛깔의 긴 머리카락과 거기에 맞춘 듯한 칠흑색 수녀복이 바람에 휘날리는 가운데, 소녀는 탑 위를 빙글빙글 돌았다.

"무사히 마왕을 쓰러뜨렸나 보네. ―자, 너는 이 모험을 통해 사랑을 알게 됐으려나?"

그렇게 말하며 입술 가장자리를 치켜올린 소녀는 아래편에 있는 성을 내려다봤다. 그곳에는 마왕을 타도하고 빛의 보석을 손에 넣은 용사 일행이 있었다.

도중에 마왕을 구성하는 프로그램에 개입해서 리미터를 해제했지만…… 역시 기존의 프로그램을 뜯어고치는 정도로는 역부족인 것 같았다.

"뭐…… 하지만 오늘은 이쯤에서 끝낼래. 너희의 모험은 지켜보기만 해도 참 재미있었거든."

하지만, 하고 소녀는 덧붙여 말했다.

"네 마음에 싹튼 그 감정. 그것의 의미를 아는 건…… 나중 일이 되겠네."

그렇게 말한 소녀— 아루스는, 바닥을 박차면서 허공 속으로 사라졌다.

◇

다음 날. 잠에서 깨어나 보니, 판타지스럽던 세상이 원래 텐구 시로 되돌아와 있었다.

어제 마왕을 쓰러뜨린 용사 일행이 귀환하자, 왕성에서는 부어라~ 마셔라~ 하는 큰 연회가 벌어졌지만(혹시나 해서 밝히는데, 어디까지나 마신 건 주스다), 정신을 차리고 보니 갑옷은 잠옷으로, 눈부신 왕성은 눈에 익은 자신의 방으로 변모해 있었다. 아무래도 잠든 사이에 전부 원래대로 되돌아온 것 같았다.

지금은 함께 모험했던 이들이 시도네 집 거실에 모여서, 어제까지의 추억을 가지고 이야기꽃을 피우고 있었다.

"그래도, 참 즐거웠다! 아루스, 다음에 또 하자!"

"그러죠~. 생각보다 익사이팅했잖아요~. 아, 하지만 다음에 할 때는 제 직업을 가희로 해주세요~."

"저, 저는, 로브를 걸치는…… 마법사 같은 거면, 좋겠어요……"

"다음에야말로 이 몸이 용기사를 하겠노라! 그리고 용을 맡은 유즈루의 등에 올라타고 말겠다!"

"고민. 그것도 재미있겠군요. 카구야를 낙마가 아니라 낙룡시켜주겠어요."

"나는 패스할래. 그것보다 빨리 원래 세계로 돌아갈 방법을 찾고 싶어."

"우후후. 괜찮지 않을까요? 너무 조바심을 내봤자 성과를 내지 못할 테니까요."

"다음에 할 거면, 내 희망 직업은 시도의 아내야."

다들 즐겁게 그런 이야기를 나누고 있었다. 의외로 다들 모험을 즐겼던 것 같았다.

하지만 그런 와중에 굳은 표정을 짓고 있는 소녀가 한 명 있었다. ─마리아였다.

"마리아, 왜 그래? 아직도 그 마왕이 신경쓰이는 거야? 다들 무사하니 됐잖아?"

"……아뇨. 그것도 신경이 쓰이지만, 그것보다 아직 사랑이 어떤 건지 모르는 점이 문제입니다. 이번에는 그것을 알게 될 가능성이 크다고 생각했습니다만……."

"아하하……."

평소와 다름없는 마리아를 본 시도는 무심코 쓴웃음을 흘렸다.

그 말을 들은 건지, 오리가미의 눈썹이 희미하게 떨렸다.

"─나한테 생각이 하나 있어."

"어떤 생각이죠?"

마리아는 고개를 갸웃거렸다. 오리가미는 작게 고개를 끄덕인 후에 말을 이었다.

"너는 사랑이 무엇인지 알기 위해, 사랑이 생겨나는 과정을 조사하려고 해. 그렇다면 시험해볼 가치가 있는 방법이 하나 있어."

"들려주시겠어요?"

"정신의학 용어에, 스톡홀름 증후군이라는 게—."

"스톱. 멈춰, 오리가미."

시도는 말을 이으려는 오리가미를 말렸다.

하지만, 이미 늦었다. 마리아는 이미 정보 검색을 시작하고 만 것이다.

"—스톡홀름 증후군. 범죄 피해자가 범인과 오랫동안 함께 있으면서, 과도한 동정 및 연모에 가까운 감정을 지니게 되는 것이군요. 그래요. 공포의 대상에게 사랑을 느끼고 만다…… 재미있는 케이스입니다. 시험해볼 가치는 있을 듯하군요."

"잠깐만 기다려! 대체 뭘 하려는 거야?!"

"딱히 어려운 건 아닙니다. 우선 여러분은 흉악 범죄를 저지른 범행 그룹이 되어주시고, 이츠카 시도는 그 일당에게 사로잡힌 인질이—."

"절대 안 해!"

시도의 비통한 고함이, 전뇌 세계에 울려 퍼졌다.

데이트 어 노벨

DATE A NOVEL

리오 리유니온

Reunion RIO

봄이면 잠이 늘어난다고 흔히들 말하지만, 단순히 침대에서 나오는 게 힘든 것은 가을의 초입부터 겨울까지의 쌀쌀한 시기라고 생각한다. 시도는 몸을 뒤척이다가 모포를 겨드랑이 사이에 끼우면서 작게 신음을 흘렸다.

"아…… 지금 몇 시지?"

의식과 시야가 몽롱한 가운데, 시도는 손으로 더듬으면서 베갯머리에 둔 스마트폰을 찾았다.

연체동물이 촉수를 뻗듯이 베갯머리를 뒤지고 있을 때, 문 너머에서 경쾌한 발소리가 들려왔다. ―누군가가 계단을 올라온 것 같았다.

"……큰일났다."

시도는 눈을 문지르면서 그렇게 중얼거렸다. 발소리의 주인은 십중팔구, 여동생인 코토리일 것이다. 시도가 늦잠을 자면 코토리는 쓸데없이 와일드&다이나믹한 방법으로 그를 깨우려 했다. 과거에는 시도의 배 위에서 삼바 댄스를 춘 적도 있었다.

계속 자고 있다간 코토리가 무슨 짓을 벌일지 짐작조차 안 됐다. 어떻게든 몸을 일으켜 보려고, 온몸에 힘을 줬다.

그러자 시도가 몸을 일으키기도 전에 방의 문이 열리면서 사람 한 명이 안으로 들어왔다.

하지만…….

"─벌써 아침이야, 시도."

시도의 고막을 뒤흔든 목소리는, 그가 예상했던 목소리와 달랐다.

"어─?"

시도가 얼빠진 목소리를 내자, 이불이 천천히 벗겨지면서 옅은 핑크색 앞치마를 걸친 소녀의 모습이 눈에 들어왔다.

어깨 근처까지 기른 머리카락. 따뜻한 햇볕을 연상케 하는 온화한 분위기.

그렇다. 그녀는─.

"린, 네……."

"응, 좋은 아침."

시도가 그 이름을 입에 담자, 린네는 빙긋 미소 지었다.

시도는 이마를 손으로 누르며 작은 목소리로 중얼거렸다. 안개가 걷히는 것처럼 의식이 깨어났다.

그녀의 이름은, 린네. ─시도의, 사랑스러운 아내다.

"시도?"

"아…… 미안해. 잠이 덜 깬 것 같아."

린네의 말에, 시도는 머리를 약간 흔들면서 그렇게 답했다. 그러자 린네는 그런 시도가 재미있다는 듯이 웃더니, 침대에 걸터앉았다.

"후후, 드문 일도 다 있네. 어제 늦게 잔 거야?"

"그렇지는 않았던 것 같은데…… 어, 우왓!"

머리를 긁적이며 어제 일을 떠올리던 시도는 갑자기 코함을 지르며 몸을 젖혔다.

하지만 그것도 무리는 아니었다. 시도의 옆에 앉아있던 린네가 갑자기 그를 향해 얼굴을 내밀었던 것이다.

"리, 린네?!"

"응, 왜 그래?"

하지만 린네는 이상하다는 듯이 고개를 갸웃거렸다.

"아, 아니, 그게…… 네가 갑자기 얼굴을 내미니까……."

시도가 머뭇거리며 그렇게 말하자, 린네는 볼을 희미하게 붉히며 고개를 돌렸다.

"어, 시도가 그런 반응을 보이니 나까지 부끄러워지는데……."

"아니, 그러니까, 애초에 왜 그런 짓을……."

시도는 당혹스러워하면서 물었다. 그러자 린네는 눈썹을 살짝 찌푸렸다.

"아직 잠이 덜 깬 거야? 결혼할 때, 시도가 제안했잖아. 『매일 아침, 굿모닝 키스를 하자』고 말이야."

"뭐…… 어엇?!"

린네의 그 말에, 시도는 무심코 새된 비명을 질렀다. 하지만— 잘 생각해보니, 그런 말을 했던 것 같은 느낌이 들었다.

"그, 그랬……어?"

"그래. 정말……."

린네는 손으로 허리를 짚으며 볼을 부풀렸다. 시도는 왠지 미안한 느낌이 든 나머지, 식은땀을 삐질삐질 흘리며 입을 열었다.

"으음…… 그, 그럼…… 할까?"

"아뇨~, 됐어요. 자기가 제안한 약속을 잊어버리는 사람 따위 몰라요~."

린네는 고개를 돌리면서 침대에서 일어서더니, 방문 쪽으로 걸어가 버렸다. 시도는 허둥지둥 그녀의 뒤를 쫓았다.

"미, 미안하다니깐, 린네. 잠깐—."

바로 그 순간, 시도는 입을 다물었다.

아니, 정확하게는 입이 막혔다.

시도가 린네의 등 뒤로 다가간 순간, 그녀가 뒤로 돌아서면서 그의 입술에 입맞춤을 한 것이다.

"……읍?!"

"안녕. 이제 정신이 들었어?"

린네가 입술을 핥으며, 장난스레 그렇게 말했다.

시도는 뒤늦게 벌렁거리는 심장을 진정시키려고 심호흡을 하면서, 항복 의사를 드러내듯 두 손을 들었다.

"……그래. 눈이 확 뜨였어. 좋은 아침이야, 린네."

그렇게 말하는 시도의 얼굴이 우스운 건지, 입가에 손을 대며 웃음을 흘린 린네는 앞치마 자락을 휘날리듯이 걸음을 옮겼다.

"아침 식사, 다 됐어. 공주님도 일어났으니까, 빨리 와."

"아, 응. 금방 갈게."

시도는 그렇게 말하며 린네의 등을 쳐다본 후, 고개를 갸웃거렸다.

"공주님…… 누구지?"

시도는 그렇게 중얼거리면서 방을 둘러보았다. 그곳은 부부의 침실이었다. 아까까지 시도가 자고 있던 침대도, 커다란 더블베드였다.

"……어~?"

한순간 위화감이 느껴졌지만…… 이곳은 자신의 집이 틀림없다. 머리를 긁적이면서 방을 나선 시도는 계단을 내려간 후, 세면장에서 세수를 했다.

그리고 린네가 기다리고 있을 부엌으로 향했다.

그러자—.

"앗, 아빠! 좋은 아침!"

문을 연 순간, 그런 귀여운 목소리가 시도의 고막을 흔들었다.

시선을 돌려보니, 아침 식사가 놓인 식탁 앞에 앉아있는 다섯 살가량의 여자애가 눈에 들어왔다.

아침 햇살을 받아 반짝이고 있는 긴 머리카락과 린네를 닮은 얼굴. 시도를 향해 구김 없는 미소를 짓고 있는 그 여자애는—.

"—리오."

"후후. 아빠는 잠꾸러기~."

시도가 이름을 불러주자, 리오는 기뻐하듯 표정이 환해졌다.

"아…… 그래."

시도는 이마를 손으로 짚으며 작은 목소리로 중얼거렸다.

그렇다. 이 여자애의 이름은 리오. —시도와 린네의, 귀여운 외동딸이다.

시도가 얼이 나가 있을 때, 부엌에 있던 린네가 남은 음식을 들고 왔다.

"자, 여보. 준비도 해야 하니까 빨리 먹자."

"으, 응. 미안해."

시도는 린네의 말에 따라 자리에 앉았다. 오늘 아침은 밥과 구운 생선, 그리고 시금치 무침과 된장국이라고 하는 일식 라인업이었다.

잘 먹겠습니다, 하고 말하려던 시도는 「어?」 하며 고개를 갸웃거렸다.

"그러고 보니, 준비는 무슨 소리야?"

시도가 그렇게 말하자, 린네와 리오는 시선을 마주하면서 하아 하고 한숨을 내쉬었다.

"정말, 그것도 깜빡한 거야? 당연히 외출 준비잖아. —오늘 은 오래간만에 토카와 다른 애들을 만나기로 한 날이거든?"

"아—."

시도는 그 말을 듣고 눈을 치켜떴다.

그렇다. 왜 깜빡한 것일까.

오늘은— 10년 만에 그녀들을 만나기로 한, 동창회 날이다.

"—자, 다 됐어."

린네가 리오의 머리카락을 정성스럽게 땋은 후에 리본을 매주자, 리오는 환한 미소를 지으면서 춤추듯 빙글빙글 돌 았다.

"저기, 아빠. 어때?"

"응, 귀엽네."

"후후후~."

시도가 그렇게 말하자, 리오는 새침한 척하듯 입가에 손 을 댔다.

부모의 색안경을 빼고 봐도, 하늘거리는 원피스를 입고 예쁘게 꾸민 리오는 참 귀여웠다. 시도는 양복 넥타이를 매 면서 무심코 히죽거렸다.

"어머? 여보, 나는 어때?"

린네가 농담 투로 그렇게 물었다. 린네는 리오와 같은 색상의 포멀 드레스를 입었으며, 가슴이 뛸 정도로 아름다웠다.

"응…… 아름다워, 린네."

"……윽!"

시도가 그렇게 말하자, 린네는 숨을 삼키며 얼굴을 새빨갛게 붉혔다.

"그, 그렇게 진지하게 답하지 않아도 되는데……."

"뭐? 아, 미, 미안해……."

그 반응을 본 시도도 무심코 볼을 붉혔다. 그런 두 사람을 본 리오는 재미있다는 듯이 웃음을 터뜨렸다.

"아빠도 엄마도 홍당무 같아."

"리, 리오……."

시도가 그 말을 부정하지 못하며 쓴웃음을 머금자, 창밖에서 자동차 경적이 들려왔다.

"아, 벌써 마중 왔나 봐. 서둘러야겠네."

"으, 응. 그래."

시도는 화제를 바꾸려는 듯이 린네를 향해 고개를 끄덕인 후, 재빨리 준비를 마치고 집을 나섰다.

그러자 집 앞에 세워진 새빨간 스포츠카가 눈에 들어왔다. 시도 가족이 나오기를 기다린 것처럼, 운전석 창문이 열렸다.

"—뭐 하느라 세 사람 다 이렇게 늦은 거야?"

그 창문으로 얼굴을 내민 이는 머리카락을 올려묶고 선글라스를 낀 소녀였다. —시도의 '여동생, 이츠카 코토리였다.

이미 20대 중반인 여성에게 『소녀』란 호칭을 쓰는 건 올바르지 않을지도 모르지만…… 10년 전부터 겉모습에 변화가 없으니, 『여자』라는 호칭을 쓰는 것도 위화감이 있었다.

"정말, 아침부터 둘이서 꽁냥대느라 늦은 거지? 안 봐도 뻔해."

코토리는 입에 문 막대 사탕의 막대 부분을 까딱거리며 그렇게 말했다. 그러자 시도는 어깨를 부르르 떨었다.

"뭐……, 딱히 그런 건—."

"저기, 리오. 아빠와 엄마가 꽁냥댔어?"

"응! 홍당무 같은 얼굴로, 서로를 막 뚫어지게 쳐다봤어!"

"리, 리오!"

린네가 입에 거품을 물며 리오를 말렸다. 하지만 이미 늦었다. 코토리는 눈을 흘겨 뜨더니, 히죽거리면서 두 사람에게 시선을 보냈다.

"부부 사이는 여전히 뜨겁나 보네."

"으윽……."

"아니, 그게……."

"뭐야. 딱히 나쁜 일은 아니잖아. —그것보다 빨리 타. 리오는 뒷좌석에 있는 유아용 시트에 앉아."

"응~, 코토리!"

리오가 힘차게 대답하자, 코토리는 미간을 살짝 찌푸렸다.

"기운이 넘치는 건 좋지만, 이름으로 막 부르지 마."

"뭐? 그럼…… 고모?"

"……그냥 이름으로 불러."

코토리는 하아 하고 한숨을 내쉬면서 앞머리카락을 헝클어뜨렸다. 그런 두 사람을 본 시도와 린네는 무심코 미소를 머금었다.

코토리가 선글라스 너머의 눈으로 노려보자, 세 사람은 차에 탔다. 그러자 코토리는 액셀을 밟으면서 차를 출발시켰다.

"……어이쿠, 여전히 운전이 거치네."

"불만 있으면 빨리 면허나 따. 리오도 이제 다섯 살이니까, 여기저기 데려가고 싶은 시기잖아."

"그래. 올해 안에는…… 딸 생각인데, 일 때문에 바빠서 말이야."

시도는 쓴웃음을 머금으며 볼을 긁적였다. 시도와 린네는 이 마을에서 레스토랑을 경영하고 있다. 셰프 한 명에 웨이터 한 명, 그리고 귀여운 얼굴마담 한 명뿐인 조그마한 가게지만 사람 좋은 단골들 덕분에 매일 바빴다.

"코토리는 어때?"

시도는 핸들을 쥔 코토리의 얼굴을 쳐다보며 물었다.

코토리는 대학을 나온 후, 〈라타토스크〉에서의 경험을 살려서 군사 저널리스트로 활동하고 있다. 요즘에는 뉴스 방송 해설자로서 텔레비전에 가끔 모습을 보이기도 했다. 바쁜 걸로 치면 시도와 맞먹을 것이다.

"뭐, 바쁘기는 하지만 스케줄을 어느 정도 조절할 수 있으니까 체감적으로는 심각할 정도는 아냐. 정시에 출퇴근하는 것보다 이쪽에 적성에 맞기도 해."

"그건 그래."

코토리다운 말이라 시도는 웃었다. 확실히 코토리는 회사원보다 프리랜서로 활동하는 편이 어울렸다.

"하지만…… 벌써 십 년이나 흘렀구나. 왠지 믿기지 않아."

후방 좌석에서 린네의 목소리가 들려왔다. 시도는 동의한다는 듯이 「그래」하며 고개를 끄덕였다.

정령의 힘을 완전히 봉인하는 데 성공하고 십 년이 흘렀다. 폭주의 위험성이 사라진 정령들은 인간으로서 각자의 인생을 살고 있다. 그녀들이 지금 무엇을 하고 있으며, 어떤 인물이 되었는가— 그것을 생각하니, 불가사의한 고양감과 희미한 긴장감이 느껴졌다.

"십 년……. 참, 코토리. 〈프락시너스〉의 사람들은 지금 어떻게 지내고 있어?"

"아, 걔들? 으음…… 카와고에는 결혼상담소에서 일한다고 들었어."

"다섯 번이나 이혼했는데 말이야?!"

"지금은 여덟 번이야."

"그 사람, 또 이혼한 거야?!"

"그리고 미키모토는 모아둔 돈으로 유흥업소 경영을 시작했대."

"그 사람, 진짜로 사장이 된 거야?!"

"나카츠가와는 손재주를 살려서 피규어 원형사를 한다던가?"

"……윽! 앞의 두 사람에 비하면 훨씬 멀쩡한 것처럼 들려……."

"미노와는 경험을 살려서 탐정을 하나 봐."

"그 경험은 미행 같은 거지?!"

"시노자키도 경험을 살려서 주살사(呪殺師)가 됐다는 것 같아."

"대체 어떤 경험인데?!"

시도가 그렇게 외치자, 코토리는 작게 웃으며 말을 이었다.

"레이네는 시도도 알고 있다시피, 내 어시스턴트 겸 매니저이고…… 칸나즈키는 우리 사무소에서 의자로 일해."

"의자?! 자, 잠깐만 있어 봐. 의자로 일한다는 게 무슨 소리야?!"

"의자는 의자야. 내가 일할 때, 앉는 의자지. 참고로 시급은 1만 엔이야."

"시급 대박!! 칸나즈키 씨, 그렇게 많이 받는 거야?!"

"아니, 칸나즈키가 나한테 주는 거야."

"플레이 요금?!"

시도가 그렇게 고함을 질러대는 사이, 목적지에 도착한 차는 끼익하는 소리를 내며 정차했다.

"—도착했어. 좀 일찍 도착한 것 같네."

"네가 너무 액셀을 밟아댄 탓이야……."

그렇게 말하면서 린네, 리오, 코토리와 함께 차에서 내린 시도는 동창회가 열리는 호텔에 들어갔다.

참가 인원은 십여 명밖에 안 되지만, 준비된 파티장은 매우 호화로웠다. 푹신한 카펫이 깔린 광대한 홀. 조명은 눈부신 샹들리에. 줄지어 놓인 테이블 위에는 맛있어 보이는 요리가 잔뜩 놓여 있었다.

"우와, 정말 호화롭게 준비했네."

"뭐, 모처럼 모이는 거잖아. 그리고 이 정도는 되어야 요리가 충분할 것 같았거든."

코토리는 선글라스를 벗어서 가방에 넣으며 말했다. 시도는 「아하」 하며 어깨를 으쓱했다.

"하지만 아직 아무도 안 온 것 같으니까, 일단 음료수라도……."

"—시도."

바로 그때, 등 뒤에서 들려온 목소리에 시도는 뒤편을 돌아보았다.

그리고 그곳에 선 소녀를 보더니, 눈을 치켜떴다.

"마리아…… 마리아 맞지? 오래간만이야!"

세련된 색상의 드레스에 감싸인 아담한 체구. 카추샤에 감싸인 색소가 옅은 머리카락. 그렇다. 그녀는 과거 전뇌 세계에 태어난 인공 정령, 아루스 마리아였다.

"네. 오래간만이에요. 코토리와 린네도 잘 지냈나요?"

"응. 그냥저냥 살아왔어."

"오래간만이야, 마리아. ―자, 리오도 인사하렴."

린네는 그렇게 말하며 리오의 등을 살며시 밀었다. 그러자 리오가 마리아를 향해 고개를 꾸벅 숙였다.

"이츠카 리오예요!"

"만나서 반갑습니다, 리오. 당신이 태어났을 때에 사진을 받기는 했지만, 벌써 이렇게 컸나요. 아이의 성장은 놀랍도록 빠르군요."

마리아가 빙긋 웃으면서 리오의 머리를 쓰다듬어줬다. 리오는 기분 좋은지 에헤헤 하고 미소지었다.

"그건 그렇고, 정말 오래간만이네. 지금은 무슨 일을 해?"

시도가 묻자, 마리아는 그를 향해 시선을 돌렸다.

"지금은 게임 회사에서 플래너를 하고 있습니다."

"하하, 딱 어울리는걸."

마리아는 원래 〈라타토스크〉에서 만든 슈퍼 시뮬레이티드 리얼리티 게임 『사랑해줘 마이 리틀 시도2』 안에서 태어난 존재다. 그런 그녀가 지금은 게임을 만드는 일을 하고 있다니, 세상 참 재미있다는 생각이 들었다.

"하지만 게임 크리에이터는 참 힘든 일 아냐?"

"네. 특히 완성 직전에는 회사에 묵을 때도 있습니다."

"그거 힘들겠네……. 일은 힘들겠지만, 너무 무리해서 건강을 해치지 않도록 조심해."

시도가 그렇게 말하자, 마리아는 고개를 끄덕였다.

"괜찮습니다. 우리 회사에는 요정이 살고 있으니까요."

"요정?"

"네. 제가 작업 중에 지쳐서 잠들면, 처리 중이던 서류가 어느새 완성되어 있거나 프로그램이 작성되어 있죠."

"흐음. 그게 무슨 소리야? 그런 일도 있는 거야?"

시도는 불가사의하다는 투로 말했다. 마치 스코틀랜드의 전설에 나오는 집안일을 해주는 꼬마 요정, 브라우니다.

하지만 그 말을 딱 잘라 부정할 수는 없었다. 이 세상에는 정령이라는 존재가 실존하니 말이다. 요정이 있더라도 이상할 게 없다.

"요정……인가."

"하지만 요정이 해주는 건 제 일뿐입니다. 그 요정은 저를 좋아하는 거겠죠."

거기까지 말했을 때, 누군가가 마리아의 뒤통수를 찰싹 소리 나게 때렸다.

"꺄아."

마리아가 짧게 비명을 지르며 뒤를 돌아보았다.

"앗, 요정 씨."

"정말, 누가 요정이라는 거야."

어느새 이 자리에 나타난 소녀가 짜증스럽게 손으로 허리를 짚었다. 그녀의 얼굴을 본 시도 일행은 눈을 동그랗게 떴다.

"마리나!"

시도가 이름을 부르자, 소녀— 아루스 마리나는 손을 가볍게 흔들었다.

"오래간만이야. 어벙한 구석은 여전한가 보네, 이츠카 시도. 이 애의 농담을 철석같이 믿는 걸 보면 말이야."

"뭐?"

"농담…… 아, 혹시……."

린네가 뭔가를 눈치챈 것처럼 그렇게 중얼거리자, 마리나는 「응」 하고 말하며 고개를 끄덕였다.

"지금은 마리아와 같은 회사에서 일해. 정말, 이 애는 항상 무리해가며 일하다 곯아떨어져 버린다니깐."

마리나는 그렇게 한숨을 내쉬었다. 아무래도 마리아가 말한 요정의 정체는 마리나인 것 같았다. 코토리는 그 말을 듣더니, 히죽거렸다.

"흐음? 그래서 마리아를 위해 일을 도와주는 거구나. 마리나는 참 상냥하네~."

"……윽."

코토리가 그렇게 말하자, 마리나의 얼굴이 벌게졌다.

"따, 딱히 그런 건 아냐. 그저 이 애의 일이 차질을 빚으면 나도 힘들어지니까 도와주는 것뿐이거든? 그 이상도 그 이하도 아냐."

마리나는 그렇게 말하면서 고개를 휙 돌렸다.

하지만 방금 뒤통수를 맞았던 마리아는 볼을 붉히면서 눈을 반짝였다.

"시도…… 이건 저도 알 것 같아요. 이게 바로……『사랑』……."

"아…… 응. 뭐, 그럴 거야."

"뭐……?! 아, 아니라고 했잖아!"

"부끄러워할 필요 없습니다, 마리나. 괜찮아요. 저도 마리나를 사랑해요. 저희는 커플이나 마찬가지예요."

"대낮부터 부끄러운 소리 좀 하지 말아줄래?!"

마리나가 새된 목소리로 그렇게 외쳤다. 다른 이들은 훈훈한 표정으로 그 모습을 응시했다.

바로 그때였다.

"시도!"

시도 일행이 시끌벅적하게 떠들고 있을 때, 파티장 입구에서 그런 목소리가 들려왔다.

그곳에는 포멀 드레스 차림에, 지적인 느낌의 안경을 낀 소녀가 있었다.

머릿속의 이미지와 달라서 약간 혼란에 빠졌지만— 곧, 그 소녀의 정체를 눈치챘다.

"토카! 오래간만이야!"

"토카 양?! 그 안경은 뭐야?!"

시도와 린네가 깜짝 놀라자, 토카는 에헴! 하며 자랑스레 가슴을 폈다.

"나는 지금 외자계 컨설팅 회사에서 일하고 있다! 커리어 우먼이지!"

토카는 그렇게 말하며 안경을 고쳐 썼다.

그 말에, 이 자리에 있는 이들 모두가 경악을 금치 못했다.

"외자계……?!"

"컨설팅 회사?!"

"토카가?!"

"음!"

토카가 힘차게 고개를 끄덕이자, 파티장 안에 소란스러워졌다.

"토, 토카? 저기 말이야. 컨설팅이라는 건 경영 상담을 해주거나 기획 입안을 해주는 거지, 콘덴스밀크와는 상관없거든?"

코토리가 식은땀을 흘리며 그렇게 말했다. 그러자 토카는 안다는 듯이 팔짱을 꼈다.

"당연하지 않느냐. 센세이셔널한 이노베이션을 제안해, 콘센서스를 얻어 결과에 커밋하는 거지."

"토, 토카 양이 어려운 영어 단어를 썼어……!"

"누, 누가 하늘 좀 확인해봐! 해가 서쪽에서 떴을지도 몰라!"

린네와 코토리가 전율하며 그렇게 말하자, 토카는 코로 숨을 내쉬면서 어깨를 으쓱했다.

"두 사람 다 왜 당황하는 것이냐. 커리어 우먼한테 이 정도는 아무것도 아니지. ……아, 실례하겠다."

토카가 갑자기 가방을 뒤지더니, 스마트폰을 꺼내서 귀에 댔다.

"음, 나다. ―아, 그 건 말이냐. 그건 프라이오리티를 중시 하며 어그레시브하면서도 플렉시블하게 대응해다오. 음, 확 실하게 이니셔티브를 쥐면서 결과로 커밋하는 거다."

그리고 토카는 누군가에게 척척 지시를 내렸다. 그러자 코토리는 「히이이익?!」 하며 몸을 부르르 떨었다.

"―실례했다. 갑자기 일 관련 전화가 왔구나. 커리어 우먼 이라서 말이지!"

토카가 스마트폰을 가방에 넣으면서 씨익 웃었다.

"아, 아니, 그건 괜찮은데…… 혹시 부하도 있는 거야?"

"음! 하지만 남의 위에 서는 건 어렵더구나. 이제 와서 코 토리의 위대함을 이해했다. 인센티브로 거버넌스한 스킴을 심볼리 루돌프해서 저스트 어웨이 해야 하거든!"

토카는 자신만만하게 팔짱을 끼면서 고개를 끄덕였다. 그 모습을 본 시도는 볼에 식은땀이 맺힌 채 쓴웃음을 머금었다.

"……왠지 중간부터 좀 이상했던 것 같은데……."

"그래. 이상해. 하나부터 열까지 전부 이상해."

"역시 그렇지?"

"응. 이 세상은 잘못됐어. 시도와 결혼한 사람이 소노가미 린네라는 것 자체가 잘못됐어. 아직 늦지 않아서, 되돌려야만 해."

"뭐…… 어라, 오, 오리가미?!"

시도는 어깨를 부르르 떨면서 등 뒤를 돌아보았다. 어느새 인형 같은 소녀가 그의 등 뒤에 조용히 서있었다.

"음. 나타났구나, 토비이치 오리가미!"

아까까지 밝은 표정으로 이야기를 하던 토카가 공격적인 눈빛을 머금었다. 고등학교에 다니던 시절부터 두 사람은 사이가 좋지 않았지만, 십 년이 지난 지금도 그 점은 변함이 없었다.

하지만 오리가미는 토카를 힐끔 쳐다본 후에 바로 고개를 돌렸다.

"시도에게 선택받지 못한 여자와 노닥거릴 여유는 없어. 내 적은 소노가미 린네뿐이야."

"뭐, 뭐라고! 이 녀석, 결과에 확 커밋해버릴 거다!"

토카가 금방이라도 오리가미에게 달려들 것처럼 고함을 질렀다. 마지막 말은 의미를 알 수가 없었다.

"자, 잠깐만. 두 사람 다 진정해. 모처럼 동창회를 하려고 모인 거잖아."

"음…… 시도가 그렇게 말한다면야……."

"애초에 나는 싸울 생각이 없었어. 십 년만에 만난 이에게 시비를 걸다니, 정말 야만스러워."

"이, 이 녀석이……!"

"스톱, 스톱! 그, 그것보다 오리가미! 일은 어때? 지금 바쁠 시기 아냐?"

시도가 화제를 바꾸려고 그렇게 물었다.

오리가미는 정령 문제가 해결된 후에 자위대를 관뒀고, 프로 테니스 선수로 전향했다.

테니스를 시작한 나이 자체는 남들보다 많았지만, 타고난 운동신경과 신체 능력 및 냉철한 투쟁심을 무기 삼아 대회에서 연승을 거둔 그녀는 현재 세계적인 최정상급 선수로 활약하고 있었다. 신문이나 텔레비전을 통해 그녀의 이름을 접할 때도 많았다.

시도의 말에 답하듯, 오리가미는 고개를 끄덕였다.

"오늘이 대회 결승이야."

"그럼 여기 있으면 안 되지 않아?!"

"문제없어. 시도와 만날 기회는 그랜드슬램보다 가치가 있어."

"아니, 그건 좀……."

"애초에 테니스를 선택한 건, 상금이 많고 스포츠 메이커로부터 계약금을 많이 받을 수 있어서야."

"뭐……?"

"이제까지의 상금, 계약금, 광고 출연료를 합치면, 내 현재 자산은 일본 엔화로 약 100억 엔 정도 돼."

"대, 대단하네……."

"언제든지 시도를 먹여 살릴 수 있어."

"…………."

시도가 뭐라고 답하면 좋을지 몰라 우물쭈물하고 있을 때, 오리가미가 린네를 향해 고개를 돌렸다.

"오래간만이야, 소노가미 린네."

"아, 아하하…… 토비이치 양은 변함없네."

"네 스펙을 과소평가하지는 않았지만, 야토가미 토카에게 지나치게 신경을 쏟은 게 내 패인이야. 하지만, 이번에는 방심하지 않겠어."

"으, 으음……."

린네가 난처한 표정을 짓자, 리오가 앞으로 쪼르르 나와서 엄마의 다리에 매달렸다. 그리고 오리가미를 올려다보며, 불안 섞인 목소리로 말했다.

"싸우지 마……."

"…………."

오리가미는 아무 말 없이 리오, 린네, 그리고 시도를 응시한 후에 작게 한숨을 내쉬었다.

"……시도를 불행하게 만드는 건 내 본의가 아냐. 소노가미 린네. 지금은 너한테 시도를 맡겨두겠어. 하지만 만약 네가 시도의 아내에 걸맞지 않은 행동을 취한다면 용서하지 않을 거야."

"응…… 아, 알았어. 힘낼게."

오리가미의 말에, 린네는 난처하다는 듯이 쓴웃음을 지었다.

오리가미는 그대로 담담히 말을 이었다.

"―한 가지, 충고를 해줄게."

"충고?"

"딸이 태어난 후, 부부끼리 목욕을 하는 횟수가 줄었어. 시도도 아직 젊어. 최소한 주 2회는 하도록 해."

"푸……?!"

"토, 토비이치 양……?!"

그 태연한 『충고』에, 시도와 린네는 동시에 눈을 치켜떴다.

"오, 오리가미, 네가 그걸 어째서 아는 거야?!"

"여자의 감이야."

오리가미는 표정을 전혀 바꾸지 않으며 그렇게 말했다.

시도가 땀을 삐질삐질 흘리고 있을 때, 새로운 참가자가 이 파티장에 나타났다.

"달~링~! 여러분~! 잘 지냈나요~!"

또렷한 목소리가 홀 전체에 울려 퍼지는 가운데, 한 소녀가 다가왔다.

린네와 리오를 제외하면, 이 자리에 있는 이들 중에서 가장 빈번하게 보는 사람은 그녀일지도 모른다.

하지만 그것도 당연했다. 그녀의 얼굴은 텔레비전 CF와 길거리 포스터 등을 통해 일본의 어디에서나 볼 수 있을 정도니까 말이다.

"미쿠!"

시도가 이름을 부르자, 일본을 대표하는 탑 아이돌인 이자요이 미쿠가 감격한 것처럼 몸을 흔들었다.

"네~, 달링의 미쿠예요~. 오래간만이네요~. 여러분을 만나고 싶어서, 눈물로 베개를 얼마나 적셨는지 몰라요!"

"아하하……. 미쿠 양은 호들갑이 심하네요."

린네가 그렇게 말하자, 미쿠는 과장스럽게 두 손으로 깍지를 꼈다.

"꺄아! 린네 양! 한층 더 아름다워졌네요! 므흐흐, 역시 달링과 뜨거운 밤을 보내는 덕분에, 호르몬 분비가 잘 되는 거려나요~?"

"으, 으음…… 저기……."

린네가 멋쩍은 듯이 말끝을 흐리자, 미쿠는 그것을 어떻게 받아들인 건지 눈을 치켜떴다.

"앗, 죄송해요. 이미 결혼한 분을 제가 달링이라고 부르는 건 이상하죠~? 앞으로는 조심할게요."

"아하하…… 괜찮아요."

"아뇨, 저 나름의 결판이에요. 그러니 이제부터는 시오리

양이라고 부를게요~."

"그게 더 이상하거든?!"

시도가 고함을 지르자, 옆에 있는 리오가 이상하다는 듯이 눈을 동그랗게 떴다.

"저기, 아빠. 시오리 양이 누구야~?"

"좀 봐줘! 리오한테는 알려지고 싶지 않다고!"

시도는 몸을 배배 꼬면서 비통한 고함을 질렀다. 하지만 당사자인 미쿠는 시도의 반응을 신경 쓰지 않으며— 아니, 정확하게는 신경 쓸 여유가 없는지, 리오를 응시하며 손가락을 부들부들 떨었다.

"이, 이 애는…… 설마……!"

"아, 응……. 나와 린네의 딸인 리오야. 자, 리오. 인사―."

"꺄아아아아아아아아아아아아아아아아앗!!"

시도가 리오를 소개하려 하자, 미쿠는 그것을 끊으며 새된 목소리를 냈다.

전생에서 생이별한 연인과 재회한 듯한 텐션으로 리오를 끌어안더니, 부비부비부비부비, 부~비부비부비부비 하고 초고속 카메라로 찍지 못할 속도로 볼을 비벼댔다.

"아아아아앙! 귀여워, 귀여워, 귀여워어어어어어어어엇! 두 사람의 자식이니까 귀여운 게 당연하겠지만, 예상을 아득히 초월할 정도로 큐우우우우웃! 쿠우우우우우울! 패셔어어어어어어어언! 땡큐 DNAaaaaaaa! 저기, 리오 양!

이 언니네 집에 안 올래요?! 용돈 줄게요~! 일단 한 5만 엔 정도 어때요?"

"지, 진정해, 미쿠! 안면이 스캔들 상태라고!"

시도가 미쿠의 어깨를 잡고 리오에게서 떼어내자, 미쿠는 한동안 손을 내저어댄 후에 퍼뜩 정신을 차렸다.

"헉, 죄송해요. 리오 양이 너무 귀여워서 정신이 나갔어요~. 삽화로 안 그려져서 다행이에요~."

마지막 대사는 의미를 알 수 없지만, 일단 진정한 것 같았다. 시도는 휴우 하고 한숨을 내쉬었다.

"정말, 여전하네."

"으음, 그렇지 않아요~. 리오 양이 너무 귀여워서 문제란 말이에요."

미쿠가 입술을 삐죽 내밀었다. 그러자 미쿠를 지그시 쳐다보던 리오가 뭔가를 눈치챈 것처럼 눈을 동그랗게 떴다.

"앗, 텔레비전에 나오는 사람이야! 리오, 알아!"

그리고 그렇게 말하더니, 마이크를 쥔 시늉을 하면서 스텝을 밟았다. 아무래도 전에 텔레비전에서 본 미쿠의 댄스를 흉내 내는 것 같았다.

"흐흐흐흥흐흐, 흥흐흐흥♪"

"힉……!"

"앗! 위험해!"

리오의 댄스를 보고 호흡을 멈춘 미쿠의 눈을, 시도가 다

급히 가렸다. 그러자 미쿠는 과호흡 증상인 것처럼 숨을 내쉬며 말했다.

"고, 고마워요. ……큰일날 뻔했네요. 달링이 없었으면, 리오 양을 잡아먹었을지도 몰라요."

물론 농담이겠지만, 농담처럼 들리지 않았다. 시도는 미쿠의 심장 박동이 진정될 때까지 기다린 후에 눈을 가린 손을 뗐다.

마치 그때를 기다린 것처럼, 다음 참가자가 파티장에 들어왔다.

"……아! 여러분, 오래간만이에요……!"

『야호~! 다들 변함없네~!』

그렇게 말하면서 왼손에 토끼 모양 퍼핏 인형을 낀 조그마한 체구의 소녀가 다가왔다.

"요시노! 그리고 요시농!"

"오오, 두 사람 다 잘 지냈느냐!"

토카가 그렇게 묻자, 요시노와 퍼핏 인형인 『요시농』이 동시에 고개를 끄덕였다.

"네……! 여러분도 잘 지내신 것 같아 다행이에요."

『일부는 기운이 너무 넘치는 것 같지만 말이야~.』

그렇게 말한 『요시농』이 미쿠 쪽을 돌아보면서 쿡쿡 웃었다. 미쿠는 혀를 날름거렸다.

그런 모습을 지켜보던 코토리는 요시노와 『요시농』의 옷차림을 보면서 막대 사탕의 막대 부분을 쫑긋 세웠다.

"그건 그렇고, 요시농이 참 세련되어졌네."

코토리의 말처럼, 현재 『요시농』은 꽃무늬 옷을 입고 있었다. 아무래도 요시노가 입은 원피스와 같은 소재로 만든 옷 같았다. 참 귀여운 페어룩이었다.

『어라라~? 눈치챘어? 눈치챈 거야? 역시 코토리는 안목이 좋다니깐~.』

『요시농』이 옷을 어필하려는 듯이 치맛자락을 들어 올렸다. 그러자 요시노는 볼을 살짝 붉히며 말을 이었다.

"실은…… 이건, 제가 디자인한 거예요. 지금, 아동복 디자이너를 하고 있거든요……."

"어머, 정말? 대단해!"

린네가 환한 목소리로 그렇게 외치자, 요시노는 부끄럽다는 듯이 배시시 웃었다.

"하지만 아직 풋내기라서……."

"에이, 그렇지 않은걸. 대단해, 요시노."

"흐음, 대단하잖아. 옷이 참 귀여워."

"그래요. 단순히 작게 만든 게 아니라, 장식도 살짝 바꾼 거군요."

"흐음……. 꽤 하네."

다른 이들이 입을 모아 칭찬하자, 요시노는 기쁘면서도 부끄러운 듯한 표정을 지으면서 「가, 감사해요……」 하고 말했다.

"그리고, 저기……."

요시노는 들고 온 자신의 가방을 뒤지면서, 리오를 힐끔 쳐다보았다.

"시도 씨와 린네 씨의 아이가 다섯 살이라면서요? 혹시, 괜찮다면……."

그렇게 말한 요시노는 리본으로 깨끗하게 포장된 꾸러미를 리오에게 건네줬다.

리오는 한순간 눈을 동그랗게 뜨더니, 곧 그게 자신의 선물이라는 것을 이해하며 환한 표정을 지었다.

"와아. 고마워, 언니!"

"벼, 별것 아니에요……."

『우후후~. 요시노가 온 힘을 다해 만든 걸작이야~.』

리오는 양손으로 선물을 안아 든 채 껑충껑충 뛰었다. 그러자 린네는 리오를 향해 상냥히 미소 지었다.

"잘됐네, 리오. ―이 참에 그 옷을 입어볼래?"

"응! 입고 싶어!"

리오가 눈을 반짝이며 고개를 끄덕였다. 린네는 빙긋 미소 짓더니, 리오의 손을 잡았다.

"그럼 다들 잠시만 기다려. 탈의실에 다녀올게."

"좀 있다 봐~!"

리오가 손을 붕붕 흔들었다. 다들 훈훈한 표정으로 리오를 향해 손을 흔들어줬다. 마리나만은 팔짱을 끼며 고개를 돌렸지만, 남들에게 보이지 않도록 살며시 손을 흔들어줬다.

—그리고, 그로부터 약 10분 후.

두 사람이 사라졌던 문이 열리더니, 백진주 빛깔 드레스를 입은 리오가 모습을 드러냈다.

소매와 치맛자락에는 달린 세밀한 레이스. 허리춤에 은근슬쩍 자리한 귀여운 꽃 모양 장식. 샹들리에의 빛을 받아 반짝이는 모습은 마치 동화 속 공주님을 연상케 했다.

리오가 배시시 웃으며 고개를 갸웃거렸다.

"에헤헤. 리오, 귀여워?"

"————————————윽."

너무나도 귀여운 그 모습을 본 순간, 미쿠는 소리 없는 비명을 질렀다.

"앗! 크, 큰일났다! 다들! 미쿠를 말려!"

"후욱~! 후욱~!"

미쿠가 귀신이라도 들린 것처럼 손발을 움직이면서 리오에게 다가가려 하자, 시도 일행은 허둥지둥 그녀의 몸을 잡고 말렸다.

"진정하소서~! 진정하소서~!"

"왜 이리 날뛰시는 것이옵니까!"

다들 필사적으로 미쿠를 잡은 가운데, 마리나가 그녀의 머리에 손날로 일격을 날렸다. 그렇게까지 한 끝에야, 미쿠는 평정을 되찾았다.

"어머, 다들 무슨 일이에요? 마치 저를 차지하려고 손발을 잡아당기고 있는 것 같잖아요~. 걱정하지 마세요. 저는 도망치지 않는답니다~."

그렇게 말한 미쿠는 얼굴을 붉혔다. 그러자 다들 일제히 한숨을 내쉬며 그녀에게서 손을 뗐다.

"정말……."

질렸다는 듯이 어깨를 으쓱한 시도는 파티장을 둘러보았다. 이미 홀에는 시도 가족을 비롯해 열 명의 참가자가 모여 있었다.

"으음, 아직 안 온 건…… 아."

시도가 손가락을 접으며 남은 정령을 셌다. 바로 그때를 기다린 것처럼, 파티장의 문이 열리면서 새로운 참가자가 모습을 드러냈다.

"크크큭―. 유구한 저편에서 모인 미아들이여! 이 몸의 강림을 갈채와 함께 맞이하거라!"

꽤나 멋진 포즈를 취하면서 한 사람이 파티장 안으로 들어왔다. 땋은 머리카락을 머리 뒤편으로 틀어 올린 소녀였다. 칠흑색 정장을 입었으며, 손에는 손가락이 드러나는 글러브를 끼고 있었다.

틀림없다. 야마이 자매 중 한 명인 카구야다.

"오오, 카구야! 오래간만이구나!"

"뭐랄까…… 변함없네."

토카는 힘차게, 코토리는 쓴웃음을 머금으며 가볍게 손을 들어 보였다. 그러자 카구야는 「훗」 하고 앞 머리카락을 쓸어올렸다.

"오래간만이구나, 권속들이여. 잘 지냈느냐."

"응. 카구야도 잘 지냈어? 지금은 무슨 일을 해?"

시도가 묻자, 카구야는 그 말을 기다렸다는 듯이 의미심장한 웃음을 흘렸다.

"크크큭…… 잘 물었다. 이걸 보거라!"

그리고 정장 호주머니에 손을 넣더니, 힘차게 뭔가를 꺼내 들었다.

"이건…… 문고 서적?"

그렇다. 카구야가 손에 쥔 것은 A6판형의 조그마한 책이었다. 표지에는 검을 쥔 여자애가 그려져 있으며, 『시원창세의 구풍기사(颶風騎士)』라는 타이틀이 적혀 있었다.

"흐음. 이건……."

그 표지를 본 마리아는 턱에 손을 댔다.

"마리아, 이게 뭔지 알아?"

"일단 게임 업계에 있기 때문에, 체크는 하고 있습니다. 이건 흔히 라이트노벨이라고 부르는 장르의 책이죠. 너무하다 싶을 만큼 중2병 설정이 세일즈 포인트인 배틀 라이트노벨인데, 현재 7권까지 나왔으며, 애니메이션화도 확정된 상태일 겁니다."

"흐음…… 그래서, 왜 그 책을 보여주는 건데?"

시도가 묻자, 카구야는 크큭 하고 웃음을 흘렸다.

"시도여, 눈치가 없구나. 내가 이걸 보여준 것이, 그대의 어떤 질문에 대한 답일지 다시 생각해 보거라."

"어? 그야 카구야가 무슨 일을 하는지…… 어, 설마……."

"크큭! 그렇다! 이 책은 이 몸이 쓴 것이니라!"

카구야가 책을 치켜들더니, 자랑하는 투로 그렇게 말했다. 그러자 다들 『오오』하며 눈을 치켜떴다.

"카구야, 작가가 된 거야?!"

"정말…… 몰랐어요……."

"어, 그럼 표지에 적힌 『히비키 겐야』란 이름은……."

시도가 책의 표지를 쳐다보며 그렇게 말하자, 카구야는 손가락을 까딱거렸다.

"펜네임이이니라. 펜, 네, 임."

"우와, 엄청나네!"

"흐음~, 좀 봐도 될까요~?"

미쿠가 카구야한테서 책을 뺏더니, 내용을 훑어보았다. 다들 흥미롭다는 듯이 그 모습을 지켜봤다.

"앗, 잠깐—."

어찌된 건지 카구야는 당황한 듯한 반응을 보였다. 하지만 그 이유는 곧 알 수 있었다. 책의 컬러 삽화에, 거의 전라나 다름없는 미소녀 일러스트가 실려 있었던 것이다.

"으……음."

"왜 그런 눈빛으로 쳐다보는 것이냐! 아무리 배틀물이라고 해도 색기 요소가 중요한 건 엄연한 사실이니라! 특히 독자를 사로잡아야만 하는 1권에서는 필수나 다름없지! 귀여운 여자애를 싫어하는 독자는 없으니 말이다!"

카구야는 큰 목소리로 주장했다. 어찌된 건지 미쿠는 납득했다는 듯이 고개를 끄덕였다.

"하하…… 미안해. 좀 놀랐을 뿐이야. ―대단하다고 생각해. 카구야가 쓴 책이 서점에 진열되어 있을 뿐만 아니라, 애니메이션화되어서 방영되는 거지?"

"큭…… 아, 알았으면 됐다."

솔직하게 칭찬을 받는 것도 부끄러운 건지, 카구야는 헛기침을 했다.

바로 그때, 시도는 어떤 사실을 떠올리며 고개를 갸웃거렸다.

"참, 카구야. 아까부터 신경 쓰인 건데……."

"응? 뭐가 말이야?"

"오늘, 유즈루는 같이 안 왔어? 너희라면 분명 같이 올 거라고 생각했거든."

시도가 그렇게 말하자, 다른 이들이 「아, 그러고 보니」 하며 동의했다.

야마이 유즈루는 카구야의 쌍둥이 자매이며, 십 년 전에는 항상 같이 다녔다. 분명 지금도 같이 살 줄 알았는데……

그렇지 않은 걸까.

시도가 그런 생각을 하고 있을 때, 어찌된 건지 카구야가 거북한 표정을 지으며 시선을 돌렸다.

"아…… 그게, 유즈루는 지금 좀……."

"뭐? 유즈루한테 무슨 일 있어?"

"아, 그런 건 아닌데…… 저기……."

카구야가 떨떠름한 목소리로 그렇게 말한 순간, 갑자기 파티장의 문이 끼익하는 소리를 냈다.

"……윽!"

바로 그 순간, 흠칫하며 온몸을 떤 카구야가 긴 테이블보가 깔린 테이블 아래편으로 숨듯이 들어갔다.

"카, 카구야? 뭐 하는 거야?"

"쉿~! 나, 나는 오늘 여기 안 온 거야!"

"뭐……? 그게 무슨 소리야?"

시도가 카구야의 말을 듣고 고개를 갸웃거리고 있을 때, 파티장의 문이 완전히 열리면서 카구야와 판박이처럼 똑같이 생긴 소녀가 안으로 들어왔다. ―방금 언급된 카구야의 자매, 유즈루다.

"아, 유즈루 양."

"회고. 오래간만이에요, 린네."

유즈루는 고개를 꾸벅 숙이면서 짤막하게 인사하더니, 시도가 있는 쪽으로 저벅저벅 걸어와서 주위를 두리번거렸다.

"······유즈루?"

"질문. 카구야가 여기에 오지 않았나요?"

"뭐?"

시도는 그 질문을 듣고, 카구야가 숨은 테이블을 힐끔 쳐다봤다. ······카구야가 그렇게 겁을 집어먹은 걸 보면, 뭔가 범상치 않은 이유가 있는 걸지도 모른다. 시도는 잠시 머뭇거린 후, 유즈루에게 질문을 던졌다.

"무, 무슨 일 있어?"

"긍정. 사실 유즈루는 지금 어느 출판사에서 편집자로 활동하고 있는데, 카구야는 그 회사의 레이블에서 라이트노벨을 쓰고 있어요."

"흐음, 그, 그래?"

"긍정. 그리고 담당 편집자는 유즈루예요."

"아······."

시도는 무심코 눈을 동그랗게 떴다. 카구야가 작가라는 점에도 놀랐지만, 설마 유즈루가 편집자가 됐을 줄이야.

그런 유즈루는 인상을 찡그리며 말을 이었다.

"분노. 마감이 한참 지났는데, 카구야가 원고를 주지 않아요. 그뿐만 아니라 어제부터 연락이 안 되고 있죠. 분명 여기에 왔을 거라고 생각했는데······."

바로 그때, 뭔가를 눈치챈 것처럼 유즈루의 눈썹이 흔들렸다.

—그녀의 시선은 아까 카구야가 보여준 『시원창세의 슈트룸리터』 1권을 향하고 있었다.

"…………."

아무 말 없이 그 책을 쳐다보던 유즈루는 천천히 발을 뒤편으로 빼더니, 그대로 테이블 아래를 향해 발차기를 날렸다.

『아얏?!』

그 발차기가 명중한 건지, 테이블보 너머에서 억눌린 목소리가 들려왔다.

"의문. 테이블이 신음을 흘리다니, 참 신기하군요. 에잇, 에잇."

유즈루가 도끼눈을 뜨면서 연이어 킥을 날렸다. 그때마다 「끄아!」, 「커억!」 같은 비명이 들려오더니, 곧 울상을 지은 카구야가 엉덩이를 문지르며 테이블 아래에서 기어 나왔다.

"자, 잠깐만, 이게 무슨 짓이야?! 내 엉덩이가 바보가 되면 어쩔 건데?!"

"발견. 어머, 카구야. 이런 곳에 있었군요. 얼마나 찾아다녔는지 알아요?"

"히익……."

유즈루가 섬뜩한 목소리로 그렇게 말하자, 카구야의 얼굴이 새파랗게 질렸다.

유즈루는 온화한 어조로, 눈은 웃지 않는 상태에서 말을 이었다.

"설교. 잘 들으세요, 카구야. 유즈루는 카구야가 여기 온 것 때문에 화내는 게 아니에요. ─십 년만에 여러분과 만날 기회니까요. 카구야가 오늘을 얼마나 고대했는지 잘 알아요. 유즈루도 아무리 스케줄적으로 위기일지라도, 동창회에 결석하란 말을 할 생각은 없었어요."

"으, 으으……."

유즈루가 타이르듯 그렇게 말하자, 카구야의 어깨가 흔들렸다. 어느새 카구야는 자연스럽게 무릎을 꿇고 있었다.

"……전화 무시해서 죄송해요. 유즈루한테 잡히면, 여기 못 올 줄 알고……."

풀이 죽은 카구야가 고개를 숙이자, 유즈루는 천천히 고개를 저었다.

"부정. 확실히 그것도 있지만, 유즈루가 화난 건 그것 때문만이 아니에요."

"뭐……."

카구야는 눈을 치켜떴다.

"미안해……. 유즈루는, 내가 유즈루를 믿지 않은 것 때문에 화난 거구나."

"멸시. 아뇨. 애초에 기일 안에 원고를 완성하지 않은 것 때문에 화난 거예요."

"그거야?!"

카구야는 뜻밖이라는 듯이 눈을 치켜떴다. 그러자 유즈루는 당연하다는 듯이 허리에 손을 댔다.

"당연. 그 외에 뭐가 있죠?"

"하, 하지만, 딴 것일 듯한 분위기였잖아?! 게다가 원고는 이제 어쩔 수 없거든?! 글이 정말 안 써지는 날이라는 게 있단 말이야! 안 써지는 걸 어떻게 해!"

"부정. 그건 착각입니다. 잘 써지지 않는 것 같더라도, 중요한 건 일단 페이지를 채우고 보는 거죠. 쓰고 나서 다시 읽어 보면 평소와 그다지 다르지 않아요."

"의욕 떨어지는 소리 하지 마~!"

카구야는 비명에 가까운 목소리로 그렇게 외치더니, 머리카락을 쥐어뜯었다. 시도는 쓴웃음을 머금으며 두 사람 사이에 끼어들었다.

"저, 저기…… 일 때문에 정신이 없는 건 알지만, 그래도 오늘은 좀 봐줘. ……응?"

시도가 그렇게 말하자, 유즈루는 어깨를 약간 으쓱하며 한숨을 내쉬었다.

"한숨. 뭐, 좋아요. 특별히 봐주죠."

"아! 저, 정말이야?!"

"긍정. 어차피 진짜 마감은 2주 후니까요."

"뭐……?! 잠깐, 어?!"

유즈루가 충격적인 진실을 밝히자, 카구야는 아연실색했다.

"그게 무슨 소리야?! 나, 몰랐거든?! 그렇다면 이렇게 야단법석을 피울 필요가 없었던 거잖아!"

"눈총. 처음부터 진짜 마감을 알려주면, 카구야는 2주 후에 지금 상태에 처했을 테죠."

"윽……!"

유즈루가 도끼눈을 뜨며 노려보자, 카구야는 말문이 막혔다. 자신이 그러고도 남는단 생각이 들었기 때문이리라.

……이 짤막한 대화를 통해, 카구야와 유즈루가 현재 어떤 관계인지 알 수 있었다. 시도는 린네와 눈을 마주치며 쓴웃음을 지었다.

"뭐, 아무튼 오늘은 즐기자. 슬슬 다 왔지? 그럼 건배를—."

시도가 말을 이으려던 바로 그 순간이었다.

"—어머, 어머. 너무하군요. 저는 기다려주지 않으시는 건가요?"

파티장의 문이 열리면서— 그런 목소리가 들려왔다.

"어! 쿠루미?!"

"네, 네. 오래간만이에요, 시도 씨."

시도가 이름을 부르자, 단색 드레스 차림에 앞머리카락으로 왼쪽 눈을 가린 소녀가 차분한 발걸음으로 다가왔다.

토키사키 쿠루미. 한때『최악의 정령』이라 불렸던 그녀도 우여곡절 끝에 다른 정령들과 마찬가지로 한 명의 인간으로서 사회생활을 하고 있었다.

"꽤 늦었잖아. 무슨 일 있었어?"

시도가 묻자, 쿠루미는 볼에 손을 대며 말을 이었다.

"실은 출발하기 직전에 급환이 들어와서……."

"급환?"

평범한 생활에서는 흔히 쓰이지 않는 말이기에, 시도는 무심코 되물었다.

"쿠루미. 너, 혹시…… 의사가 된 거야?"

"아뇨, 간호사랍니다."

"백의의 천사?!"

너무 이미지와 다른 직업이라, 시도는 경악하고 말았다. 십 년 전의 쿠루미는 백의의 천사보다 흑의의 악마였다. 그야말로 정반대였다.

그런 반응이 재미있는지, 쿠루미는 웃음을 흘렸다.

"어머, 뭐가 이상한가요?"

"아, 아니…… 딱히 이상한 건 아닌데……."

"참고로 좋아하는 말은 안락사랍니다."

"방금 한 말 취소! 역시 이상해!"

너무 무서워서 링거 교환도 부탁하지 못하겠다. 얼굴이 새파랗게 질린 시도는 고개를 저었다. 그러자 쿠루미는 우습다는 듯이 진한 미소를 머금었다.

"우후후, 농담이랍니다. 저도 옛날처럼 지낼 수는 없으니까요. ―지금은 일을 통해 남을 돕는 것에서 기쁨으로 느끼고 있어요."

"쿠루미……."

시도는 감개무량하다는 듯이 숨을 내쉬었다. 십 년이란 세월은 짧은 것 같지만 길다. 그 무시무시하던 쿠루미가 이렇게 변했다는 사실에, 시도는 감동에 가까운 감정을 느꼈다.

하지만…….

"―그러니, 만약 시도 씨가 맹장염에 걸린다면 꼭 제가 있는 병원에 입원해주세요. 우후후…… 정성 들여 처치해드리겠어요."

쿠루미는 입술을 핥더니, 시도의 아랫배를 쳐다보면서 면도칼을 놀리는 듯한 시늉을 했다.

"아니, 어떤 처치를 할 건데?! 그리고 그 손놀림은 뭐야?!"

"우후후. 시도 씨, 알면서 시치미 떼는 건가요? 맹장 수술을 할 때, 해당 부위에 털이 있으면 위험하답니다."

쿠루미는 요사한 미소를 지은 순간, 오리가미가 끼어들었다.

"―기다려. 너한테 맡길 수는 없어. 시도의 처치는 내가 하겠어."

"오, 오리가미?!"

"어머나. 오래간만이군요, 오리가미 양. ―하, 지, 만~, 이건 의료행위니까요. 면허가 없는 분께 맡길 수는 없답니다~."

"아무 문제없어. 자격이라면 금방 준비할게."

"준비하겠다고?! 따는 게 아니라?!"

그렇게 고함을 지른 시도는 지친 듯이 한숨을 내쉬었다.

"……하아, 나는 왜 건배를 하기도 전에 체력을 낭비하고 있는 거야?"

시도는 그렇게 말하면서 테이블에 놓인 잔을 들더니, 다른 이들을 둘러보았다.

"아무튼, 이제 다 왔지? 일단 건배하자. 다들 뭐로 할래?"

시도는 줄지어 놓은 병을 가리키며 말을 이었다. 스파클링 와인과 맥주 같은 술, 그리고 주스와 우롱차 같은 음료가 놓여 있었다.

다들 음료를 고르고 있을 때, 쿠루미가 문득 뭔가가 생각난 것처럼 입을 열었다.

"아. 실은 제가 이런 걸 가져왔어요."

그렇게 말한 쿠루미는 자신의 가방에서 비싸 보이는 병을 꺼내서 테이블 위에 뒀다.

"그건 뭐야?"

"보다시피, 와인이랍니다. ―딱, 10년산이죠."

""""……아!""""

쿠루미가 윙크를 하면서 그렇게 말하자, 다들 눈을 치켜 떴다.

"흐음…… 뭐야. 꽤 센스 있잖아."

"네. 그야말로 오늘이라는 날에 어울리는 술이군요."

마리나와 마리아는 고개를 끄덕이며 와인 잔을 테이블에

됐다. 다른 이들도 잔을 내려놨다.

"음. 우리는 이제 어른이니 말이다! 술을 마셔도 되지!"

"그래. 외모는 변함이 없지만, 어른이 됐잖아."

"그, 그래요……. 그럼 저도, 조금만……."

"우후후. 여러분이라면 좋아하실 거라고 생각했답니다."

쿠루미는 만족한 듯이 미소 짓더니, 테이블에 놓인 와인잔에 루비 빛깔 액체를 따랐다.

"저기, 엄마. 리오는 뭐로 할까?"

리오가 린네의 옷자락을 당기며 그렇게 물었다. 그러자 린네는 무릎을 살짝 굽혀 리오와 시선을 맞추면서 대답했다.

"그럼 리오도 포도 주스가 어떨까?"

"응!"

린네는 와인과 같은 빛깔의 주스를 잔에 따른 후, 리오에게 건네줬다. 그러자 리오는 기쁜 듯이 환한 미소를 머금었다.

"와아! 리오도 다른 사람과 같은 거 마셔!"

"후후, 그래. 같은 거네."

시도는 그 훈훈한 광경을 보면서, 와인이 담긴 잔을 들었다.

"그럼 재회를 축하하며— 건배!"

""""건배!""""

정령들이 시도의 뒤를 잇듯 잔을 치켜든 후, 입술에 댔다.

"음……."

하지만 시도는 와인을 마시기 직전에 손을 멈췄다.

리오가 기울인 잔에서 주스가 흘러내리려는 광경이 눈에 들어온 것이다.

"어이쿠, 큰일날 뻔했네. 리오는 빨대를 써. 모처럼 요시노 언니가 선물해준 옷을 더럽힐 수는 없잖아."

"응!"

리오는 순순히 고개를 끄덕이더니, 건네받은 빨대로 주스를 빨아마셨다.

그렇게 주스를 한 모금 마신 리오는 정령들의 얼굴을 둘러본 후, 시도를 쳐다봤다.

"저기, 아빠."

"응? 왜?"

"이 사람들, 아빠의 옛날 여친들이야?"

"푸읍?!"

리오의 그 말에, 시도는 무심코 기침을 토했다. 만약 와인을 입에 머금고 있었다면, 루비 색깔 안개를 뿜고 말았으리라.

"리, 리오? 집을 나서기 전에 이야기했지? 이 사람들은 아빠와 엄마의 소중한 친구들이야."

"그래?"

"응. 그러니까, 리오가 생각하는 그런 사이가—."

시도가 말을 이으려던 바로 그때였다.

텅! 하는 소리를 내면서, 누군가가 잔을 테이블에 거칠게 내려놨다.

"나도! 시도와 결혼하고 싶었단 말이다!"

"어……?"

그 갑작스러운 말에 눈을 동그랗게 뜨면서 돌아보니, 술에 취해 얼굴이 시뻘게진 토카의 모습이 눈에 들어왔다.

"토, 토카?"

"……하지만, 하지만, 린네와 결혼한다고 말하는 시도가 너무 행복해 보여서, 나는…… 나는……!"

크으으으으, 하고 신음을 흘리며 미간을 찌푸린 토카가 테이블을 계속 내려쳤다. 딱 봐도 상태가 이상했다.

"어, 어이, 토카. 진정해. 대체 뭐가 어떻게 된 거야?"

시도가 토카를 달래려 하자, 이번에는 옆에 있던 요시노가 울먹거리기 시작했다.

"실은…… 저도……."

『맞아! 요시노도 시도 군을 러브러브 슈퍼 알라뷰했단 말이야!』

"응……. 더 말해줘, 요시농."

"요시노까지……?!"

요시노도 토카와 마찬가지로 얼굴이 홍당무처럼 빨개졌다.

그녀만이 아니다. 방금 건배를 한 이들이 차례차례 입을 열었다.

"나도 그래! 커밍아웃하자면, 지금 쓰는 시리즈의 주인공은 시도가 모델이고, 히로인은 나란 말이야!"

"동의. 유즈루도 마찬가지예요. 시도가 린네와 결혼하기로 결심한 날, 축하해주기는 했지만 밤에 눈물로 베개를 적셨어요."

"……나는 아직 포기하지 않았어. 시도, 내 곁으로 와. 꼭 행복하게 해줄게."

"그건 저도 마찬가지입니다. 시도가 결혼한다는 말을 들었을 때, 저와 마리나는 평생 독신으로 살기로 결심했죠."

"잠깐만……, 멋대로 떠들지 말아줄래? 나는…… 아, 응…… 마찬가지일지도 몰라……."

"아하하, 당연하잖아요~. 달링이 고등학교를 졸업하자마자 결혼해버린 순간, 저는 동성혼 오케이인 나라의 국적을 취득할 수밖에 없다고 생각했는걸요~!"

"멋대로 떠들어대지 마! 나는 너희와 경력이 다르거든?! 몇 년이나 기다린 줄 알긴 해?! 의붓동생을 얕보지 말란 말이야!"

다들 그렇게 외쳐대기 시작하자, 더는 수습할 방법이 없었다.

시도는 허둥지둥 쿠루미를 쳐다봤다. 그녀들이 저렇게 된 것은 쿠루미가 가져온 술을 마신 후부터였다.

"어, 어이, 쿠루미! 뭐가 어떻게 된 거야?! 방금 그 술은 대체 뭔데?!"

시도가 묻자, 쿠루미는 이 상황이 재미있다는 듯이 웃음을 흘렸다.

"어머, 말씀드렸잖아요? 와인이랍니다. ―술에 조금 빨리 취하도록 알코올 등을 첨가해서 도수를 높인 수제 와인이죠."

"그게 이 사태의 원인이잖아!"

시도가 비명에 가까운 목소리로 그렇게 외친 순간, 정령들이 그에게 몰려들었다.

"시도~!"

"시도!"

"달링!"

"자, 잠깐만, 다들 진정해······?!"

그 기세에 압도당해 뒷걸음질을 치던 시도는, 등 뒤에 있던 누군가와 부딪쳤다. ―린네였다.

"린네! 일단 도망치자. 다들 술이 깰 때까지―."

하지만, 시도는 말을 끝까지 잇지 못했다.

린네는 다른 이들과 마찬가지로 얼굴이 벌게진 채, 뒤편에서 시도를 꼭 껴안은 것이다.

"리, 린네?!"

"후후······ 시도, 사랑해······."

"······윽, 저, 저기, 지금은······."

하지만 린네는 시도의 말을 듣지 않으며, 그대로 정령들을 향해 고개를 돌렸다.

"다들~, 시도를 좋아해~?"

""""오~!""""

린네의 말에, 정령들이 손을 치켜들며 답했다.

"시도를 행복하게 해주고 싶어~?"

"""오~!"""

"그럼 다 같이, 시도를 행복하게 해주자~!"

"""좋았어!"""

"어, 어이……?! 잠깐, 기다…… 우와아아아아아아앗?!"

밀려드는 정령들 사이에 끼여 이리저리 치이고 만 시도는 그대로 의식을 잃었다.

◇

"……헉!"

바로 그때, 시도는 눈을 떴다.

침대에서 몸을 일으킨 후, 작게 안도의 한숨을 내쉬었다.

"……뭐, 중간부터 꿈인 것 같단 느낌이 들긴 했어."

참 기묘한 꿈이었다. 린네와 결혼해서 아이가 생긴 후의 세계라니…….

게다가 그 아이는 얼마 전에 만난 정체불명의 소녀, 리오라는 점이 또 놀라웠다. ……리오가 시도를 『아빠』라고 부르니까, 머릿속으로 리오를 딸처럼 느끼고 있는 걸까.

"…………."

시도는 아무 말 없이 침대에서 나온 후, 책상 안에 있는 집 열쇠를 꺼냈다.

지금 시도가, 그리고 정령들이 있는 곳은 예전에 시도 일행이 갇혔던 결계, 〈흉화낙원(凶禍樂園)〉 안이다.

주인의 의사에 따라 사상(事象)이 왜곡되는 공간. —과거에 사라졌던 자들이 존재하는, 폐쇄된 세계.

—아아. 그것은 방금 꾼 꿈과 다름없지 않을까.

"……아냐. 이건 꿈이 아니잖아. 꿈으로 끝나게…… 두지 않을 거야."

시도는 열쇠를 거머쥔 후, 아래층으로 내려갔다.

데이트 어 노벨

DATE A NOVEL

쿠루미 뉴이어

Newyear KURUMI

TE A NO

"으음—."

왠지 하늘이 높은 것 같았다. 어느새 굳은 어깨에서 나는 자그마한 비명을 들으며 기지개를 켠 시도는 작게 한숨을 내쉬었다.

—1월 1일.

일주일 전만 해도 온 세상이 징글벨 노래로 시끌벅적했다는 게 믿기지 않을 만큼 조용하지만, 그것을 자각하고 있는데도 억누를 수 없을 만큼 들뜬 분위기가 마을을 가득 차 있었다.

새해맞이 소나무 장식이 된 집들. 드문드문 들려오는 정월 방송의 시끌벅적한 음성과 웃음소리. 전통 놀이를 즐기는 아이들—은 이 근처에서는 보이지 않지만, 마을 전체가 평온한 분위기에 감싸여 있었다.

마치 이 며칠 동안만 시간이 천천히 흐르는 듯한 느낌이 들었다. 시도는 정월 특유의 이 분위기를 싫어하지 않았다. 평소보다 인적이 드문 마을을 걸으면서, 시도는 하늘을 우러러보듯 또 기지개를 켰다.

"음? 왜 그러느냐, 시도. 피곤한 것이냐?"

옆에서 걷던 토카는 그런 시도의 얼굴을 들여다보며 그렇게 말했다.

그녀는 평소와 다른 복장을 하고 있었다. 화려한 전통 기모노와, 정교하게 장식된 비녀. 아마 처음 입어보는 걸 테지만, 불가사의하게도 토카에게 참 잘 어울렸다.

"괜찮……으세요?"

『아~, 신사에 사람이 많았잖아. 참배할 때까지 한참 줄서 있어야 했고 말이야~.』

그 옆에서 걷던 요시노와, 그녀가 왼손에 낀 퍼핏 인형 『요시농』이 토카에 이어서 그렇게 말했다. 그녀들도 귀여운 기모노를 입고 있었다.

물론 그녀들만이 아니다. 지금 같이 걷고 있는 정령들— 코토리, 오리가미, 카구야와 유즈루, 미쿠, 나츠미도 아름다운 기모노를 입고 있었다. 그중에는 움직이기 힘들다는 이유로 다운재킷에 청바지 차림을 한 니아 같은 정령도 있지만 말이다.

『요시농』이 말한 것처럼, 시도 일행은 방금 다 같이 새해 첫 참배를 마친 후에 집으로 돌아가는 길이었다. 딱히 자각은 못 했지만, 목소리에서 피곤이 묻어났던 걸까. 그렇게 생각한 시도는 쓴웃음을 지으며 다시 앞을 바라봤다.

"하하, 괜찮아. 그런 건 아냐. 뭐랄까— 다 같이 참배를 하는 것도 참 좋다 싶었거든."

"오오, 그건 그렇지. 아까 그 딸랑이를 흔드는 건 참 재미 있었다!"

그렇게 말한 토카는 양손으로 뭔가를 잡는 시늉을 하며 팔을 휘둘렀다. 아무래도 신사의 종이 마음에 들었던 것 같았다.

그런 우스꽝스러운 모습을 본 시도가 미소를 머금었을 때, 앞장서서 걷던 코토리가 어깨를 으쓱했다.

"뭐, 작년에는 나와 단둘이 새해 첫 참배를 했었잖아. 그 때는 재미없었나 보네."

"아, 아니, 그런 건 아닌데……."

코토리가 삐친 것처럼 그렇게 말하자, 시도는 식은땀을 흘렸다. 그런 시도의 얼굴을 본 코토리는 웃겨 죽겠다는 듯이 웃음을 터뜨리더니, 「농담이야」 하고 말하며 어깨를 으쓱했다.

"—어?"

바로 그때, 뭔가를 눈치챈 것처럼 코토리의 눈썹이 움찔거렸다.

"응? 왜 그래?"

"아, 그게……."

코토리는 그렇게 말하면서 길가에 있는 긴 계단— 정확히는 그 위에 있는 것을 가리켰다.

시도는 손가락이 향하는 곳을 쳐다보더니, 그곳에 있는 것을 보고 눈을 동그랗게 떴다.

"기둥문……?"

그렇다. 기나긴 계단의 끝에는 조그마하지만 새빨간 기둥문이 있었다.

"기둥문 맞지? ……이런 곳에 신사가 있었어?"

"으음, 글쎄……."

시도는 고개를 갸웃거렸다. 애초에 이 길 자체를 그렇게 자주 지나다니지 않기 때문에, 주변 풍경을 세세하게 기억하지는 못했다.

"호오, 신사인 게냐!"

시도와 코토리가 기억을 뒤지려는 듯이 팔짱을 끼자, 뒤편에서 그런 활기찬 목소리가 들려왔다. —카구야의 목소리였다.

"재미있구나. 그럼 다시 한번, 운명의 피스를 거머쥐도록 할까!"

"뭐……?"

카구야의 말을 이해 못 한 시도가 눈을 껌뻑이자, 옆에 있던 카구야와 판박이처럼 닮은 소녀, 유즈루가 입을 열었다.

"번역. 카구야는 아까 신사에서 유즈루와 새해 운수 제비뽑기 승부에서 졌으니, 재대결을 하고 싶다는 말이에요."

"시, 시끄러워! 그렇게 차이가 많이 나진 않았거든?! 대길과 중길은 오차범위잖아!"

"지적. 중길은 대길 다음이 아니라, 길 다음이에요."

"뭐, 거짓말이지?"

그 말이 뜻밖이었던 건지, 아까까지의 기세가 싹 사라진 카구야는 눈을 동그랗게 떴다.

하지만 곧 마음을 다잡으려는 듯이 고개를 세차게 젖더니, 기모노 소매를 흔들면서 쓸데없이 멋진 포즈를 취했다.

"흐, 흥! 사소한 일이야! 이번 승부에서 그것보다 더 압도적인 승리를 거두면 돼!"

"응전. 져놓고 또 승부를 추가하는 건 약은 짓이지만, 유즈루도 제비를 뽑는 걸 싫어하지 않으니까요. 받아주겠어요."

"홋, 방심한 걸 후회하게 해주겠노라!"

그런 대화를 주고받으며 불꽃을 튀긴 두 사람은 짜기라도 한 것처럼 동시에 지면을 박찼다.

"앗, 너희들―."

시도가 두 사람에게 말을 걸려고 했지만― 늦었다. 두 사람은 기모노와 짚신 차림이라는 게 믿기지 않는 속도로, 기나긴 계단을 뛰어 올라갔다.

"흐음~, 여전히 기운이 넘치네."

"움직임에 낭비가 없어. 동기는 낭비 그 자체지만 말이야."

뒤편에 있던 니아와 오리가미가 멀어져가는 야마이 자매의 등을 쳐다보며 눈을 가늘게 떴다. 마찬가지로 그 모습을 지켜보던 시도는 쓴웃음을 흘리면서 볼을 긁적였다.

"어쩔 수 없지. 저 두 사람만 두고 갈 수도 없으니, 우리도 가보자."

"으으……. 이 계단을 올라갈 거야?"

시도의 말에, 나츠미는 귀찮다는 표정을 지었다.

그러자 다음 순간, 뒤편에 있던 미쿠의 눈이 띠링~! 하는 소리가 날 듯이 반짝였다.

"어, 나츠미 양. 혹시 피곤해요?! 그럼 제가 업어줄까요?! 공주님 안기도 괜찮거든요?! 공주님과 코알라 중에 어느 쪽이 좋나요?!"

양손을 펼친 미쿠가 콧김을 뿜으며 다가오자, 나츠미는 맹렬한 기세로 고개를 저으면서 계단을 올라가기 시작했다.

"괘, 괜찮아……. 직접 걸으면 돼."

"아앙~! 아쉬워라……. 하지만 계단을 올라가는 나츠미 양을 아래편에서 올려다보는 이 앵글도 꽤나……."

"히익."

나츠미와 미쿠는 술래잡기를 하듯 계단을 뛰어 올라갔다. 시도는 힘없는 웃음을 흘리며 그 모습을 바라본 후, 다른 이들과 함께 그 뒤를 따랐다.

"―영차……."

계단을 다 올라가자, 커다란 기둥문이 시도 일행을 맞이했다.

기둥문 끝에는 붉은 문이 존재했으며, 그 너머에는 광대한 경내가 펼쳐져 있었다. 그 호화로운 공간을 본 시도 일행은 무심코 탄성을 터뜨렸다.

"오오, 멋진 신사구나."

"응. 생각했던 것보다 넓네…… 이 외진 곳에 말이야."

토카의 말에 고개를 끄덕이며 문을 통과한 시도는 다시 주위를 둘러보았다. 규칙적으로 돌을 깔아서 만든 길. 유려한 형태를 한 건조물. 문 뒤편에서 미쿠에게 정열적인 베어허그를 당하고 있는 나츠미. ……일부 신경 쓰이는 점이 있기는 하지만, 구석구석까지 신경 써서 만든 아름다운 경내였다.

하지만—.

"어~?"

바로 그때, 뒤편에 있던 니아가 의아하다는 듯한 목소리를 냈다.

"저기저기~, 소년. 저건 코마이누…… 맞지?"

"뭐?"

시도는 그렇게 대답하면서, 니아의 손가락이 가리킨 방향을 쳐다봤다.

돌길의 양옆에는 동물 형태의 석상 한 쌍이 놓여 있었다. 하나는 입을 벌린 채, 다른 하나는 입을 다문 채, 길을 가는 이들에게 시선을 보내고 있었다. 그 특징만 본다면 확실히 신사에 놓여 있는 개 조각상인 코마이누가 틀림없지만—.

"……고양이?"

시도는 미간을 찌푸리며 고개를 갸웃거렸다. 그렇다. 그것은 누가 봐도 귀엽기 그지없는 고양이 조각상이었다. 입을 벌린 조각상은 기지개를 펴며 하품을 하고 있는 것처럼 보였다.

"그렇지? 흐음~, 신기해라~. 이런 것도 있구나. 코마네코#1……일까나옹? 자료용으로 사진 찍어야지."

니아가 흥미롭다는 표정으로 스마트폰을 꺼내더니, 찰칵찰칵하고 셔터음을 내며 사진을 찍었다. 그 모습을 본 코토리는 턱을 매만졌다.

"뭐…… 여우를 모신 신사에는 여우 조각상이 있잖아. 모시고 있는 신에 따라 조각상의 동물이 달라지는 걸지도 몰라."

『아하~. 어, 그럼 일본을 뒤져보면 토끼 조각상이 있는 신사도 있을까~?』

『요시농』이 흥분한 듯이 몸을 흔들어댔다.

"으음~, 아마 있을 거야. 사이타마 지역이었을걸?"

『정말~?! 다음에 꼭 가보는 거야, 요시노~!』

"으, 응!"

요시노가 기쁜 듯이 고개를 끄덕였다. 시도는 그 모습을 훈훈한 표정으로 쳐다본 후, 경내를 돌아보았다.

"뭐, 기왕 여기까지 왔으니 참배하고 돌아가자. 으음……

#1 **코마네코** '코마이누'와 고양이의 일본어 발음인 '네코'를 합친 조어.

카구야와 유즈루는 어디 있지?"

"―저기야."

시도의 말에 답하듯, 오리가미가 신사 한편을 손가락으로 가리켰다. 제비를 묶는 장소 앞에, 화려한 노란색 기모노를 입은 두 사람이 있었다.

"어, 벌써 재미를 뽑은 걸까? 어이. 카구야, 유즈루~."

시도는 손을 흔들면서 두 사람에게 다가갔다.

그러자 카구야와 유즈루는 동시에 뒤를 돌아보았다. ―어찌된 건지, 두 사람 다 찜찜한 표정으로 말이다.

"응……? 카구야, 유즈루. 무슨 일 있었어?"

"제비…… 다 팔려서 없던가요?"

요시노가 묻자, 카구야와 유즈루는 고개를 저었다.

"아, 그런 건 아닌데……."

"종전. 제2회 제비뽑기 대결은 무사히 끝났어요. 결과는 유즈루 대길, 카구야 흉의 콜드게임이에요."

"이, 일부러 밝힐 것까진 없잖아……!"

카구야는 허둥대며 그렇게 외치더니, 곧 진정하며 머리를 긁적였다.

"……뭐, 됐어. 그것보다, 뽑은 제비가 좀 이상하더라니깐."

"이상해? 어떤 식으로 말이야?"

"으음."

"제시. 보세요."

카구야와 유즈루는 손에 들고 있던 제비를 보여줬다.

시도는 그것을 보더니…… 무심코 눈썹을 찌푸렸다.

"……이게 뭐야."

그런 반응을 보일 만도 했다. 방금 들은 것처럼 유즈루는 대길, 카구야는 흉인 건 사실이었다. 하지만 그 종이에 적힌 건…….

『대길. 신경 쓰이는 그분이, 맛있어 보이게 성장할 거랍니다.』

『흉. 고양이 씨에게 발이 걸릴지도 모르겠군요…….』

……이라고 하는, 알쏭달쏭한 글이 적혀 있었다.

"그렇지?! 의미를 모르겠지?!"

"난해. 신사의 교의에 입각한 비유 표현일까요……."

"으, 음……. 하지만 이런 표현을 어디서 들어본 적이 있는 것 같은데……."

시도가 팔짱을 끼며 신음을 흘린 순간—

"—어머나, 보기 힘든 분들이 한자리에 모여 계시군요."

느닷없이, 등 뒤에서 그런 목소리가 들려왔다.

"……윽?!"

"아니—."

시도와 정령들은 어깨를 부르르 떨면서 일제히 등 뒤를 돌아보았다.

그리고 어느새 그 자리에 나타난 소녀를 보더니, 일제히 눈을 동그랗게 떴다.

좌우 불균형하게 묶은 검은 흑발과, 백자 같은 피부. 아름다운 얼굴에 자리한 두 눈 중 하나는 금색 시계판으로 되어 있었다.

그런 특징을 지닌 소녀는 이 세상에 한 명뿐이다. —쿠루미. 토키사키 쿠루미. 최악의 정령이라 불리는 소녀가, 그 자리에 당당히 서 있었다.

게다가 그뿐만이 아니었다. 그녀의 복장은 평소의 영장이 아니라, 연꽃 문양이 그려진 붉은 기모노였다. 평소와 다른 그녀의 모습을 본 시도는 한동안 말문이 막혔다.

"쿠루, 미……? 이런 데서 뭐 하는 거야?!"

겨우 마음이 진정된 시도가 그렇게 물었다. 그러자 쿠루미는 뜻밖이라는 표정을 지으며 고개를 갸웃거렸다.

"어머, 어머. 묘한 말씀을 하시는군요. 제 입장에선, 시도 씨 일행이 이 토키사키 신사를 찾았다는 사실이 놀라운데 말이죠."

"토, 토키사키…… 신사……?"

시도가 그 이름을 듣고 당혹스러운 표정을 짓자, 쿠루미는 「네, 네」 하고 말하며 고개를 끄덕였다.

"말 그대로, 저희들의, 저희들에 의한, 저희들을 위한 신사랍니다. 평범한 인간은 들어올 수도 없는데…… 역시 정령 여러분은 특별한 것 같군요."

"쿠루미를 위한…… 신사?"

"네. 워낙 숫자가 많으니까요. 첩보 목적으로 텐구 시 주변에 잠복해 있는 『저희들』이 평범한 신사에 모인다면, 부자연스럽게 눈길을 끌지 않겠어요? 하지만 『저희들』도 매년 한 번뿐인 새해 첫 참배를 즐기고 싶어 하죠. ……그래서, 전용 신사를 만들었답니다."

"그, 그렇구나……?"

이해가 될 듯하면서…… 되지 않았다. 그런 애매한 감각을 느끼며 시도가 고개를 끄덕이자, 쿠루미는 뭔가를 눈치챈 것처럼 기둥문을 쳐다보았다.

"—자, 마침 참배객이 찾아왔군요."

"뭐……?"

그 말을 듣고 뒤돌아보니, 아까 시도 일행이 통과했던 문을 통해 여러 소녀가 안으로 들어왔다. 다들 아름다운 기모노를 입었으며, 꺄아꺄아 하고 즐겁게 담소를 나누고 있었다.

참 평온한 정월 풍경이다. —그 소녀들이, 전부 같은 얼굴을 지녔다는 점만 빼고 본다면 말이다.

"오, 오오……."

"꽤 장관이네……."

정령들이 전율한 것처럼 식은땀을 흘렸다. 물론 쿠루미가 여러 명의 분신을 지녔다는 건 알고 있지만…… 이런 시추

에이션에서 여러 명의 쿠루미를 목격하니, 평소보다 더 비정상적으로 느껴졌다.

"—그건 그렇고······."

쿠루미는 갑자기 씨익 웃더니, 시도 일행을 차례차례 둘러보았다.

"여러분은 무슨 일로 여기에 오신 거죠? 그렇게 무방비한 상태에서, 무수히 많은 저희들이 모인 이 신사에 말이에요."

"""—윽!"""

쿠루미가 무시무시한 어조로 그렇게 말하자, 시도 일행은 그 자리에서 얼어붙었다.

뜻밖의 광경에 얼이 나갔지만, 유심히 생각해보니 이건 매우 위험한 상황이다. 쿠루미는 시도의 몸에 봉인된 영력을 빼앗는 것이 목적이다. 그리고 이 주위에는 수많은 쿠루미가 있다. 즉, 의도치 않게 적진 한복판에 발을 들인 격이다.

긴장한 시도가 식은땀을 흘리자, 쿠루미는 더는 못 참겠다는 듯이 웃음을 터뜨렸다.

"후후후, 농담이랍니다."

"뭐······?"

"새해 벽두에 소란을 일으킬 만큼, 저는 눈치 없는 여자가 아니랍니다. 그리고 여러분 쪽에는 손속에 사정을 둘 줄 모르는 정령도 몇 명이나 있으니까요. 모처럼 만든 신사가 망가지기라도 하면 곤란하죠."

그렇게 말한 쿠루미는 웃음을 흘렸다. 그 웃음을 본 시도 일행은 일단 가슴을 쓸어내렸다.

"그, 그렇구나……."

"폭력이 억지력으로 작용할 때도 있어. 토카, 카구야, 유즈루, 코토리. 너희 덕분이야."

"뭐, 뭐라고?!"

"잠깐만, 그 말은 흘려들을 수 없느니라!"

"항의. 정정을 요구하겠어요."

"이제까지의 피해 규모로 본다면, 오리가미가 가장 위험인물이거든?!"

오리가미가 불쑥 그렇게 말하자, 정령들이 항의했다. 그 모습을 본 쿠루미가 우스운지 웃음을 흘렸다.

"우후후, 정말 시끌벅적하군요. —모처럼의 기회인 만큼, 신사를 간략히 안내하겠어요. 둘러보고 가세요."

"아, 아니, 우리는……."

"어머. —싫으신가요?"

쿠루미는 위협을 하듯 눈을 가늘게 떴다. 그 시선에 손가락 끝이 희미하게 떨린 시도는 체념한 듯이 한숨을 내쉬었다.

"……호의를 받아들일게."

"우후후, 그러신가요."

쿠루미는 즐거운 듯이 빙글 돌아서더니, 시도 일행을 향해 손을 흔들었다.

"그럼 우선 이쪽으로 가죠. 따라오세요."

"""…………."""

시도 일행은 서로의 얼굴을 쳐다본 후, 어쩔 수 없다는 듯이 고개를 끄덕이며 쿠루미의 뒤를 따랐다.

"—어머, 어머?"

그러자 경내에 있던 분신들도 시도 일행의 존재를 눈치챈 것 같았다. 눈을 동그랗게 뜨며 호기심 어린 눈길로 그들을 쳐다보았다.

"시도 씨와 다른 분들이 오셨군요."

"시도 씨도 참배를 하러 오신 건가요?"

"꺄아~! 이쪽을 쳐다봐주세요~!"

이런 식으로, 시도는 아이돌 취급을 받고 있었다. 약간 거북한 느낌을 받으면서도, 시도는 쓴웃음을 머금은 채 손을 작게 흔들었다.

바로 그때, 앞쪽에 있던 쿠루미가 걸음을 옮기며 오른손을 내밀었다.

"저쪽에 보이는 게 수여소(授與所)랍니다. 간단히 말해, 부적 같은 곳을 파는 장소죠."

"흐음, 부적도 파는 것이냐."

"네. 참고로 가장 인기 있는 건『장수기원』부적이랍니다."

"……그, 그렇구나."

분신은 쿠루미의 천사 〈자프키엘〉에 의해 쿠루미의 과거를 재현해 만들어낸 존재다. 재현할 때에 사용한 시간만큼만 활동할 수 있는 한도가 있는 생명인 것이다. ……참 절실하달까, 함부로 대꾸하기 힘든 발언이었다.

"그리고 저쪽이 에마#2를 거는 곳이죠."

그렇게 말하며 걸음을 멈춘 쿠루미는 앞쪽에 걸려 있는 수많은 에마를 가리켰다.

"오오…… 이런 건 제대로 되어 있네."

시도가 그곳으로 다가가서 걸려 있는 에마를 살펴본 순간—그의 눈썹이 흔들렸다.

하지만 그것도 무리는 아니었다. 그 에마에 적혀 있는 건…….

『올해야말로, 시도 씨의 영력을 차지할 수 있기를. 토키사키 쿠루미.』

『시도 씨, 각오하세요. 토키사키 쿠루미.』

『키히히히히. 키히히히히히. 키히히히히. 토키사키 쿠루미.』

그런, 흉흉한 소원과 목표만 적혀 있었다.

게다가 그 중에는 일러스트가 그려진 것도 있었다. 대부분은 시도가 쿠루미에게 잡혀 있었다. 시도는 어떤 반응을 보이면 좋을지 몰라서, 인상을 찡그릴 수밖에 없었다.

"어……?"

바로 그때, 그는 눈치챘다. 에마 뒤편에 어떤 동물이 인쇄되어 있었던 것이다.

#2 에마 소원을 적어서 신사에 봉납하는 그림 액자.

"어라, 에마에 그려진 동물도 고양이인 거야?"

"네. 올해는 고양이의 해니까요."

"아, 그랬구나…… 어라?"

너무 자연스러운 말이라서 고개를 끄덕일 뻔한 시도는 곧 위화감을 느꼈다.

십이지는 자, 축, 인, 묘, 진, 사, 오, 미, 신, 유, 술, 해, 이렇게 열두 종류다. 그 안에 고양이는 들어가지 않는 것이다. 시도는 의아하다는 듯이 고개를 갸웃거렸다.

"고양이의 해……?"

"네, 네. ─십이지에 관한 고양이의 일화를 아시나요?"

"아…… 들은 적이 있는 것 같은데…….

시도가 볼을 긁적이며 그렇게 말하자, 오리가미가 보충 설명을 하듯 입을 열었다.

"─새해 첫날 아침, 신은 자신의 곁에 온 열두 동물을 순서대로 돌아가며 한 해의 수호신으로 삼겠다고 했어. 하지만 고양이는 쥐에게 잘못된 날짜를 들은 바람에 십이지에 들어가지 못했다고 해."

"그렇답니다!"

오리가미의 말을 들은 쿠루미가 열띤 목소리로 외쳤다.

"밉살스러운 쥐새끼의 간계로, 불쌍한 고양이 씨는 십이지에 뽑히지 못했죠! 그런 고양이 씨가 너무나도 안 되어서…… 토키사키 신사에서는 바깥세상과 다르게 고양이의

해를 지정해 축하하고 있답니다."

"그, 그렇구나……?"

솔직히 왜 그렇게까지 하는 건지 이해가 안 되지만, 쿠루미만 이용하는 신사니까 딱히 문제는 없을 것이다. 너무 민감한 영역에 발을 들이는 것도 위험할 것 같았기에, 시도는 일단 납득한 척했다.

그러자 마음이 진정된 듯한 쿠루미가 몸가짐을 고친 후에 어험 하고 헛기침을 했다.

"흐트러진 모습을 보여드렸군요. ―그럼 다음 장소로 이동하겠어요."

다음으로 향한 곳은 신사의 본당이었다. 커다란 새전함과 형형색색의 끈이 달린 종. 봉납막에는 시계를 모방한 듯한 그럴듯한 문양이 그려져 있었다.

참고로 본당에 이르는 길에는 무수한 분신이 줄지어 서 있었지만, 시도 일행이 오자 모세의 기적처럼 좌우로 갈라지며 길이 생겨났다. ……고맙기는 하지만, 마음이 진정되지 않았다.

"여기가 본당이랍니다. 안에 모셔진 건 토키사키 다이묘진. 시간의 유효 활용과 안티에이징에 효험이 있죠."

"왠지 후반부는 온천의 효능 같네……."

"우후후. 효과는 정말 좋답니다. 괜찮다면 여러분도 참배하시는 게 어떠세요?"

"응. 모처럼 왔으니까……."

그렇게 말하면서 새전함 앞으로 걸어가려던 순간, 토카가 갑자기 「음」 하고 목소리를 냈다.

"시도. 참배를 하는 건 좋다만, 아까 신사에서 5엔 동전을 써버렸다."

"아, 그렇구나."

그 말을 듣고 생각났다. 그러고 보니 아까 참배를 하면서 준비한 5엔 동전을 쓴 것이다.

딱히 새전함에 얼마를 넣어야 한다고 정해져 있는 건 아니지만, 『5엔』은 『인연』과 일본어로 발음이 비슷해서 통하는 부분이 있다고 여겨져서 영험하다고 여겨진다. 그래서 지갑에 있던 5엔 동전을 아까 참배하면서 전부 쓴 것이다.

하지만 정식 신사도 아니니, 그런 부분까지 신경 쓰지는 않아도 될 것이다. 시도가 그렇게 말해주려 하자, 쿠루미는 웃음을 흘렸다.

"안심하세요. 토키사키 신사는 참배를 할 때, 새전함에 돈을 넣지 않아도 된답니다."

"흐음, 그래?"

"네, 네. 그 대신, 새전함 앞에 있는 그림자를 밟고 시간을 얼마나 바칠지 선언한 후에 참배해주세요. 그만큼 여러분의 시간을 받아갈테니―."

"잠깐 스토오오오옵!"

시도는 그 태연한 말을 듣고 비명에 가까운 목소리를 냈다.

"어머, 왜 그러시죠?"

"그걸 몰라서 물어?! 돈 대신에 시간을 내놓으라는 거냐?!"

"토키사키 신사니까요. 참고로 『효험이 십분 있기를』이라는 의미에서, 10분을 바치는 『저희들』이 많답니다."

"되게 그럴듯한 말장난이네! 절대로 참배 안 할 거야! 그리고 분신들도 그래! 장수기원의 부적을 사면서, 하는 행동은 모순되는 거 아냐?!"

시도가 고함을 지르자, 정면의 쿠루미가 아니라 다른 방향에 있는 쿠루미의 목소리가 들려왔다.

"─어머어머. 무슨 일로 시끄럽나 했더니, 시도 씨가 오셨군요."

본당 쪽에서 무녀 복장을 한 쿠루미가 그렇게 말하면서 차분한 발걸음으로 다가왔다.

"아! 너는……."

"아, 실례했어요. 저는 이 토키사키 신사의 관리 및 운영을 맡은 분신 토카사키 쿠루미랍니다. 잘 부탁드려요."

"으, 응……."

"참고로 평소에는 시도 씨 감시반의 목요일 담당이에요."

"어, 로테이션을 짜서 나를 감시하고 있는 거야?!"

알고 싶지 않은 진실이었다. 시도는 무심코 새된 목소리로 그렇게 외쳤고, 코토리와 오리가미는 어째선지 혀를 찼다.

하지만 무녀 쿠루미는 딱히 개의치 않으면서, 기모노를 입은 쿠루미를 쳐다보았다.

"—자, 『저』. 올해도 슬슬 『그것』을 할까 해요."

그 순간, 주위에 모여 있던 분신들이 일제히 술렁거렸다.

"키히히, 히히. 기다리고 있었답니다."

"올해야말로 제가……."

"이번에는 지지 않겠어요."

쿠루미들은 자신만만하게 웃거나, 가볍게 스트레칭을 하며 손발을 풀기 시작했다. 그 묘한 분위기를 접한 정령들은 어리둥절한 표정을 지었다.

"……『그것』?"

"대체 뭘 하려는 거야?"

"키히히히. 매년 토키사키 신사에서 개최되는, 참 재미있는 이벤트랍니다."

기모노 쿠루미가 웃으면서 대답했다.

대답을 들어도 뭐가 뭔지 알 수가 없지만, 위험하단 분위기는 느껴졌다. 휘말리기 전에 도망쳐야겠다고 생각한 시도는 정령들의 어깨를 두드리려 했다.

하지만 그런 시도의 의도를 눈치챈 건지, 아니면 그저 우연인지, 무녀 쿠루미가 뭔가가 생각난 것처럼 손뼉을 쳤다.

"아아, 아아, 그래요. 이참에 시도 씨 일행도 참가하지 않겠어요?"

"뭐……?!"

그 뜻밖의 제안에, 시도는 숨을 삼켰다.

하지만 그런 시도와 달리, 주위를 가득 채운 분신들은 일제히 환성을 질렀다.

"어머, 어머!"

"그거 좋은 생각이에요!"

"흥분되는군요, 정말 흥분돼요!"

그 파도는 열광이 되어, 순식간에 경내를 휘감았다. 어느새 참가하기 싫다고는 말 못 할 분위기였다.

"자— 그럼 시도 씨. 안내하겠어요."

기모노 쿠루미는 그 모습을 즐거운 듯이 쳐다본 후, 시도를 향해 환한 표정을 지었다.

◇

"—그럼 『저희들』이 고대하는, 올해의 복 쿠루미 선정을 시작하겠어요!"

"""네에에에에에에에에에엣!"""

신사 입구의 붉은 문 위에 선 무녀 쿠루미가 큰 목소리로 한 말에, 수많은 분신이 한 목소리로 답했다.

주위를 둘러보니 어깨띠를 하거나, 소매를 걷어붙이거나, 움직이기 쉽도록 기모노를 손본 쿠루미가 눈에 들어왔다.

그중에는 조신하지 못하게 신발을 벗고 운동화로 갈아 신은 개체도 있었다.

그런 이들 사이에서, 시도 일행은 얼이 나가 있었다. 아직 상황을 이해하지 못한 채, 수많은 분신에게 치이고 있었다.

현재 시도 일행은 이 신사의 입구 밖에 있었다. 시도 일행이 신사 밖으로 쫓겨나는 것과 동시에 문이 닫히더니, 그 앞에 수많은 분신이 모여들었다. 인원이 어마어마해서 그 자리에 다 수용할 수가 없는지, 기둥문 너머와 계단에도 분신들이 있었다.

"복······ 쿠루미······?"

시도가 얼이 나간 채 그렇게 말하자, 그 말을 놓치지 않은 기모노 쿠루미가 그를 쳐다보았다. 참고로 이 쿠루미는 다른 분신과 달리, 아직 우아한 기모노 스타일을 유지하고 있었다.

"네, 네. 문이 열리는 것과 동시에 경주를 해서, 가장 먼저 본당에 도착한 『제』가, 올해의 복 쿠루미랍니다."

"―이해했어. 즉, 복남(福男)을 뽑는 거구나."

오리가미는 이해했다는 듯이 고개를 끄덕였다. ―그러고 보니 시도도 텔레비전에서 신사 안을 질주하는 참배객들의 영상을 본 기억이 있었다.

"네, 그런 거랍니다. 하지만 복남 선정과는 비교도 안 될 만큼 격렬하죠. 치열하기 그지없는 데드 레이스라, 매년 부상자가 나올 정도예요."

"왜, 왜 그런 위험한 짓을⋯⋯."

시도가 식은땀을 흘리며 묻자, 기모노 쿠루미는 윙크를 하며 말을 이었다.

"우후후, 복 쿠루미로 뽑힌 개체한테는 그 해에 좋은 일이 생긴다는 말이 있답니다."

"좋은 일?"

"네. 예를 들자면, 시도 씨의 감시 임무를 맡게 된다거나요."

"되게 구체적인 복 아냐?!"

애초에 그게 좋은 일이긴 하냐는 생각이 들었지만, 그런 말을 해봤자 소용없다고 판단한 시도는 입을 다물었다. ⋯⋯그리고, 애초에 감시 자체를 관둬줬으면 했다.

하지만, 그 정보는 마이너스가 아니었다. 감시 임무가 좋은 일인지는 일단 제쳐두고, 그것은 어디까지나 분신에게만 적용되는 혜택이다.

그렇다면, 일부러 위험을 감수할 필요는 없다. 빨리 선두 집단에서 벗어난 후, 적당히 경내를 뛰기만 해야겠다.

코토리와 오리가미를 비롯한 몇몇 정령도 같은 생각인지, 말은 하지 않지만 눈빛을 교환하고 있었다. ⋯⋯뭐, 룰을 듣고 눈을 반짝이고 있는 카구야와 유즈루 같은 정령도 있지만 말이다.

바로 그때, 문 위에 선 무녀 쿠루미가 미소를 머금으며 정령들을 쳐다봤다.

"자, 올해는 시도 씨와 정령 여러분도 참가하죠. —그렇다면 『저희들』과 같은 복이어선 혜택이라고 할 수 없지 않겠어요? 그러니……."

그녀는 지휘자처럼 검지를 빙글빙글 돌리며, 말을 이었다.

"만약 『저희들』 이외의 정령 분이 복 쿠루미가 된다면, 『저희들』이 정보 수집 과정에서 우연히 파악한 시도 씨의 시크릿 정보를 가르쳐주는 건 어떨까요?"

""".............윽?!"""

무녀 쿠루미가 그렇게 말한 순간…….

정령들 사이에서 긴장된 분위기가 흘렀다.

"시도의……."

"시크릿 정보……?"

"자, 자자자자, 잠깐만 있어 봐! 그런 걸 위해 일부러 위험한 레이스에 참가할 필요는 없지 않아?! 그리고 어떤 정보인지는 모르겠지만, 나한테는 득 될 게 전혀 없지 않아?!"

시도가 울먹이며 그렇게 외치자, 무녀 쿠루미는 손가락 하나는 턱에 귀엽게 댔다.

"그래요. 시도 씨는—."

"나는……?"

"다른 분에게 시크릿 정보가 알려지는 게 싫다면, 힘내서 1등이 되세요☆"

"나만 조건이 너무 나쁜 거 아냐?!"

항의를 해봤지만, 무녀 쿠루미는 들은 척도 하지 않았다. 그리고 흰색과 빨간색 장식이 달린 단총(파마의 화살이 아니라 파마의 총인 것 같다)을 현현시키더니, 그것을 하늘 높이 치켜들었다.

"그럼— 시작하겠어요!"

무녀 쿠루미는 그렇게 말하면서 귀를 막더니, 단총의 방아쇠를 당겼다.

타앙! 하는 소리가 울려 퍼지더니, 닫혀 있던 문이 활짝 열렸다.

"""—네에에에에에에에엣!"""

그러자, 문 앞에 모여 있던 분신들이 이때를 기다렸다는 듯이 고함을 지르면서 노도와도 같이 경내로 쏟아져 들어갔다.

"우왓……! 하아, 정말! 갈 수밖에 없나……!"

시도는 불합리하다는 느낌을 받으면서도, 쥐어 짜낸 듯한 목소리로 그렇게 말했다.

이대로 멈춰 서 있다간 분신들의 파도에 휩쓸려갈 것이며, 무엇보다 자기도 모르는 시크릿 정보가 공개될지도 모른다. 아무리 이미 프라이버시 같은 건 자근자근 짓밟혔다고 해도, 시도 또한 사춘기 남자애다. 어떤 정보인지는 몰라도, 남들에게 알려지는 건 싫었다.

바로 그때—.

"앗! 시도! 위험해!"

코토리가 다급한 목소리로 그렇게 외친 순간, 시도는 뒤편으로 튕겨 날아갔다.

"어……?!"

다음 순간, 이제까지 시도의 발이 있던 장소에 칠흑색 그림자가 생겨나더니, 거기서 새하얀 손이 뻗어나왔다. ―마치, 시도의 발을 잡으려는 듯이 말이다.

"꺄아……!"

"이, 이게 뭐야……!"

"끄앗~!"

"꺄아아앗! 아, 그래도 가는 손가락의 감촉이 참 좋네요오오~!"

"큭―."

시도가 눈을 동그랗게 뜨고 있을 때, 좌우와 등 뒤에서 그런 목소리가 들려왔다. 아무래도 미처 피하지 못한 요시노, 나츠미, 니아, 미쿠, 그리고 시도를 구해준 코토리가 지면에서 튀어나온 손에 발을 잡혀서 그대로 넘어진 것 같았다.

"아, 설명 드리는 것을 깜빡했군요. 실은 이번에 참가하지 않은 『저희들』의 일부가 어트랙션으로서 방해 역할을 맡았답니다."

"그런 건 일찍 말해! 하아, 정말― 고마워, 코토리! 네 도움을 헛되이 하지 않겠어!"

시도는 무녀 쿠루미가 별것 아니라는 투로 한 말을 들으면서, 문을 지나 경내로 들어갔다.

"괜찮으냐, 시도!"

"—잠시도 빈틈을 보이면 안 돼."

방금 함정에 당하지 않은 듯한 토카와 오리가미가 시도의 옆에서 뛰며 그렇게 말했다. 시도는 주위의 속도에 맞추기 위해 필사적으로 팔과 다리를 놀리면서, 어찌어찌 대답했다.

"으, 응…… 하지만 꽤 뒤처진 것 같아……!"

시도는 인상을 찡그리더니, 돌길 위를 달리는 분신들을 쳐다봤다. 이미 선두 그룹은 10미터 가까이 앞서나가고 있었다. 이것이 장거리 달리기라면 이야기가 달라지겠지만, 이제부터 따라잡는 건 어려울지도 모른다.

그런 와중에 검은색과 붉은색으로 꾸며진 선두 그룹을 쫓아가는, 두 그림자가 있었다.

—카구야와, 유즈루였다.

"크큭! 구풍의 왕녀인 야마이에게 속도로 도전하는 게냐!"

"우행(愚行). 유즈루들의 힘을 보여주겠어요."

힘찬 목소리로 그렇게 외친 두 사람은 분신들 사이를 요리조리 지나면서 점점 순위를 올렸다.

스타트는 쿠루미 일행이 빨랐지만, 최고 속도는 야마이 자매가 뛰어났다. 이 페이스로 간다면, 본당에 도착할 즈음에는 그녀들이 1위로 올라설 것이다.

"큭—."

"꽤 하는 군요, 카구야 양. 유즈루 양"

"하, 지, 만~."

그러나 다음 순간. 두 사람의 앞에서 뛰던 분신들이 웃음을 흘리더니, 벽을 만들려는 것처럼 두 손을 펼치며 걸음을 멈췄다.

"아니……?!"

"낭패. 이건—."

그 갑작스러운 행동에 당황한 카구야와 유즈루는 그물에 걸려드는 물고기처럼 분신들이 만든 벽과 격돌했다. 그 사이, 다른 분신들이 본당으로 뛰어갔다.

"이, 이게, 무슨 짓이냐!"

"비열. 자기들의 승리를 포기하면서까지 방해하는 건가요."

카구야와 유즈루가 질렸다는 투로 그렇게 말했다. 그러자 벽을 만든 분신들이 키히히 하고 웃었다.

"어리석은 소리군요. 저희에게도 자신의 승리가 가장 중요하답니다."

"하지만, 다른 정령분에게 복 쿠루미의 자리를 빼앗길 바에야……."

"다른 『저』에게 승리를 양보하겠어요!"

"큭……, 이, 이 녀석들—!"

"방해. 비키세요."

카구야와 유즈루는 벽을 밀어내려고 분신들을 밀기 시작했다.

시도는 점점 가까워지는 두 사람의 등을 쳐다보며 말했다.

"카구야, 유즈루!"

"윽! 아, 시도!"

"확인. 토카와 마스터 오리가미도 왔나요."

카구야와 유즈루는 뒤편을 돌아보며 시도 일행의 얼굴을 보더니, 곧 서로의 얼굴을 쳐다보며 동시에 고개를 끄덕였다.

"토카! 오리가미! 협력하거라! 5초면 된다! 이 녀석들을 밀어내는 것이다!"

"반격. 이 정도로 차이가 나면 아무리 카구야와 유즈루라도 역전은 어렵죠. 하지만 이대로 당하기만 하는 건 직성에 맞지 않아요."

두 사람은 그렇게 외치면서 뒤편으로 물러났다.

"……! 음!"

"—알았어."

토카와 오리가미는 순식간에 상황을 판단한 것처럼 고개를 끄덕이더니, 야마이 자매와 교대하듯이 방해하려 드는 분신들을 밀어붙였다.

카구야와 유즈루는 그 모습을 힐끔 쳐다봐서 확인하더니, 시도를 향해 고개를 돌렸다.

"카구야, 유즈루. 대체 뭘 하려는—"

바로 그때, 시도는 입을 다물었다.

그러는 것도 당연했다. 카구야와 유즈루가 동시에 시도의 팔을 양옆에서 잡더니—.

"하앗! 지금이야말로 야마이의 필살!"

"비기. 시도 발리스타예요."

그대로 모든 힘을 다해, 시도를 전방으로 확 집어 던졌다.

"우와아아아아아아앗?!"

정령 두 명의 힘에 그녀들이 일으킨 바람이 더해지자, 시도의 몸은 종이비행기처럼 가볍게 날아갔다.

그리고 경내에서 우글거리는 수많은 분신들의 머리 위를 단숨에 지나치더니, 본당으로 향했다.

"앗⋯⋯!"

"시도 씨⋯⋯?!"

"어머~!"

아래편에 있는 분신들이 경악한 표정으로 시도를 올려다 봤다.

하지만 시도에게도 여유는 눈곱만큼도 없었다. 아무런 준비도 없이 내던져진 탓에, 균형을 잡을 수가 없어서 시야가 빙글빙글 돌았다.

게다가 이 궤도로는 본당에 아슬아슬하게 닿지 않는다. 비거리가 아주 약간 모자랐다.

물론 무사히 착지한 후에 그대로 달리면 해결될 문제지만,

지금 이 상황에서 무사히 착지하는 건 무리였다. 아마 본당 앞의 돌길에 추락한 후, 비틀거리면서 몸을 일으키는 사이에 분신들이 골인하고 말 것이다.

하지만 시도가 멀미가 날 듯한 상황 속에서 그런 생각을 하고 있을 때—.

"—키히히히. 무르군요, 『저희들』. 올해의 복 쿠루미는 바로 저—."

본당 앞의 지면에 검은 그림자가 생겨나더니, 거기서 기모노 차림의 쿠루미가 모습을 드러냈다.

그것이, 아이러니하게도 시도가 지면에 떨어지려는 타이밍과 정확하게 맞아떨어진 것이다.

"앗……?!"

"꺄앗……?!"

시도는 두더지 잡기를 하듯, 그림자에서 나온 기모노 차림의 쿠루미와 부딪힌 후에 그대로 튕겨나면서 본당을 향해 다이빙했다.

"아…… 아야야야……."

"대, 대체…… 뭐가 어떻게 된 거죠……."

시도가 복부를, 기모노 차림의 쿠루미가 머리를 감싸 쥐면서 낮은 신음을 흘렸다.

바로 그때, 어느새 본당 옆으로 이동한 무녀 쿠루미가 힘찬 목소리로 외쳤다.

"—스, 승자가 결정됐어요오오오오! 시도 씨, 골이이이이이이이이——인!!"

"""""어머어어어어……?!"""""

역시 이 결말은 예상치 못한 건지, 주위에 모여든 분신들이 일제히 특이한 비명을 질렀다.

"시도!"

"오오, 해냈느냐!"

"꺄아~! 달링, 멋져요~!"

그리고 뒤늦게 정령들이 뛰어왔다. 시도는 아직도 어질어질한 머리를 감싸 쥐더니, 어찌어찌 몸을 일으켜서 다른 이들을 둘러보았다.

"으, 응…… 이긴…… 거지?"

"—네, 네. 멋졌답니다."

시도의 말에 답한 건, 토카 일행이 아니라 방금 시도와 부딪쳤던 기모노 차림의 쿠루미였다. 시도와 부딪치면서 흐트러진 머리카락을 정돈하면서, 천천히 다가왔다.

아무래도 그림자를 이용해 경내를 달리는 분신들을 따돌린 후에 멋지게 골인한 속셈이었던 것 같지만— 그녀가 나타난 장소에 시도가 떨어지면서 수포가 된 것 같았다. 아직 머리가 아픈지, 아니면 분한 건지, 눈가에 눈물 자국이 희미하게 남아 있었다.

"그림자를 이용하는 건 반칙이잖아요, 『저』~!"

"그래요! 약았어요~!"

"그러니까 천벌을 받은 거예요~!"

역시 이 이동 방법은 쿠루미들 사이에서도 반칙이었던 것 같았다. 주위의 분신들이 입을 모아 항의했다.

하지만 기모노 차림의 쿠루미는 들리지 않는 척을 하면서 말을 이었다.

"설마 그런 방법으로 역전할 줄은…… 분하지만 운도 실력이니까요. 인정할 수밖에 없겠군요. ―올해의 복 쿠루미는 시도 씨랍니다."

기모노 차림의 쿠루미는 그렇게 말하며 박수를 쳤다.

그러자 불만을 늘어놓던 분신들도 한숨을 내쉬며 박수를 쳤다.

"하하……. 뭐, 다른 정령들 덕분에 이긴 거나 다름없지만…… 고마워, 하고 말하면 되려나? 그리고 뭔가 좋은 일이 있으면 좋겠는데……."

시도는 아하하 하고 쓴웃음을 흘렸다. 레이스를 시작하기 전에 이야기했다시피, 시도는 이겨봤자 이렇다 할 혜택은 없다. 뭐, 예의 시크릿 정보가 남에게 알려지지 않은 것은 좋은 일이라고 할 수 있을지도 모르지만 말이다.

"―흠."

그런 시도의 말을 들은 건지, 기모노 차림의 쿠루미가 턱에 손을 대며 생각에 잠겼다.

"확실히 아무 혜택도 없다면, 복 쿠루미의 명성에 흠집이 생길 테죠."

"뭐? 아, 아니, 딱히 그렇게 심각한 이야기는—."

그 순간—.

시도의 말을 끊듯이 기모노 차림의 쿠루미가 한 걸음 앞으로 내딛더니, 시도의 볼에 입맞춤을 했다.

"—어?"

무슨 짓을 당한 건지 바로 이해하지 못한 시도는 얼이 나갔다.

하지만 곧 뇌가 상황을 파악하자— 시도는 허둥지둥 몸을 부르르 떨었다.

"어, 쿠, 쿠루미……?!"

"—우후후. 복, 이랍니다."

그렇게 말한 기모노 차림의 쿠루미는 살짝 윙크를 했다. 그러자, 주위의 분신들이 흥분했다.

"꺄아~!"

"꽤 하는군요, 『저』~!"

"휴~ 휴~! 예요~!"

기모노 차림의 쿠루미는 그런 분신들에게 진정하라는 듯이 손을 벌리더니, 얼이 나간 시도의 눈을 들여다보며 또 요염한 미소를 지었다.

"실은 입술에 하고 싶었지만, 그럴 수는 없으니까요."

"어……?"

"—후후. 그럼 잘 있으세요. 다음에 만날 때는 시도 씨의 영력을 꼭 차지할 거랍니다."

그녀는 그런 말을 남긴 후, 그림자 속으로 사라졌다.

기모노 차림의 쿠루미만이 아니었다. 주위에 있던 수백 명의 분신과 무녀 쿠루미도 전부 그림자 안으로 들어가 버렸다.

"대, 대체 뭐야……."

갑자기 한산해진 경내에서, 시도는 아직 키스의 여운이 남아 있는 볼을 만지며 얼이 나간 채 중얼거렸다.

뭐랄까…… 여우에게 홀린 기분이다. 다음 순간에 침대에서 눈을 떠도 이상하지 않을 듯한 느낌이 들었다.

하지만—.

"시도!"

"소년~!"

"달링~!"

정령들에게 이름을 불린 시도는 퍼뜩 정신을 차리며 현실로 돌아왔다.

"시도. 환부를 보여줘. 즉시 소독해야만 해. 구체적으로는 내 입술로 아까 일을 없었던 걸로 만들 거야."

"무슨 말도 안 되는 소리를 하는 거야, 오리가미! ……그, 그런 거라면 다른 사람이 해도 되잖아!"

"꺄아~! 그럼 다 같이 달링의 볼에 키스를 하는 건 어떨까요~?! 저는 조신한 여자니까 마지막에 할래요~! 므흐흐…… 달링에게 키스하면서 다른 사람들과도 간접 키스……. 이거야말로 일석이조예요~!"

이번에는 정령들이 그런 말을 하며 일제히 몰려들었다.

"우왓…… 잠깐, 기다……!"

말문이 막힌 시도는 그대로 다른 애들에게 떠밀리듯 지면에 쓰러졌다.

그게 당사자에게 있어 행운인지 불행인지 알 수 없지만…… 아무래도 복 쿠루미한테는 진짜로 효험이 있는 것 같았다.

데이트 어 노벨

DATE A NOVEL

정령 콩그레츄레이션

Congratulation SPIRIT

TE A NO

"—건배!"

""""건배~!""""

그런 목소리와 함께, 다들 일제히 잔을 치켜들었다. 시도
도 그에 맞춰, 오렌지 주스가 담긴 잔을 들어 올렸다.

현재 시도는 커다란 호텔 안에 있는 파티 홀에 있었다. 넓
은 공간에 테이블이 여러 개 놓여 있었으며, 수많은 이들이
이곳에서 담소를 나누고 있었다. 벽 근처와 홀 중앙에는 다
양한 요리가 가득 놓여 있으며, 단상에는 『Anniversary
Party』라는 글자가 적혀 있었다.

그렇다. 시도 일행은 〈라타토스크〉의 창립 기념 파티에 초
대받았다.

이런 화려한 공간에 익숙하지 않은 시도는 마음을 진정시
키려고 오렌지 주스를 단숨에 들이켠 후에 한숨을 내쉬었다.

"〈라타토스크〉는 일단 비밀 조직 아니었어……? 그런데 이
렇게 성대한 파티를 열어도 되는 거야?"

"걱정하지 마. 여기는 아스가르드 일렉트로닉스의 계열사
가 경영하는 호텔인데, 오늘은 통째로 빌렸거든. 종업원도
전원이 우리 속사정을 알고 있어."

시도의 옆에 있던 여동생, 코토리가 그가 방금 한 말에 답했다. 그녀는 평소와 마찬가지로 빨간색 군복을 입고 있지만, 웬일인지 재킷을 어깨에 걸친 게 아니라 제대로 입고 있었다. 장소가 장소인지라, 옷차림에 신경을 쓴 것 같았다.

"뭐, 이런 걸 할 여유가 있느냐는 의견은 이해가 돼. 하지만 이런 기분 전환이랄까, 레크리에이션도 중요하다는 게 우드먼 경의 생각이셔."

"그렇구나. ……하지만 우리는 평범한 복장으로 왔는데, 괜찮은 거야? 왠지 눈에 띄는 것 같달까, 시선을 모으고 있는 것 같은데……."

시도는 거북하다는 듯이 몸을 약간 움직였다. 그렇다. 아까부터 주위의 참가자들이 시도와 정령들을 힐끔힐끔 쳐다보고 있는 듯한 느낌이 들었다.

"그건 참아. 그것도 이 파티의 목적 중 하나거든."

"그게 무슨 소리야?"

"〈프락시너스〉의 승무원처럼, 정령들을 접할 기회가 있는 기관원은 흔치 않잖아? 그러니 이 기회에 정령들의 얼굴을 기관원들에게 알려두려는 거야. ─물론 기관원들은 각 분야의 프로페셔널이지만, 자신들의 보호 대상을 직접 만나보면 자기 일에 더 열정적으로 임하지 않겠어?"

"아, 그건 그래……."

"─시도! 코토리!"

시도가 고개를 끄덕이며 납득한 것 같은 반응을 보이자, 그 순간을 기다린 것처럼 요리가 잔뜩 담긴 접시를 든 토카가 다가왔다.

"맛있어 보이는 요리가 잔뜩 있구나! 잔뜩 가져왔으니 같이 먹자!"

그렇게 말한 토카는 눈을 반짝이며 구김 없는 미소를 지었다. 평소와 다름없는 그 순순한 반응을 본 시도는 덩달아 미소를 지었다.

"아, 고마워. 잘 먹을게."

그렇게 말한 시도는 요리를 나눠 먹으면서, 주위에 있는 정령들을 둘러보았다.

다들 행동이 제각각이었다. 평소와 전혀 다르지 않은 오리가미와 쿠루미, 누가 먼저 모든 요리를 맛보느냐로 경쟁 중인 카구야와 유즈루, 여성 기관원에게 사인 요청을 받고 웃으며 응하고 있는 미쿠, 벽 쪽의 의자에 슬며시 앉아있는 나츠미, 그런 그녀를 다른 사람들이 있는 곳으로 끌고 가려 하는 요시노와 무쿠로, 이미 얼굴이 새빨개져서 해롱거리고 있는 니아— 몇몇 사람은 좀 신경 쓰였지만, 다들 나름대로 이 파티를 즐기고 있는 것 같았다.

바로 그때—.

"응……?"

시도의 눈썹 끝이 희미하게 흔들렸다. 주위 사람들이 술렁거림이 들려왔던 것이다.

그 이유는 곧 알 수 있었다. 인파를 헤치며, 휠체어에 앉은 장년의 남성이 시도에게 다가왔다.

엘리엇 볼드윈 우드먼. 원탁회의의 의장이자, 〈라타토스크 기관〉의 창시자다.

"우드먼 씨!"

"—음, 파티는 즐기고 있나?"

시도가 이름을 부르자, 우드먼은 온화한 미소를 지으며 그렇게 말했다. 그러자 주위에 있던 정령들이 시도의 곁으로 모여들었다.

"음, 이 요리는 꽤 맛있다! 시도가 만든 요리보다는 못하지만 말이지!"

"이야~! 〈라타토스크〉의 기관원 중에는 예쁜 분이 참 많네요~! 정기적으로 이런 파티를 개최하는 게 어때요?!"

"우헤헤…… 세상에는 공짜 술보다 맛있는 건 없거든. 어이쿠, 우디가 두 명으로 보이잖아. 이게 그 리프 실드? 하지만 에어맨은 쓰러뜨릴 수 없어."

반응은 제각각이지만, 다들 파티를 즐기고 있는 것 같았다. 참고로 니아는 딱 봐도 과음한 것 같아서 의자에 앉혔다.

하지만 즐기고 있는 건 사실이다. 정령들의 반응을 살핀 우드먼은 눈가에 웃음기를 머금었다.

"그래. 그럼 다행이군."

그리고, 그는 생각에 잠긴 듯한 눈길을 머금으며 말을 이었다.

"—그러고 보니 참 멀리까지 왔군. DEM을 박차고 나오고 벌써 30년…… 〈라타토스크〉 결성 초기에는 이렇게 많은 정령을 보호할 수 있을 거라고는 생각도 못 했지."

"우드먼 씨……."

그 감회에 젖은 말을 들은 시도가 미소를 머금었을 때, 근처에 있던 쿠루미가 웃으면서 불쑥 이렇게 말했다.

"어머나, 그랬나요. 친구를 배신한 지 30주년 된 것을 기념하는 자리였군요."

"""…………"""

쿠루미의 그 말에 우드먼의 표정이 굳었고, 휠체어를 밀던 카렌의 시선이 날카로워졌으며, 주위에 있던 기관원들 또한 일제히 숨을 삼켰다.

하지만 당사자인 쿠루미는 그런 분위기의 변화를 눈치채지 못한 건지, 그저 빙긋 웃고 있을 뿐이었다.

"하, 하지만 우드먼 씨가 〈라타토스크〉를 만든 덕분에 정령들을 구할 수 있었던 거잖아! 그리고 우드먼 씨가 관둔 건 그 악독한 DEM이라고! 그럴 만한 이유가 있었던 거죠?!"

그런 거북한 분위기를 바꾸기 위해, 시도는 밝은 목소리로 그렇게 말했다. 그러자 우드먼이 식은땀을 삐질삐질 흘리며 고개를 끄덕였다.

"으, 음…… 나도 한때는 정령의 힘을 이용해 복수할 생각만 했지. 하지만 시원의 정령을 본 순간, 생각하고 말았다네. 의지를 지닌 정령을, 우리의 목적을 위해 이용해도 되는 거냐고 말일세. 그리고 그 판단은, 지금도 틀리지 않았다고 생각한다네—."

우드먼이 그렇게 말하자, 주위의 기관원들이 감동한 듯이 고개를 끄덕였다.

그런 와중에, 쿠루미는 웃으면서 또 이런 말을 입에 담았다.

"그래요. 어디 사는 누군지도 모르는 여자한테 한눈에 반한 나머지, 어릴 적부터 함께해온 둘도 없는 친구를 배신한 건가요."

"쿨럭쿨럭!"

""""………….""""

우드먼은 격렬하게 기침을 했고, 기관원들의 얼굴은 새파랗게 변했다. 카렌의 시선은 상대를 꿰뚫어 죽이려는 것처럼 날카로워졌고, 그녀가 쥔 휠체어의 핸들에서는 으스러지는 소리가 났다.

"……저기, 쿠루미!"

보다 못한 코토리가 낮은 목소리로 그렇게 말하며 쿠루미의 어깨를 두드렸다.

"아까부터 왜 그렇게 시비조인 거야. 우드먼 경은 〈라타토스크〉의 창시자거든? 그만큼 정령을 위해 헌신해온 사람은 없는데……."

"우후후, 알고 있답니다. 그래서 이 정도의 야유로 참는 거예요."

"뭐……?"

코토리가 당혹스럽다는 듯이 미간을 찌푸리자, 쿠루미는 우후후 하고 웃음을 흘리며 말을 이었다.

"저는 아이작 웨스트코트, 엘렌 메이저스와 함께 시원의 정령을 창조한 엘리엇 볼드윈 우드먼이란 분을, 죽이고 싶을 만큼 싫어한답니다."

온화한 미소를 머금으며 입에 담은 전혀 온화하지 않은 발언에, 시도는 말문이 막히고 말았다.

쿠루미는 우후후 하고 미소 지으면서 「그럼 이만 실례하겠어요」 하며 공손히 예를 표한 후, 이 자리를 벗어났다. …… 아무래도, 방금 그 야유를 하기 위해서 왔던 것 같았다.

"죄, 죄송해요, 우드먼 씨. 평소에는 저런 소리를 하는 애가…… 아닌 것도 아니지만, 그래도, 뭐랄까……."

"아니…… 괜찮네. 엄연한 사실이니 말이야. —그럼, 파티를 계속 즐기게. 나는…… 잠시 쉬어야겠군."

우드먼은 힘없는 어조로 시도에게 그렇게 말하더니, 카렌과 함께 이 자리를 벗어났다. 왠지 평소보다 뒷모습이 쓸쓸해 보였다.

"괘, 괜찮을까……."

"뭐, 그 정도로 충격을 받을 사람은 아니라고 생각하는데……."

시도와 코토리가 진땀을 흘리며 뒷모습을 쳐다보고 있을 때, 가라앉은 파티장의 분위기를 환기시키려는 듯이 사회자의 목소리가 홀 전체에 울려퍼졌다.

『─자, 자, 그럼 이제부터 추첨회를 할까 합니다! 여러분, 손에 쥔 번호 카드를 확인해 주십시오!』

"번호 카드…… 아, 이거 말이구나."

시도는 호주머니에서 『511』이라는 숫자가 적힌 조그마한 카드를 꺼냈다. 파티장에 들어오는 길에, 접수처에서 받은 것이다.

"아하, 화면에 표시된 숫자와 카드의 번호가 일치하면 경품을 받을 수 있는 거구나."

"그래. 그리고 오늘 경품은 호화롭다고 들었어."

"흐음, 대체 어떤 걸까?"

시도와 코토리가 그런 대화를 나누고 있을 때, 사회자가 『그럼!』 하고 외쳤다.

『바로 추첨을 시작할까 합니다만, 이 추첨 버튼을 누르는 역할을─〈프락시너스〉함장, 이츠카 코토리 사령관께 부탁드릴까 합니다!』

"……뭐?"

갑자기 이름을 불린 코토리가 눈을 동그랗게 떴다. 그러자 파티장에 있는 기관원들이 일제히 코토리를 쳐다보며 박수를 치기 시작했다.

"어, 나? 아니, 왜 갑자기……."

"하하, 좋은 거잖아. 다녀와."

시도가 웃으면서 등을 살며시 밀어주자, 코토리는 질렸다는 듯이 어깨를 으쓱하면서―하지만 내키지 않는 건 아닌 듯한 태도로― 파티장을 나아갔다.

그리고 단상에 서더니, 기관원들을 향해 인사했다. 그러자 박수 소리가 한층 더 커졌다.

"힘내라고~! 꼬맹이 사령관~!"

"꺄아~! 코토리 양~!"

응원하는 듯한 목소리도 곳곳에서 들려왔다. 그런 광경을 본 시도는 작게 웃음을 흘렸다. ―〈프락시너스〉의 승무원만이 아니라 〈라타토스크〉의 기관원들도 코토리를 따르는 듯한 느낌이 들어서, 왠지 기분이 좋았다.

"……으음, 이 버튼을 누르면 돼?"

『네. 한 번 누르면 화면의 숫자가 돌아가기 시작하고, 한 번 더 누르면 멈춥니다. 물론 이츠카 사령관님이 지니신 번호가 표시되어도 당첨으로 인정되니 걱정하지 마시길.』

사회자의 설명을 들은 파티 참가자들이 웃음을 흘렸다. 코토리는 알았다는 듯이 고개를 끄덕였다.

분위기가 예상과 다른 방향으로 흐르고 있지만, 이건 이것대로 재미있었다. 시도는 자신의 번호 카드를 다시 확인한 후, 당첨 번호의 발표를 기다렸다.

하지만—.

『자. 이번 추첨회를 시작하기 전에 경품을— 공개하겠습니다!』

사회자가 경품을 가리고 있는 천을 확 잡아당긴 순간…….

"아니—."

시도는 무심코 숨을 삼켰다.

그럴 만도 했다. 거기에 놓인 경품은 바로…….

『—끌어안으면 말하는! 이츠카 시도 봉제인형」! 「7분의 1 스케일 이츠카 시도 피규어」! 「이츠카 시도 퍼스트 사진집·신록의 계절」! 「시추에이션CD·와일드한 교사의 능욕 수업 (목소리 출연·이츠카 시도)」!』

……하나같이, 시도 관련 굿즈였던 것이다.

"잠깐만 있어 봐! 이 경품은 뭐야?! 그리고 나는 사진 찍은 적 없고, 목소리를 녹음한 적도 없거든?!"

『—참고로 경품의 선정 및 제작은 〈프락시너스〉 AI, 통칭 「마리아」가 담당했습니다.』

"네 짓이냐, 마리아아아아아아아아앗!"

시도는 무심코 고함을 질렀다. 확실히 〈프락시너스〉의 AI인 마리아라면 시도의 사진을 찍거나 음성을 조합해서 대화를 만들어내는 것 정도는 식은 죽 먹기이리라.

하지만, 그렇다고 해서 그것을 추첨회 경품으로 삼은 이유를 알 수가 없었다. 실제로 경품이 발표된 순간, 파티장에 있는 기관원들 사이에서 당혹과 경악의 목소리가 들려왔다.

—하지만. 바로 그때, 시도는 눈치챘다. 눈치채고 말았다. 파티장 안에 숨어 있는, 『늑대』들의 존재를 말이다.

"…………."

"헉……?!"

시도는 무심코 숨을 삼켰다. —근처에 있던 오리가미의 모습을 보고 만 것이다.

영력 봉인 과정에서 발생한 파이프 덕분일까, 아니면 오랫동안 그녀와 알고 지내면서 생긴 통찰력 덕분일까. 어느 쪽인지는 알 수 없지만, 지금 시도는 오리가미가 어떤 생각을 하는지 손에 잡힐 정도로 훤히 알 수 있었다.

(—파티장에 있는 사람은 약 1000명. 경품의 숫자를 생각하면 당첨 확률은 약 1퍼센트. 하지만 내 광속 손재주면 당첨자의 번호 카드와 내 번호 카드를 바꾸는 게 가능해. 추첨회의 악마, 〈바꿔치기 토비〉란 별명을 지닌 내 실력을 보여주겠어.)

진짜로 오리가미가 그런 별명을 지녔는지는 모르겠지만, 그런 생각을 하는 게 틀림없어 보였다. 그녀의 날카로운 눈빛, 그리고 자신의 번호 카드를 만지작거리는 손놀림을 본 시도는 마른침을 삼켰다.

"─우후후~."

"……윽!"

하지만, 그녀만이 아니었다. 이어서, 우아한 미소를 머금고 있는 미쿠의 모습이 눈에 들어왔다.

(달링 굿즈……인가요~. 꼭 손에 넣어야만 하겠네요~. 당첨된 분께 공손히 『부탁』드려서라도…….)

미쿠가 진짜로 그런 말을 한 건 아니지만, 왠지 그녀의 마음속 목소리가 들려왔다. 실제로 미쿠의 『목소리』로 『부탁』을 받는다면, 거부하는 건 불가능하리라.

"─키히히."

"……윽?!"

시도가 온몸을 부르르 떨고 있을 때, 이번에는 쿠루미의 얼굴이 눈에 들어왔다. 그 순간, 그녀의 그림자가 꿈틀거린 듯한 느낌이 들었다.

(─키히히히히. 원래라면 번호 카드는 한 사람당 하나뿐이죠. 하지만 지금 그림자 안에 있는 『저희들』 전원이 번호 카드를 가지고 있다면 어떻게 될까요? 만약 전부 빗나가고 말더라도, 그때는─.)

"무, 무슨 짓을 할 생각이야……?"

얼굴이 새파랗게 질린 시도가 떨리는 목소리로 그렇게 말했다.

이제 이곳은 아까까지의 파티장이 아니었다. 굶주린 늑대들이 우글거리는 사냥터다. 게다가 최악인 건, 양들이 그런 현실을 아직 눈치채지 못했다는 사실이다.

"⋯⋯⋯⋯."

단상 위의 코토리도 그런 분위기의 변화를 눈치챈 것 같았다. 그녀는 긴장한 표정으로 주위를 둘러보았다.

『자, 이츠카 사령관님! 버튼을 눌러주시죠!』

하지만 이제 와서는 방법이 없는 것 같았다. 코토리는 각오를 다지듯 심호흡을 한 후, 버튼 앞에 섰다.

"⋯⋯자, 우리의 추첨을— 시작하자."

그리고, 마치 이제부터 전쟁을 시작하려는 듯한 느낌으로 그렇게 말하며 버튼을 눌렀다.

그에 맞춰, 화면에 표시된 숫자가 어지럽게 변했다.

"⋯⋯⋯⋯!"

시도는 두 손을 모아쥐었다. —부디 오리가미, 미쿠, 쿠루미가 당첨되기를, 하고 빌듯이 말이다.

아니, 딱히 그녀들이 시도 굿즈를 가져줬으면 하는 건 아니다. 그저 〈라타토스크〉의 일반 기관원이 당첨되면 『사냥』이 시작될 가능성이 있는 것이다.

그녀들이 아니라도 괜찮다. 다른 정령들이라면 교착 상태가 만들어질지도 모른다. 백보 양보해서, 친분이 있는 〈프락시너스〉의 승무원이라도 괜찮다. 부탁이다—!

"하앗⋯⋯!"

시도가 그렇게 빌고 있을 때, 코토리가 손을 치켜들더니
— 또 한 번, 버튼을 눌렀다.

눈에 보이지 않는 속도로 변화하던 화면에, 번호 하나가
표시됐다.

바로— 『511』이라는 숫자가 말이다.

"......................어?"

화면을 본 시도는 얼빠진 목소리로 그렇게 말한 후, 자신
이 쥔 번호 카드를 쳐다봤다.

너무 세게 쥔 탓에 구겨지기는 했지만— 그 카드에는
『511』이라는 숫자가 적혀 있었다.

"............!"

"............!"

"............!"

그 순간, 늑대들의 시선이 일제히 시도를 향했다.

시도는 아직 한마디도 하지 않았지만, 아무래도 그녀들은
시도의 번호를 미리 파악하고 있었던 것 같았다.

"시도, 당첨 축하해."

"축하해요, 달링~!"

"키히히히히! 제 일처럼 기쁘답니다!"

"아니— 잠깐, 멈…… 끄, 끄아아아아아아아아아앗?!"

넓디넓은 파티장에, 시도의 목소리가 메아리쳤다.

최초 수록

Kingdom TOHKA

토카 킹덤

2015년 Kingdom 가을 쿨 특전문고

Quest ARUSU

아루스 퀘스트

데이트 어 라이브 아루스 인스톨 한정판 특전 스페셜북

Reunion RIO

리오 리유니온

데이트 어 라이브 Twin Edition
리오 리인카네이션 한정판 특별 스페셜북

Newyear KURUMI

쿠루미 뉴이어

드래곤 매거진 2019년 4월호 증간 데이트 어 라이브 매거진

Congratulation SPIRIT

정령 콩그레츄레이션

2018년 ANNIVERSARY
왕도 선언 페어 특전 기념 문고

■역자 후기

 안녕하십니까. 근로청년 번역가 이승원입니다.
『데이트 어 라이브 머테리얼』 2권을 구매해주셔서 진심으로 감사드립니다.

 『데어라』 시리즈의 완결에 맞춰, 『머테리얼』 1권에서는 다뤄지지 못했던 캐릭터들과 정보가 전부 망라된 것이 바로 이 『데이트 어 라이브 머테리얼』 2권입니다.
 ……아아, 오래간만에 『데어라』 관련 작품을 번역하니 정말 즐거웠습니다.
 후반부 캐릭터들의 설정을 보면서 정말 즐거웠고, 타치바나 코우시 작가님과 츠나코 일러스트레이터님의 대담에서 작품에 대한 애정을 느꼈습니다. 그리고 후반부의 소설 파트에서는 독자 여러분께 소개드리지 못했던 희귀한 작품, 특히 데이트 어 라이브 게임의 특별 한정판의 특전 소설을 소개해드릴 수 있게 되어 정말 기뻤습니다. 개인적으로 매우 좋아하는 린네와 시도가 결혼한 스페셜 에필로그(^^)와 두 사람의 딸인 리오, 그리고 어른이 된 정령들의 이야기를

독자 여러분께 전해드릴 수 있어 정말 행복합니다.^^

……머테리얼 2권 관련으로 할 이야기가 참 많습니다만 (악우와 이 책을 가지고 다섯 시간이나 카페에서 오덕 토크를 했을 정도입니다^^), 본격적으로 시작했다간 후기 분량이 너무 길어질 것 같아 이쯤에서 줄일까 합니다.

데어라의 매력, 그리고 시크릿한 정보가 가득 담겨 있는 이 책을, 독자 여러분께서 마음껏 즐겨주시길!

그럼 이만 줄이겠습니다.

『데어라』 시리즈의 대미를 장식하는(앞으로도 더 나올 예정입니다만^^) 머테리얼 2권을 저에게 맡겨주신 L노벨 편집부 여러분. 정말 감사합니다.

매년 본가 갈 때마다 특산품인 오징어를 보내주는 지인분께 항상 감사드립니다. 요즘 오징어는 금징어라 매년 보내주실 때마다 오징어 튀김 파티를 해요.^^ 다음에 요리 대접할 일이 있다면, 오징어 불고기&오징어 튀김&오징어 숙회 콤보를 대접하겠습니다!

마지막으로 언제나 제게 버팀목이 되어주시는 어머니와 『데이트 어 라이브』를 읽어주신 모든 분께 진심으로 감사드립니다.

미래로 나아가는 정령들의 일상, 그리고 미오의 새로운 일면을 엿볼 수 있는 데어라 앙코르 11권 역자 후기에서 다시

뵙겠습니다!

2022년 8월 초

역자 이승원 올림

데이트 어 라이브 머테리얼 2

1판 1쇄 발행 2022년 11월 10일
1판 2쇄 발행 2022년 12월 15일

지은이_ Koushi Tachibana
일러스트_ Tsunako
옮긴이_ 이승원

발행인_ 신현호
편집장_ 김승신
편집진행_ 권세라 · 최혁수 · 김경민 · 최정민
편집디자인_ 양우연
관리 · 영업_ 김민원

펴낸곳_ (주)디앤씨미디어
등록_ 2002년 4월 25일 제20-260호
주소_ 서울시 구로구 디지털로 26길 111 JnK디지털타워 503호
전화_ 02-333-2513(대표)
팩시밀리_ 02-333-2514
이메일_ lnovellove@naver.com
ㄴ노벨 공식 카페_ http://cafe.naver.com/lnovel11

DATE A LIVE MATERIAL Vol.2
© Koushi Tachibana, Tsunako 2021
First published in Japan in 2021 by KADOKAWA CORPORATION, Tokyo.
Korean translation rights arranged with KADOKAWA CORPORATION .

ISBN 979-11-278-6597-9 03830

값 7,800원

*잘못된 책은 구매처에 문의하십시오.

VTuber인데 방송 끄는 걸 깜빡했더니 전설이 되어있었다 1권

나나토 나나 지음 | 시오 카즈노코 일러스트 | 박경용 옮김

화려한 VTuber가 다수 소속된 대형 운영회사 라이브온.
그곳의 3기생이며 『청초』 VTuber인 코코로네 아와유키.
"역시 롱캔 따는 소리는 최고야!"
"응? 완전 꼴리거든?"
"내가 마마가 될 거야!"
하지만 그녀의 부주의로 방송을 제대로 안 끈 결과,
본래 성격(주정뱅이, 호색, 청초(VTuber))을 드러내고 마는데?!
"클립 엄청 따갔어?! 트렌드 세계1위?! 동시 시청자 수 실화냐고!!!"
이게 웬일, 갭이 호평을 받으며 인기 대폭발!
그 결과…… "으랏차—! 방송 시작한드아!"

모든 걸 내려놓은 그녀는, 대인기 VTuber의 길을 달려간다!!

라이트노벨의 새로운 빛! L노벨의 신간은 매월 10일에 발매됩니다. http://cafe.naver.com/lnovel11

©Kei Sazane 2021
Illustration : Toiro Tomose
KADOKAWA CORPORATION

신은 유희에 굶주려있다. 1~3권

사자네 케이 지음 | 토모세 토이로 일러스트 | 김덕진 옮김

한가한 지고의 신들이 만든 궁극의 두뇌 게임 「신들의 놀이」.
오랜 잠에서 깨어난 신이었던 소녀 레셰는 눈을 뜨자마자 이렇게 선언했다.
"이 시대에서 게임을 제일 잘하는 인간을 데려와!"
지명된 사람은 「이 시대 최고의 루키」로 주목받는 소년 페이.
두 사람이 도전하는 「신들의 놀이」는 난이도가 너무 높아 완전 공략한 사람은 제로.
그 이유는, 신들은 변덕쟁이에 불합리하고, 가끔은 이해할 수 없으니까.
그러나 그런 게임이기에 진심으로 즐기지 않으면 아깝다!
여기에 천재 소년과 신이었던 소녀, 그리고 동료들이 펼치는
지고한 신들과의 궁극 두뇌전이 펼쳐진다!

신과 인류의 두뇌전, 드디어 개막!

©Sunsunsun, Momoco 2021 / KADOKAWA CORPORATION

가끔씩 툭하고 러시아어로 부끄러워하는 옆자리의 아랴 양 1~3권
SUN SUN SUN 지음 | 모모코 일러스트 | 이승원 옮김

"И на меня тоже обрати внимание."

"어, 뭐라고 한 거야?"

"별거 아냐. 【이 녀석, 진짜 바보네】하고 말했어."

"러시아어로 독설 날리지 말아줄래?!"

내 옆자리에 앉은 절세의 은발 미소녀, 아랴 양은 의기양양한 미소를 지었다.

하지만, 사실은 다르다.

방금 그녀가 말한 러시아어는 【나도 좀 신경 써줘】란 의미다!

실은 나, 쿠제 마사치카의 러시아어 리스닝은 원어민 레벨이다.

그런 줄도 모르고, 오늘도 달콤한 러시아어로 애교 부리는

아랴 양 때문에 입가가 쉴 새 없이 실룩거리는데?!

전교생이 동경하는 초 하이스펙 러시안 여고생과의
청춘 러브 코미디!

라이트노벨의 새로운 빛! L노벨의 신간은 매월 10일에 발매됩니다. http://cafe.naver.com/lnovel11

©Miku 2019/Futabasha Publishers Ltd.
Illustration U35

진화의 열매 1~10권

미쿠 지음 | U35(우미코) 일러스트 | 송재희 옮김

어느 날, 히이라기 세이이치가 다니는 고등학교가 학교째 이세계로 이동했다.
돼지&못난이인 세이이치는 반에서 따돌림을 받아 혼자 숲을 헤맨다.
클레버 몽키가 가지고 있던 『진화의 열매』를 먹어 허기를 달래지만
스테이터스 중《운》이 제로인 세이이치는 카이저콩 사리아의 습격을 받는다.
그러나……
"나, 처음. 그러니, 부드럽게 부탁해?"
어째선지 사리아에게 구혼 받았다아아?!

『소설가가 되자』 연재작, 대인기 애니멀 판타지!

의매생활 1~2권

미카와 고스트 지음 │ Hiten 일러스트 │ 박경용 옮김

고교생 아사무라 유우타는 부모의 재혼을 계기로,
학년 제일의 미소녀 아야세 사키와 남매로서 한 지붕 아래 살게 됐다.
너무 다가가지 않고, 대립하지도 않으며, 적절한 거리감을 유지하자고 약속한 두 사람.
가족의 애정에 굶주린 고독 속에서 노력을 거듭해왔기에
다른 사람에게 어리광 부리는 방법을 모르는 사키와,
그녀의 오빠로서 어떻게 대해야 할지 몰라 당황하는 유우타.
어쩐지 닮은 구석이 있는 두 사람은,
같이 생활하면서 차츰 편안함을 느끼게 되는데…….
이것은 언젠가 사랑에 빠질지도 모르는 이야기.

**완전한 남이었던 남녀의 관계가 조금씩 가까워지며
천천히 변해가는 나날을 적은, 연애 생활 소설.**

©Ryo Shirakome/OVERLAP
Illustration Takaya-ki

흔해빠진 직업으로 세계최강 1~12권, 단편집

시라코메 료 지음 | 타카야Ki 일러스트 | 김장준 옮김

『흔해빠진 직업으로 세계최강』 시리즈로
집필한 많은 특전 소설이 단편집으로 등장!
게다가 이 서적에서만 볼 수 있는 신작 소설도 수록!

【메르지네 해저 유적】 공략 후 하지메는
다시 여행을 떠나기 위해 뮤와 헤어져야 한다는 사실에 고민했다.
추억을 만들어주려고 뮤와 『에리센 7대 전설』을 찾으려고 하지만
결과는 모두 허탕. 그리고 일곱 번째 모험을 나섰다가 정체 모를
거대 생물과 만나서 기묘한 세계에 떨어진다!
떨어진 동료와 합류하고자 움직이는 하지메는
거기서 기적적인 만남을 이루는데― 『환상의 모험과 기적의 만남』.

인터넷 미공개 에피소드를 수록한 최초이자 『최강』의 단편집!